Janette Oke

DAMARIS

AUF DER SUCHE NACH GEBORGENHEIT

Schulte & Gerth

Die amerikanische Originalausgabe erschien im Verlag
Bethany House Publishers, Minneapolis, MN 55438,
unter dem Titel „A Woman Named Damaris".

Aus dem Amerikanischen übersetzt von Beate Peter

Best.-Nr. 815267
ISBN 3-89437-267-2
1. Auflage Januar 1994
2. Auflage September 1994
3. Auflage 1996
Umschlaggestaltung: Bethany House/Ursula Stephan
Satz: Typostudio Rücker & Schmidt, Langgöns-Niederkleen
Druck und Verarbeitung: Ebner Ulm
Printed in Germany

Damaris

„Damaris! Damaris!"

Damaris Withers sank an den harten Brettern der Dachbodenwand, vor der sie saß, in sich zusammen. Pa war wieder zu Hause, und am Klang seiner Stimme konnte sie hören, daß er getrunken hatte. Woher er das Geld dazu genommen hatte, wußte sie nicht. Sie wünschte sich, daß Geld niemals erfunden worden wäre. Geld brachte nichts als Kummer und Elend mit sich.

„Damaris!" rief der Mann wieder. „Wo steckt das Mädchen?" knurrte er unwirsch und stieß eine Reihe von groben Flüchen aus.

Damaris schauderte. Sie wußte, daß ihr Pa sie in ihrem Dachbodenversteck niemals finden würde. Kam sie aber nicht, wenn er sie rief, dann würde ihre Mutter die Folgen auszubaden haben. Der Zorn ihres Vaters würde keine Grenzen kennen. Wenn sie sich beeilte, würde es vielleicht nur bei Schelte bleiben, doch wenn ihn die Wut packte … Damaris schauderte erneut.

Sie legte ihr zerlesenes Buch beiseite und kroch aus ihrem Versteck hervor. Geräuschlos ließ sie sich durch die Luke auf die alte Kommode hinunter, die in ihrem Zimmer an der Wand stand, und schob die Falltür, die zu ihrem Versteck führte, sachte wieder an ihren Platz zurück. Dann stieg sie vorsichtig auf die Liege, die ihr als Bett diente, und von dort aus auf den Flickenteppich davor, unter dem sich ein zerbrochenes Fußbodenbrett verbarg. Sie schlüpfte in ihre abgetragenen Schuhe, strich sich über das geflickte Kleid, um es von etwaigen Spinnweben zu befreien, und hastete auf die Treppe zu.

„Hier bin ich", sagte sie und kämpfte gegen das Zittern in ihrer Stimme an.

Ihr Vater saß auf einem Stuhl am Tisch. Ein einziger Blick sagte Damaris, daß er einen großen Teil des Nachmittags im Saloon verbracht hatte. Angst wollte sie übermannen, aber dann kam ihr ein rettender Gedanke: *Vielleicht hat er ja solche Mengen getrunken, daß er ... daß er bald zu Bett geht und Mama und mich in Ruhe läßt.*

„Komm her, Mädchen!" schnauzte ihr Vater sie an. „Hilf deiner Mutter gefälligst mal. Siehst du nicht, daß sie die ganze Arbeit allein macht?"

Kopfschüttelnd brach der Mann erneut in Flüche aus. „... Keinen Funken von Respekt", schloß er seine Tirade.

„Ja, Pa", flüsterte Damaris.

Es war zwecklos, ihm zu sagen, daß sie schon das Wasser für die beiden Kühe aus dem tiefen Brunnen geholt hatte; daß sie in der heißen Vormittagssonne im Garten gearbeitet hatte; daß sie mit den Eiern in die Stadt gegangen war, um sie gegen Salz und Mehl einzutauschen; daß sie Brennholz gespalten und frisches Wasser in die Küche geschleppt hatte. Und daß Mama ihr ausdrücklich erlaubt hatte, sich einen Moment auszuruhen. Außer „Ja, Pa" brachte Damaris nichts hervor, während sie näher kam, um ihren wütenden Vater zu beschwichtigen. Ein einziges Widerwort oder mangelnde Unterwürfigkeit hätten ihr mindestens eine Ohrfeige mit dem Handrücken und – je nach Laune – vielleicht auch noch eine Tracht Prügel eingebracht.

Schimpfend und fluchend saß der Vater am Tisch, während Damaris und ihre Mutter sich hastig daran machten, ihm eine warme Mahlzeit zuzubereiten. Sie wagten nicht zu sprechen. Sie wechselten nicht einmal einen Blick bei der Arbeit. Auch den Mann, der zusammengesackt am Tisch saß, sahen sie nicht an. Der Anblick war Damaris ohnehin allzu vertraut. Sie hatte diese Szene schon oft erlebt, wenn irgendwoher Geld ins Haus gekommen war. Sie haßte Geld. Sie haßte das, was es aus ihrem Pa machte. Sie haßte das, was es ihrer Mama antat. Und sie haßte die Angst, deren Gefangene sie nun war und die sie zu einer zitternden, kläglichen Gestalt gemacht hatte.

„Was is'n das für 'ne Trödelei mit euch?" schimpfte ihr Pa mit schwerer Zunge. „Wenn ein Mann nach Hause kommt, hat das Essen auf dem Tisch zu stehen!"

Ein weiterer Schwall ungehaltener Vorwürfen folgte, doch Damaris hörte nicht hin. Sie reichte ihrer Mutter den angeschlagenen Teller, ließ sie Pfannkuchen und gebratenen Speck darauf füllen und hastete dann damit an den Tisch zurück, um ihn vor ihren Vater zu stellen.

„Wo bleibt der Kaffee?" brüllte er. Damaris lief an den Herd zurück und hoffte, daß der Kaffee schon kochte. Doch so war es nicht.

Ihr Pa verabscheute Kaffee, der nicht siedendheiß war. Er verabscheute es ebenso, auf etwas warten zu müssen. Welche der beiden Unannehmlichkeiten würde ihn heute heute abend wohl mehr in Rage bringen? Damaris warf einen Blick auf ihren Pa, um die Lage abzuschätzen. Die eine Hand hielt die Gabel, mit der er sich das Essen in den Mund schaufelte, während die andere rastlos auf dem Tisch herumwanderte. Damaris beschloß, es mit dem Kaffee zu probieren – und zwar jetzt gleich. Vielleicht würde er nicht merken, daß er noch nicht gekocht hatte. Sie schenkte eine Tasse ein und lief damit an den Tisch zurück, um dann die Zuckerdose zu holen. Mit angehaltenem Atem betrat sie die kleine Nische, die als Vorratskammer diente. Ob ihm wohl der Kragen platzen würde? Über ihre Schulter hinweg warf sie einen verstohlenen Blick auf den Tisch, um sich ein Bild davon zu verschaffen, vor welchen Gegenständen sie sich gleich ducken müssen würde, falls der Zorn ihres Vaters in Handgreiflichkeiten umschlagen sollte.

Auf den Zucker hatte er gar nicht erst gewartet. Er hob die Tasse an seine Lippen und nahm einen Schluck. Auf der Stelle drehte er sich zur Seite, beugte sich vor und spuckte den Kaffee auf den Fußboden.

„Schmeckt wie aus dem Schweinetrog!" sagte er und starrte Damaris aus vorwurfsvollen Augen an. Er drehte die Tasse um und kippte den restlichen Inhalt auf den Fußboden, doch er unterließ es, mit der Tasse nach ihr zu zielen. Damaris atmete erleichtert auf.

„Hol mir noch ’nen Kaffee, aber ’nen heißen, und tu Zucker rein!“ herrschte er sie an.

Damaris beeilte sich, ihm zu gehorchen. Inzwischen kochte der Kaffee. Vielleicht hatte sie diesmal Glück gehabt. Durch die Verzögerung war der Kaffee jetzt heiß, und ihr Pa hatte halbwegs an sich gehalten.

Doch ihr Pa kam nicht mehr dazu, den Kaffee zu trinken. Die Hand mit der Gabel wurde zusehends schlaffer, und seine Augen bekamen einen glasigen Ausdruck. Damaris wagte einen schnellen Blick zu ihrer Mama. Der Mann am Tisch würde gleich ohnmächtig werden, und dann mußten sie beide den schweren Körper aus der Küche zu seinem Bett schaffen. Schon oft hatten sie sich mit dem Gewicht des beleibten Mannes abgequält. Dieser Teil der ganzen Tortur war Damaris besonders zuwider.

Langsam sackte der Mann über dem Tisch zusammen. Damaris zögerte: Sollte sie einen Schritt näher kommen und ihn auf seinem Stuhl festhalten, bevor er völlig besinnungslos war, oder sollte sie ihn einfach zu Boden rutschen lassen? Wenn er erst am Boden lag, war das Forttragen um so schwerer. Sie sah zu ihrer Mama auf. Diese nickte ihr nur schwach zu. Damaris machte einen Schritt vorwärts, packte den Mann bei den Schultern und hielt ihn gegen die Stuhllehne.

„Ich nehme die Arme“, sagte sie leise zu ihrer Mama. Ihre Stimme klang erstaunlich beherrscht.

Die schmale Frau kam ihr zu Hilfe, zerrte dem Mann die schweren Stiefel von den Füßen, warf sie beiseite und hob seine Beine an.

Gemeinsam zogen und schleppten sie ihn bis ins Schlafzimmer und hievten ihn auf sein Bett. Dann deckten sie den grobschlächtigen Leib zu.

Wortlos verließen sie das Zimmer und kehrten in die Küche zurück. Damaris holte einen Lappen aus dem Putzeimer und kniete sich hin, um den Fußboden sauberzuwischen, während ihre Mama den Tisch abräumte.

Damaris sah ihre Mutter flüchtig an. Schweißperlen standen ihr auf der Stirn, eine Folge der großen Anstrengung von vorhin, als die beiden den betrunkenen Mann aus der Küche gezerrt hatten. Für ihre vierunddreißig Jahre wirkte sie alt. Alt und abgearbeitet. Dennoch wußte Damaris von einem Bild, das in einer kleinen Schachtel in der Kommode ihrer Mutter lag, daß sie vor nicht allzu vielen Jahren einmal jung und hübsch gewesen war. Damaris glaubte, ein tiefes Seufzen gehört zu haben, während die Mutter den schmutzigen Teller in die Spülschüssel auf dem Herd schob.

„Eine Schande ist's um den guten Kaffee", sagte ihre Mama. „Magst du eine Tasse?"

Der Kaffee – sofern sie welchen besaßen – war ihrem Pa und seltenem Besuch vorbehalten. Damaris hatte erst einmal in ihrem ganzen Leben Kaffee gekostet. Es überraschte sie, nun eine Tasse davon angeboten zu bekommen, doch sie nickte zustimmend. Dabei war ihr sonderbar abenteuerlich zumute. Dort drüben schlief ihr Vater, während sie mit ihrer Mama seinen Kaffee trank. Damaris unterdrückte den Drang danach, in Kichern auszubrechen, und ging sich die Hände waschen.

„Schade, daß wir keinen Kuchen haben ... oder sonst irgendwas", sagte ihre Mama.

Wieder nickte Damaris. Das Lampenlicht spiegelte sich glitzernd in ihren Augen.

Sie nippte an ihrem Kaffee und fragte sich dabei im stillen, warum die Leute nur so ein Aufhebens um dieses bittere Getränk machten. Aber sie hätte sich eher die Zunge abgebissen, als so etwas jetzt laut auszusprechen. Die Tasse mit der verbotenen Flüssigkeit würde sie bis auf den letzten Tropfen auskosten.

„Mit Sahne mag ich ihn eigentlich lieber", gestand ihre Mama. „Meine letzte Tasse ist ja schon so lange her, daß ich fast vergessen habe, wie Kaffee schmeckt."

Damaris nahm wieder einen Schluck. Nun schmeckte ihr

der Kaffee schon besser. Vielleicht einzig aus dem Grunde, weil sie beide endlich einmal ungestört, in Ruhe und mit Muße, am Tisch sitzen konnten; bis ihr Vater sie erneut bedrohen konnte, würden mehrere Stunden vergehen.

„Hast du gelesen?“ fragte ihre Mama.

Damaris nickte. In den Augen ihrer Mutter lag Verständnis. Sie fragte sich, woher ihre Mama das nur gewußt hatte. Wie konnte man sich nur ohne viele Worte so gut miteinander verstehen?

„Wünschte, wir hätten ein paar neue Bücher für dich. Die alten fallen doch schon fast auseinander, so oft hast du sie inzwischen gelesen.“

Damaris nickte wieder, beeilte sich aber hinzuzufügen: „Macht nichts. Ich lese sie immer wieder gern.“

Doch tief in ihrem Herzen dachte Damaris, daß sie für ihr Leben gern neue Bücher hätte.

Schweigend saßen die beiden eine Zeitlang da und nippten an ihrem Kaffee. Dann fing die Mutter wieder an zu sprechen.

„Du hast hübsche Augen“, sagte sie.

Damaris war keine Komplimente gewöhnt, nicht einmal von ihrer Mama. Sie wußte nicht, was sie darauf antworten sollte.

Die Mutter fuhr fort: „Sie gleichen den Augen meines Vaters. Der hatte auch so dunkelbraune, weißt du. Ich schlage eher meiner Mama nach. Meine Augen sind grau. Darüber war ich immer mächtig enttäuscht. Wollte auch so dunkle wie mein Pa.“

Damaris hörte ihr zu. Über Augenfarben hatte sie noch nie näher nachgedacht. Eigentlich sollte man meinen, daß man die Welt ebensogut aus grauen wie aus braunen Augen betrachten konnte, fand sie.

„Seine Augen kann man sich halt nicht aussuchen“, sann die Mutter. „Zeitverschwendung, sich überhaupt darüber den Kopf zu zerbrechen.“

Gedankenverloren rührte sie in ihrem Kaffee; dann holte sie tief Luft und sagte: „Statt dessen sollte man sich lieber mit dem beschäftigen, was man ändern kann. Wer wir sind ... was aus uns wird ... und welchen Einfluß wir auf andere haben."

Damaris sah ihre Mama aufmerksam an. Die schmale, blasse Frau, die ihr da gegenübersaß, hatte schon die ersten grauen Strähnen in den Haaren, die sie in einem lose geschlungenen Nackenknoten trug. Bei der Anstrengung mit ihrem Pa hatten sich ein paar kürzere Strähnen aus dem Knoten gelöst und ringelten sich nun um ihre hohlen Wangen. Die längeren Strähnen hatte sie sich achtlos hinter die Ohren geschoben. Zum ersten Mal in ihrem Leben fragte sich Damaris, wer ihre Mama eigentlich war und was für eine Frau sie gewesen sein mochte, bevor sie ihren Pa geheiratet hatte. Ob wohl alles ganz anders gekommen wäre, wenn sie einen anderen Mann geheiratet hätte? Oder ledig geblieben wäre?

Solche Fragen hatte Damaris ihr noch nie gestellt. Sie hatte die Dinge einfach immer so hingenommen, wie sie waren. Jetzt überlegte sie plötzlich, ob es wohl auch andere Möglichkeiten geben könnte. Ob das Leben wohl auch ganz anders aussehen könnte? Für Mama? Sogar für sie selbst?

Ihre Mama setzte sich auf ihrem Stuhl zurecht. Wieder hob Damaris den Blick, um sie anzusehen. Einen Moment lang begegneten sich die braunen und die grauen Augen, und Damaris glaubte, etwas in ihrem Blick bemerkt zu haben, das sie noch nie dort gesehen hatte. Sie wußte nicht, was es war oder was es zu bedeuten hatte, und wandte ihren Blick wieder ab.

„Ich möchte dir etwas geben", sagte die Mutter. Sie stand abrupt auf und verließ die Stube. Sie blieb lange fort, und Damaris begann sich zu fragen, wohin sie nur gegangen sein mochte, um den Gegenstand zu holen, von dem sie gesprochen hatte.

Als sie dann zurückkehrte, war ihr Haar noch wirrer als vorher und von kleinen Strohhalmen übersät.

„Hatte es in der Scheune versteckt", flüsterte sie. Unwillkürlich sah Damaris in die Richtung des Zimmers, aus dem die schweren Atemzüge des schlafenden Vaters zu hören waren.

Mrs. Withers zog ein verblichenes Stück Stoff hervor, daß zu einem kleinen Bündel geknotet war. Damaris sah mit wachsender Spannung zu, wie ihre Mama die Knoten löste.

„Hol mir meine Nähschere", wies die Frau sie an, und Damaris ging zu der Ecke, wo der kleine Korb mit dem Flickzeug stand. Auf Zehenspitzen kehrte sie zum Tisch zurück.

Aus dem Bündel kamen zwei Gegenstände zum Vorschein. Der erste war eine Taschenuhr. Frau Withers nahm sie behutsam aus dem Stoffstück und betrachtete sie mit zärtlichem Blick, bevor sie sie Damaris reichte.

„Die ist von deinem Großvater", sagte sie leise. „Er gab sie mir an dem Abend, als er starb."

In ihren Augen standen Tränen. Damaris begriff nicht.

„Hier", drängte ihre Mama, „nimm sie schon."

Damaris zögerte. Irgendwie schien diese Uhr eine ungeheure Bedeutung für ihre Mutter zu haben. Damaris hatte gar nicht gewußt, daß ihre Mama überhaupt etwas besaß, das nur ihr allein gehörte. Sogar die wenigen Bücher, die einmal ihr Eigentum gewesen waren, hatte sie selbstlos der Tochter überlassen.

„Nimm sie", wiederholte ihre Mama und streckte ihr die Uhr entgegen.

„Aber ..."

„Ich möchte, daß du sie bekommst ... und das hier auch", sagte Frau Withers. Sie nahm eine zierliche Goldbrosche mit funkelnden Halbedelsteinen aus dem Tuch.

„Diese Brosche hat einmal meiner Mama gehört. Aber ich konnte sie nie tragen. Mußte sie in der Scheune versteckt halten. Aber du ... du kannst sie tragen, so wie sich's gehört. Und die Uhr, die kannst du zwar nicht tragen, aber du kannst sie dir zum Anschauen hinstellen. Ich hab' einmal eine gesehen, unter einer kleinen Glaskuppel, auf blauem Samt. Wunderschön hat sie ausgesehen."

Damaris rätselte, was ihre Mama nur damit gemeint haben konnte, doch mit zitternden Händen nahm sie die beiden unschätzbar kostbaren Gaben entgegen. Wenn ihre Mama sie schon vor ihrem Pa versteckt halten mußte, wie konnte sie, Damaris, sie dann sicher aufbewahren? Er war noch nie davor zurückgeschreckt, in ihrem Zimmer herumzustöbern, bis er etwas gefunden hatte, das er gegen Geld oder eine Flasche eintauschen konnte.

„Aber wie … wie soll ich …?“ stotterte Damaris. Irgendwie fehlten ihr die richtigen Worte, um ihre Bedenken auszudrücken.

Ihre Mama schien längst zu wissen, was sie auf dem Herzen hatte – wie immer. Sie schob die Gaben fester in die zitternden Hände ihrer Tochter und umschloß diese dann mit ihren eigenen. Dabei sah sie ihr tief in die braunen Augen.

„Du wirst langsam erwachsen, Damaris. Fast fünfzehn bist du jetzt. Und du bist groß für dein Alter. Könntest ja fast für siebzehn durchgehen! Mit siebzehn … mit siebzehn stehen viele Mädchen schon auf eigenen Füßen. Verstehst du, was ich meine?“

Damaris war sich nicht sicher, doch sie nickte.

„Und was die Sachen hier angeht … ich meine, deren Aufbewahrung …“ Frau Withers zögerte, ohne den Blick von Damaris abzuwenden. „Dir wird schon was einfallen“, flüsterte sie schließlich.

Damaris sah Schmerz in den flehenden Augen ihrer Mutter. Eine Träne quoll aus einem Auge und rann an der blassen Wange herab. Damaris hatte nur selten erlebt, daß ihre Mama weinte; nicht einmal, wenn ihr Pa sie anschrie oder sie in seiner Betrunkenheit schlug.

Damaris steckte das kleine Bündel in ihre Schürzentasche. Noch immer wußte sie nicht recht, was ihre Mama von ihr erwartete, doch sie war dazu entschlossen, ihr Allerbestes zu tun. Vielleicht konnte sie den Schatz in der entlegensten Ecke des Dachbodens verstecken. Ihr Pa schien der kleinen Falltür in der Decke über ihrer Kommode noch nie viel Beachtung geschenkt zu haben. Vielleicht waren die kostbaren Gegenstände dort oben vor ihm sicher.

Sie sah ihre Mutter an und nickte noch einmal. Die Frau war aufgestanden; sie strich sich ein paar lose Haarsträhnen aus dem Gesicht und blinzelte die Tränen fort.

„Höchste Zeit, zu Bett zu gehen", sagte ihre Mama plötzlich. „Wir müssen dafür sorgen, daß wir ein paar Stunden Schlaf kriegen, bevor er aufwacht. Morgen früh wird er bestimmt einen Kater haben."

Damaris wußte, wie recht ihre Mutter hatte. Oft war ihrem Pa speiübel, wenn er am Tag davor übermäßig gezecht hatte. Das bedeutete dann, daß jemand das Bettzeug waschen, die Fußböden scheuern und Tee kochen mußte. Ihre Mama würde die Krankenpflege übernehmen. Damaris' Aufgabe war es, alles zu säubern: Kleidung, Decken und Fußbodenbretter.

Seufzend schickte sie sich an, die Tassen zu spülen. Ihrer Mama und ihr war nur eine kurze Ruhepause vergönnt. Sie mußten das Beste daraus machen.

Eine Hand in der Schürzentasche, die beiden Schätze umklammernd, stieg Damaris die knarrende Treppe nach oben und ging zu ihrer schlichten Liege. Hoffentlich würde sie ein paar Stunden schlafen können, bevor ihr Pa wieder aufwachte.

Ein gewagtes Vorhaben

Im Dunkeln auf den Dachboden zu klettern wäre zu gefährlich. Damaris würde bis zur Morgendämmerung warten müssen, um die Schätze, die Mama ihr anvertraut hatte, zu verstecken. Bestimmt würde sie schon auf den Beinen sein, wenn ihr Pa ein feuchtes Tuch für seine Stirn und einen Eimer für seine Übelkeit verlangte.

Bis tief in die Nacht hinein lag Damaris wach und griff immer wieder unter ihr Kissen, um das kleine Stoffbündel mit den Schätzen zu befühlen. Sie wälzte sich seufzend im Bett. Ach, wenn es doch nur kein Geld gäbe! Wenn ihr Pa doch nur aufhören wollte, sich in den Saloons in der Stadt herumzutreiben! Wenn ihre Mama nur nicht immer so alt und müde aussehen würde! Ach, wenn doch nur …

Damaris unterbrach ihre Gedanken. Es war alles zwecklos. Das Leben war nun einmal so, wie es war. Nichts würde sich daran ändern. Gar nichts. Damaris tastete nach der Narbe über ihrer Schläfe. Wenigstens hatte Pa ihr diesmal nichts an den Kopf geworfen. Er hatte sie nicht geschlagen und ihr auch nicht den Arm verdreht. Es war noch einmal glimpflich abgelaufen, sowohl für sie als auch für ihre Mama. Darüber war Damaris froh. Aber was war mit dem nächsten Mal? Und dem Mal danach? Sie lebte in Angst und Grauen vor jedem neuen Tag, und ihrer Mama ging es bestimmt nicht anders.

Was, wenn ihr Pa aufwachte und merkte, daß die beiden Frauen seinen kostbaren Kaffee getrunken hatten? Was, wenn er entdeckte, daß eine womöglich sehr kostbare Brosche viele Jahre lang vor ihm versteckt gehalten worden war? Was, wenn er von der Uhr erfuhr?

Wieder griff Damaris mit der Hand unter das Kissen, um die beiden Gegenstände zu ertasten. Einen Moment lang durchfuhr sie ein heißer Zorn auf ihre Mama. Warum hatte sie ihr diese gefährlichen Besitztümer aufgeschwatzt? War sie etwa zu alt und abgekämpft, um sie weiterhin selbst aufzubewahren?

Heute abend hatte ihre Mama so ... so verändert gewirkt. Zugegeben, sie hatte so bleich und matt wie immer ausgesehen, aber für ein paar Minuten hatte sie ihre Verhärmtheit abgelegt und etwas von der Frau erkennen lassen, die sie einmal gewesen war.

Damaris rätselte noch immer an den Worten ihrer Mutter herum. *Könntest ja fast für siebzehn durchgehen! Mit siebzehn stehen viele Mädchen schon auf eigenen Füßen.* Unablässig gingen dem jungen Mädchen diese beiden Sätze durch den Kopf. Was hatte ihre Mama ihr damit nur sagen wollen?

Statt dessen sollte man sich lieber mit dem beschäftigen, was man ändern kann, fuhr die Stimme fort.

Was man ändern kann? Was konnte man schon ändern? Die eigene Augenfarbe schon mal nicht. Das hatte Mama ziemlich deutlich gemacht. Aber was sonst?

Damaris hatte sich noch nie etwas aussuchen können. Wenn sie die Wahl gehabt hätte, dann wäre sie zur Schule gegangen wie alle anderen Kinder in der Umgebung. Aber diese Möglichkeit stand ihr nicht frei. Ihr Pa hatte sie ihr genommen, als sie zwölf Jahre alt geworden war.

„Deine Ma braucht dich zu Hause“, hatte er geknurrt. „Es geht nicht an, daß du den ganzen Tag in der Schule vergeudest, während deine Ma hier ganz allein schuftet. Du bist groß genug, um dir dein Brot selbst zu verdienen.“

So war Damaris aus der Schule genommen und zu Hause mit Küchen- und Stallarbeiten beauftragt worden. Nicht, daß ihr die Arbeit etwas ausgemacht hätte. Sie war recht groß für ihr Alter und erstaunlich kräftig, aber es schmerzte sie unendlich, daß sie sich den Unterricht entgehen lassen mußte. Jetzt hatte sie keinen Zugang mehr zu Büchern. Zu

Büchern und zu dem Abenteuer des Lernens. Die Schule fehlte ihr sehr.

Damaris war noch nie in der kleinen Kirche in der Stadt gewesen, doch sie wäre für ihr Leben gern einmal dort hingegangen. Sie beneidete die lachenden, fröhlichen Kinder mit ihren hübschen Kleidern und Haarbändern.

„Warum gehen wir eigentlich nie in die Kirche?“ hatte sie einmal gefragt.

Ihre Mutter hatte traurig den Kopf geschüttelt und den Blick auf die abgetragene Schürze gesenkt, die sie über dem Kleid mit den unzähligen Flicken trug.

„So kann ich doch nicht unter die Leute gehen“, hatte sie geantwortet.

Damaris hatte eingesehen, daß sie recht hatte. Sie hatte beschlossen, ihr alles weitere Drängen zu ersparen, und den Gedanken vorläufig beiseite geschoben. Doch später am selben Tag hatte sie der Versuchung einfach nicht widerstehen können, noch ein paar Fragen zu stellen. Sie hatte darauf gebrannt, mehr zu erfahren.

„Bist du schon mal in einer Kirche gewesen?“ hatte sie sich erkundigt.

„Aber natürlich!“ hatte ihre Mutter hastig geantwortet und sich flüchtig vergewissert, daß niemand in der Nähe war. Als sie sicher gewesen war, daß sie allein waren, war sie fortgefahren: „Als Kind bin ich jeden Sonntag in die Kirche gegangen. Papa und Mama sind regelmäßig mit uns in den Gottesdienst gegangen – Sonntag für Sonntag.“

„Dann weißt du ja Bescheid. Was ist denn das für ein schwarzes Buch, das die Leute immer mitbringen?“

„Das schwarze Buch? Na, das ist doch die Bibel, Kind.“

„Die Bibel. Stehen ... stehen Geschichten da drin?“

Ein Schatten hatte die Augen ihrer Mutter verdunkelt; dann hatte sie gesagt: „Kind, es ist eine Schande, daß du so etwas überhaupt fragen mußt, eine Schande. Die ... die Bibel erzählt uns von Gott. Die Geschichten darin handeln von ihm und auch von anderen. Viele Leute kommen darin vor. Manche waren besonders tapfer. Manche besonders gütig. Manche besonders mutig. Manche … manche haben schwere Sünden begangen. Mein Pa las jeden Morgen ein paar Abschnitte aus der Bibel vor, bevor ich vom Tisch aufstehen durfte."

Damaris hatte sie beneidet. Jeden Morgen eine Geschichte vorgelesen zu bekommen, das war beinahe zu schön, um wahr zu sein.

„Dein Name stammt aus der Bibel", hatte ihre Mama zu Damaris' grenzenloser Überraschung gesagt.

„Was … was steht denn über ihn darin?" Vor Spannung hatte ihr nahezu der Atem gestockt. Ihr Name stammte also aus dem schwarzen Buch!

Ihre Mama hatte das nächste abgenutzte Geschirrtuch ausgeschüttelt und es auf die Wäscheleine gehängt.

„Ich weiß nicht mehr so genau", hatte sie gesagt. „Ist schon lange her, daß ich's gelesen hab'. Nur eben der Name ist mir noch im Gedächtnis."

Vor Neugier wäre Damaris beinahe geplatzt.

„Ich wünschte, wir hätten eine Bibel!" entfuhr es ihr.

„Ich hatte mal eine, früher, weißt du", hatte ihre Mutter mit zusammengepreßten Lippen gesagt.

„Wann denn?" hatte Damaris gefragt. „Wo ist sie jetzt?"

„Als Kind. Ich hatte sie sogar noch, als ich heiratete, aber ein paar Jahre später brauchte dein Pa …" Sie hatte sich unterbrochen und eins der verschlissenen Kleider ausgeschüttelt, die ihrer Tochter gehörten.

„Hattest du auch hübsche Kleider?" hatte Damaris gefragt und dabei ihr eigenes ausgeblichenes betrachtet, das wie ein Lappen an der Leine hing.

Ihre Mama hatte das schäbige Kleid ebenfalls mit einem schrägen Blick gemustert und geseufzt.

„Ja", hatte sie gestanden, „ich hatte hübsche Kleider."

Damaris wollte ihr gerade die nächste Frage stellen, als ihre Mutter abwinkte. Die Unterhaltung war beendet.

„Jetzt aber fort mit dir", hatte sie gesagt, und es hatte beinahe ein wenig ungehalten geklungen. „Die Hühner warten auf frisches Wasser."

Damaris war losgelaufen, um die Hühner zu versorgen, doch in Gedanken war sie noch immer bei der kleinen, weißgetünchten Kirche gewesen, bei dem schwarzen Buch mit ihrem Namen darin und den hübschen Kleidern.

Sie hatte ihre Mama nie wieder nach der Kirche gefragt, doch sie träumte noch immer davon, sich zu den fröhlichen Mädchen mit den hübschen Schürzenkleidern gesellen zu dürfen, um einmal selbst zu erkunden, was es mit der Kirche eigentlich auf sich hatte. Doch diese Wahl stand Damaris nicht frei.

Gibt es überhaupt eine Wahl? fragte Damaris sich in der Dunkelheit ihres Zimmers. Ihre Mama hatte sie ihres Wissens noch nie angelogen. Was hatte sie nur gemeint? Wieder wälzte Damaris sich auf die andere Seite. Schwach hörte sie, wie aus dem Schnarchen ihres Vaters ein Stöhnen wurde. Wachte er etwa schon auf? Damaris kniff die Augen fest zu und befahl sich, das Grübeln auf morgen zu vertagen, damit sie wenigstens noch ein kleines bißchen schlafen konnte.

Doch so einfach ließen sich ihre Gedanken nicht abschalten.

Eine Wahl. Eine Wahl, hämmerte es in ihrem Kopf. Was konnte sie sich schon aussuchen? Was konnte ihre Mama sich aussuchen? Sie saßen in der Falle – alle beide. Es stand nicht in ihrer Macht, sich daraus zu befreien.

Wenn ich eine Wahl hätte, dachte Damaris, *dann würde ich nicht hierbleiben. Ich würde fortgehen, weit weg ... irgendwohin ... und mir eine Arbeit suchen, wie Mama gesagt hat, und ... und mir ein neues Kleid kaufen und ... und in die Kirche gehen und ... und meinen Namen in der Bibel suchen und die Geschichte mit eigenen Augen lesen.*

Damaris war selbst überrascht von diesem Gedanken. Sie hatte noch nie gewagt, auch nur an Fortgehen zu denken. Jetzt kam sie plötzlich nicht mehr los von diesem Einfall.

„Ich könnte es tun", gestand sie sich flüsternd. „Das wäre gar nicht so abwegig. Ich brauche doch gar nicht mein Leben lang hierzubleiben. Ich bin alt genug zum ..."

Bei dem Gedanken fröstelte Damaris.

„Ich könnte es. Ich könnte von zu Hause weglaufen – in die Stadt. Nein, weiter. In der Stadt würde Pa mich finden, ganz bestimmt. Ich würde immer die Straße entlanggehen, ganz weit weg, und dann würde ich mir eine Arbeit suchen. Unkraut könnte ich jäten, oder Kühe melken, oder ... oder Wäsche waschen oder sonst irgendwas. Ich würde ganz fleißig sein. Und dann..." Wieder unterbrach Damaris ihre Gedanken. Sie mußte vorsichtig sein. Äußerst vorsichtig. Wenn ihr Pa wüßte, daß sie so etwas Törichtes, Verwegenes im Sinn hatte, dann würde er sie grün und blau schlagen. Damaris sah in Richtung der Treppe, die von ihrem kleinen Zimmer nach unten führte und die sie von der Wohnstube und dem Schlafzimmer unten trennte. Sie befürchtete, daß ihr Pa sogar jetzt ihre Gedanken lesen könnte und ihre Pläne zunichte machen würde.

Sie mußte äußerste Vorsicht walten lassen. Ihre Habseligkeiten waren dürftig; die wenigen Kleider, die sie besaß, würde sie in ein Bündel packen müssen. Ihre Decke mußte sie mitnehmen. Vielleicht würde sie unter freiem Himmel schlafen müssen, bis sie die Stadt erreicht hatte. Sie mußte sich ein paar Scheiben von Mamas Brot einpacken und vielleicht ein hartgekochtes Ei dazu – oder ein paar Scheiben Salzfleisch. Sie brauchte eine Flasche für einen Vorrat an Brunnenwasser. Sie konnte es sich nicht leisten, bei den Höfen unterwegs um Wasser zu bitten, weil ihr Pa ihr sonst auf die Spur kommen würde. Sie mußte ihre abgetragenen Schuhe irgendwie flicken. Die Sohlen waren schon so durchlöchert, daß sie damit nie und nimmer eine längere Strecke zu Fuß zurücklegen könnte. Und ... und die Taschenuhr und die Brosche mußte sie unbedingt auch mitnehmen. Am besten nähte sie sie in eines ihrer Kleider ein oder steckte sie mit einer Nadel in einer Tasche fest, damit kein Dieb sie finden konnte. Und dann, wenn sie an ihrem Ziel angekommen war, würde sie die Uhr unter Glas auf ein blaues Samttuch legen, genau wie ihre Mama es sich vorgestellt hatte, und die Brosche würde sie an ihrem neuen

Kleid befestigen und jeden Sonntag damit in die Kirche gehen.

*

Die nächsten Tage vergingen ohne besondere Vorkommnisse. Für einen Ritt in die Stadt war kein Geld vorhanden, so daß Herr Withers daheim blieb und seine Zeit damit verbrachte, Zaumzeug zu flicken und dies und jenes auf dem Hof zu erledigen. Er war fast heiter gelaunt, wenn er nicht getrunken hatte, und Damaris hörte ihn sogar ein paarmal eine Melodie pfeifen.

Aber zum Wochenende hin zeigte er wieder Anzeichen seines Dranges nach der nächsten Flasche. Damaris konnte es in seinen Augen sehen und an der Anspannung in seiner Stimme merken. Würde er das nötige Geld auftreiben? Damaris war davon überzeugt, daß sie nun nichts mehr besaßen, was sich zu Geld machen ließe – außer dem Pferd oder einer der Kühe. Damaris sah, wie ihre Mutter nervös zur Scheune sah. Sie hoffte, daß ihr Pa nicht ihre ganze Zukunft zunichte machen würde. Mit jedem Tag wurde sein Blick rastloser, und er befeuchtete sich oft die Lippen, als seien sie völlig ausgetrocknet.

Damaris beeilte sich mit ihren Vorbereitungen. Sie stöberte ein Stück starke Pappe auf. Mit der Nähschere ihrer Mama schnitt sie daraus Einlegesohlen für ihre Schuhe.

Die drei Kleider, die sie besaß, versah sie mit ein paar letzten Flicken, und sie stopfte das Loch in ihrer Schürze.

Sie steckte sich eine Scheibe Brot in die Tasche. Später wickelte sie sie in braunes Papier und versteckte sie oben auf dem Dachboden, zusammen mit den anderen Brotscheiben, die sie sich von jeder Mahlzeit abgespart hatte.

Wenn ihr Vater das nächste Mal in die Stadt ritt, wollte sie ihre paar Habseligkeiten zusammenpacken und durch den Wald hinter dem Hof verschwinden. Die ersten paar Meilen mußte sie die Straße meiden, damit sie nicht von Nachbarn gesehen wurde.

Es schmerzte sie, daß sie ihrer Mama nicht Lebewohl sagen konnte, doch Damaris wußte, daß ihr bestes Abschiedsgeschenk an ihre Mama darin bestand, sie nicht einzuweihen. Wenn ihr Vater sie fragte, wo Damaris steckte, dann sollte ihre Mama wahrheitsgemäß antworten können, daß sie keine Ahnung habe.

So wartete Damaris aufmerksam auf eine günstige Gelegenheit und legte sich ihre Flucht sorgfältig zurecht. Sie hatte eine Wahl – eine Wahl, mit der sie niemals gerechnet hätte, und sie wußte, daß sie die Gelegenheit beim Schopf ergreifen mußte. Nie wieder brauchte sie vor Angst zu beben und voller Entsetzen zusehen, wie ihr betrunkener Pa um sich schlug und randalierte.

Damaris warf verstohlene Blicke auf ihre Mutter, während die beiden gemeinsam am Waschbrett standen, im Garten arbeiteten, die Hühner versorgten oder Eier zum Verkauf in der Stadt sammelten, und stets fragte sie sich, ob ihre Mutter wohl etwas von ihrem Vorhaben ahnte. Doch meistens verrichteten die beiden ihre Arbeit schweigend; sie waren froh darüber, daß Herr Withers nüchtern war.

Dann sah Damaris eines Tages, wie ihr Pa in den Hühnerstall ging, zwei ahnungslose Hühner einfing und in einen Sack steckte. Das Verlangen nach Alkohol hatte gesiegt.

Damaris sah zu, wie ihr Pa den Sack hinter dem Sattel festband und sich auf den alten Rob schwang. Ohne einen Blick zurück auf das Haus drängte er das Pferd auf die staubige Straße hinaus.

„Er ist wieder unterwegs“, sagte Damaris zu ihrer Mama, und in ihrer Stimme vermischten sich Zorn, Angst und Kummer. „Zwei Hühner nimmt er mit. Ich hab's gesehen.“

Ihre Mama nickte nur, doch als sie sich von Damaris abwandte, glaubte diese, einen Schimmer von Tränen in den Augen ihrer Mama zu sehen. Das begriff sie nicht. Ihre Mama weinte so gut wie nie, nicht einmal dann, wenn sie große Schmerzen hatte.

Frau Withers warf einen Blick auf den Nachmittagshimmel. Die warmen Strahlen der Sonne schienen mit Macht.

„Die zwei Hühner werden ihn nicht lange aufhalten", stellte sie fest. Damaris nickte. Ihr Pa war oft am unerträglichsten, wenn er seinen Durst nur zur Hälfte gestillt hatte.

„Bis zum Abendessen könnte er wieder zu Hause sein", überlegte ihre Mama und beschirmte ihre Augen mit der Hand, um sich dann ein paar lose Haarsträhnen aus dem Gesicht zu schieben.

Wieder nickte Damaris. Einen Moment lang war sie sich unsicher. Dies war kaum der geeignete Zeitpunkt, um fortzugehen. Wenn ihr Pa durstig nach Hause kam, würde er um so brutaler zuschlagen, und wenn sie nicht da war, dann würde ihre Mama womöglich ein doppeltes Maß seines Zorns erleiden müssen.

Nächstes Mal, sagte Damaris sich im stillen, doch zu ihrer Verwunderung unterbrach ihre Mama ihre Gedanken.

„Du watest doch so gern im Bach umher, und dazu hattest du schon seit Wochen keine Gelegenheit. Wie wär's, wenn du dich 'ne Weile unten am Bach amüsierst, bevor dein Pa aus der Stadt nach Hause kommt?"

Damaris spürte, wie ein Zittern sie durchfuhr. Der Bach floß mitten durch den Wald hinter dem Hof. Haargenau in diese Richtung hatte Damaris flüchten wollen.

„Ich glaube, ich lege mich ein Weilchen hin und ruhe mich aus. Habe letzte Nacht nicht gut geschlafen", fuhr ihre Mama fort und ging zum Haus. Damaris folgte ihr; sie war sich nicht sicher, was sie tun sollte.

„Und sei leise, wenn du aus dem Haus gehst", sagte die Mutter. „Ich habe Kopfschmerzen."

Damaris nickte und sah zu, wie ihre Mama ins Schlafzimmer ging und die Tür schloß.

Damit war alles entschieden. Eine bessere Gelegenheit würde sich nie wieder bieten. Damaris ging in ihr Zimmer und sammelte ihr Hab und Gut in ihr Schultertuch. Dann stieg sie auf ihr Bett und von dort auf die Kommode, um behutsam die Falltür aufzuschieben. In letzter Zeit war es immer mühsamer für sie geworden, sich durch die kleine Öffnung zu zwängen. Wenn sie blieb, würde sie eines Tages ihr Versteck nicht mehr benutzen können.

Aus der Geborgenheit der Dachbodennische nahm sie ihre Brotscheiben und ihr Stoffbündel mit den „Schätzen" darin. Nach einem letzten Blick auf ihren vertrauten Zufluchtsort rutschte Damaris wieder durch die Luke, schob die Falltür wieder darüber, stieg auf ihr Bett und von dort auf den Fußboden zurück.

So leise wie möglich packte sie ihr Bündel. Dann stahl sie sich aus dem Zimmer, ohne auch nur einen Blick zurück zu werfen.

Vor der Schlafzimmertür ihrer Mutter blieb sie einen Moment lang stehen und horchte in die Stille hinein. Dann seufzte sie tief und ging auf Zehenspitzen weiter.

Die Küchentür schloß sie geräuschlos hinter sich. Sie ging über die Veranda, machte einen Bogen um das knarrende Fußbodenbrett, beschleunigte ihre Schritte und ging auf den Wald zu.

Sie war auf dem Weg in die Freiheit. Sie hatte eine Entscheidung getroffen, und der erste Schritt war gemacht. Sie wünschte sich nur aus ganzem Herzen, ihre Mama mitnehmen zu können.

Ihr Herz schlug laut. Sie fühlte sich überwältigt von der Endgültigkeit ihres Vorhabens. Sie wußte nicht, was vor ihr lag, und sie hatte keinerlei Vorstellung, wie sie sich in der Fremde behaupten sollte. Sie straffte die Schultern und hob das Kinn. Wenigstens konnte sie von jetzt an über sich selbst bestimmen.

Unterwegs

Damaris hatte nur eins im Sinn: möglichst schnell und weit von zu Hause fortzukommen. Deshalb schritt sie jetzt forsch voran. Sie gönnte sich nicht einmal eine kleine Pause, um das Wasser ihres geliebten Baches zu kosten. Sie überquerte ihn auf dem umgestürzten Baumstamm, der als Brücke diente, und hastete am anderen Ufer weiter. Sie schlug den Pfad ein, den die Milchkühe auf dem Weg zur Weide durch den Wald gestampft hatten.

Bevor der Kuhpfad die Weide erreichte, bog Damaris seitwärts ab und schlug sich ins Dickicht. Wenn sie sich nicht verrechnet hatte, würde sie bald auf die hintere Landstraße stoßen. Diese war einsam und führte in die entgegengesetzte Richtung als die, in der ihr Pa unterwegs war.

Die hohen Bäume boten etwas Schutz vor der heißen Nachmittagssonne. Damaris war dankbar für den Schatten, doch die Luft war schwül und stickig und machte sie durstig. Trotzdem gönnte sie sich vorerst keinen Schluck von ihrem kostbaren Vorrat an Brunnenwasser. Vor ihr lagen noch viele Meilen Fußweg, und sie wußte nicht, wann sich die nächste Gelegenheit bieten würde, die Wasserflasche wieder aufzufüllen.

Wenig später erreichte sie den morschen Zaun, der das Land ihres Vaters begrenzte. Mit Leichtigkeit schlüpfte sie durch ihn hindurch. Sie fragte sich, warum die Kühe so brav innerhalb der Grundstücksgrenzen blieben. Wenn sie nur wollten, könnten sie ebenso leicht in die Freiheit entkommen wie Damaris selbst.

Damaris sah sich gründlich um, bevor sie es wagte, aus dem Wald hervorzutreten. Keine Seele war in Sicht. Sie schlich sich durch das Gebüsch, bis sie die staubige Straße erreicht hatte.

Einen Moment lang blieb sie stehen, um sich zu orientieren. Dann marschierte sie zielsicher in die Gegenrichtung zur Stadt los.

Später würde sie eine belebtere Straße einschlagen müssen, um auf eine Ortschaft zu stoßen. Arbeit würde sie nur dort finden, wo Leute wohnten. Doch zuerst mußte sie das Weite suchen, damit sie nicht von Nachbarn erkannt wurde.

Den ganzen Nachmittag lang ging sie so zügig voran, wie es ihre müden Beine und die Sommerhitze zuließen. Die Löcher in ihren Sohlen verursachten ihr trotz der Kartoneinlagen Schmerzen. Damaris wußte nicht, wie lange sie noch auf diese Weise weitergehen konnte. Endlich blieb sie stehen, zog sich die Schuhe aus, band sie an den Schnürsenkeln zusammen und warf sie sich über die Schulter. Sie war es gewohnt, barfuß auf dem harten Erdboden zu gehen. Bestimmt wäre es viel bequemer, barfuß zu laufen statt in den zerlöcherten Schuhen.

Doch der steinige Weg war eine Qual für Damaris' Füße. Es dauerte nicht lange, bis sie humpelte.

Aber sie mußte weiter. Um jeden Preis. Ihr Pa könnte sie mit Leichtigkeit zu Pferd einholen und wieder nach Hause mitnehmen. So zwang sie sich zum Weitergehen, und hin und wieder gönnte sie sich einen kleinen Schluck aus ihrer Wasserflasche.

Es wurde schon dunkel, als Damaris sich eingestand, für diesen ersten Tag ihrer Flucht am Ende ihrer Kraft angelangt zu sein. Noch immer befand sie sich auf der verlassenen Landstraße, doch sie wußte nicht, wieviele Meilen sie schon zurückgelegt haben mochte. Unterwegs hatte sie kaum Gehöfte gesehen, und die Straße schien immer schlechter zu werden. Womöglich erwartete sie an ihrem Ende ein unüberquerbarer Sumpf oder ein sonstiges Hindernis.

Als es so dunkel geworden war, daß sie kaum noch etwas

erkennen konnte, ging Damaris langsamer und sah sich am Wegrand nach einem Unterschlupf um. Sie war durstig und erschöpft, und ihre Füße brannten wie Feuer.

Sie ließ sich auf einen Baumstumpf sinken und holte ihre Wasserflasche hervor. Nur zwei kleine Schlucke gönnte sie ihrem ausgedörrten Hals. Dann wickelte sie ihren Brotvorrat aus und nahm sich eine Scheibe. Sie reichte bei weitem nicht, um ihren Hunger zu stillen, doch Damaris war schon oft vom Tisch aufgestanden, bevor sie satt gewesen war.

Sie suchte sich einen großen Baum mit einer ausladenden Krone und kroch darunter, bis sie den Stamm fühlte. Dann legte sie sich ihr Schultertuch-Bündel als Kopfkissen auf den Boden, breitete ihre abgewetzte Decke über sich und streckte sich der Länge nach aus. Die glühenden Füße schob sie unter der Decke hervor in die kühle Abendluft.

Mit Jammern vergeudete sie keine Zeit. Sie gönnte sich nicht einmal ein „Was, wenn…?" Für die Anstrengungen, die vor ihr lagen, mußte sie ihre Kräfte aufsparen. Sie war müde; es war schon spät, und morgen früh mußte sie gleich bei Sonnenaufgang weitergehen. Sie zog sich die Decke enger um die Schultern und schloß die Augen. Der Schlaf würde ihr guttun. Vielleicht würde ihr Magen sogar aufhören zu knurren, sobald der Schlaf sie übermannte.

*

Schon vor Sonnenaufgang war Damaris wieder auf den Beinen. Sie war sehr durstig, doch sie beschloß, mit dem ersten Schluck Wasser zu warten, bis sie ein gutes Stück Weg zurückgelegt hatte. Der Morgen war kühl, und sie fror ein wenig, als sie ihr Bündel zusammenpackte und es auf ihre Schultern hob. Die Wärme des Bündels linderte das Zittern, und sie ging los.

Die ersten paar Meilen trug sie ihre Schuhe. Inzwischen war die Sonne aufgegangen, und der Tag wurde allmählich heiß. Damaris nahm einen Schluck aus ihrer Wasserflasche und gönnte sich eine halbe Scheibe trockenes Brot. Dann verlor sich die Straße, der sie bisher gefolgt war, in dem harten, ungepflügten Boden. Damaris kam an mehreren staubigen Landstraßen vorbei, doch es war ihr noch zu riskant, einer von ihnen zu folgen; so überquerte sie sie nur und ging in Richtung Westen weiter.

Am Mittag war sie erschöpft, hungrig und durstig, doch ihre kleine Wasserflasche war leer. In der Ferne sah sie Rauch aus den Schornsteinen von Bauernhäusern steigen, doch um keinen Preis hätte sie sich auf einem Gehöft blikken lassen, wo man sie womöglich erkannt hätte.

Dann geschah etwas Wunderbares. Damaris sah einen langen, erhöhten Damm: einen Eisenbahndamm! Die Gleise führten nach Westen.

Ihr Herz schlug schneller. Die Schienen würden über kurz oder lang in eine Stadt führen. Damaris stieg auf den Damm und gönnte sich eine kurze Ruhepause, bevor sie sich wieder auf den Weg zu dem Punkt machte, wo die Gleise an den Horizont stießen.

Sie war noch nicht weit gelaufen, als die Gleise über einen kleinen Bach führten. Damaris rannte auf das kühle Wasser zu. Sie trank in großen Schlucken, füllte ihre Flasche wieder auf und kühlte sich dann ihre brennenden Füße in dem Bach.

„Bist du etwa derselbe kleine Bach, der an unserer Farm vorbeifließt?" fragte sie den Bach. Zum ersten Mal seit gestern hatte sie gesprochen, und ihre Stimme klang sonderbar und fremd in der Stille.

Wahrscheinlich nicht, dachte sie, doch sie sagte jetzt nichts mehr. Das Gefühl der Leere um sie her, wenn sie in die glühende Hitze hinein sprach, bedrückte sie.

Mit den Füßen in dem kühlen Bachwasser holte sie wieder eine halbe Scheibe Brot hervor und aß sie langsam auf. Nach jedem Bissen trank sie große Schlucke Wasser. Das Wasser half gegen das Hungergefühl und stillte ihr zugleich den Durst.

Nach ein paar Minuten setzte sie ihren Weg fort. Ihre Füße schmerzten nicht mehr so arg, und sie zog sich die

Schuhe wieder an. Die Schuhe würde sie so lange wie nur irgend möglich tragen, denn sie boten ihren Füßen wenigstens ein gewisses Maß an Schutz vor den spitzen Steinen auf dem Bahndamm.

Es wurde schon Abend, als sie wieder anhielt. In der Dämmerung konnte sie Lichter in der Ferne sehen. Für einen Bauernhof waren es zu viele: Es mußte eine Ortschaft sein. Wie sie wohl heißen mochte? Und wieviele Meilen sie wohl schon zurückgelegt hatte? Bestimmt noch nicht genug. Nein, am besten machte sie einen Bogen um den Ort, um auf der anderen Seite wieder auf den Bahndamm zu stoßen und diesem dann nach Westen zu folgen. In ein paar Tagen konnte sie es dann vielleicht wagen, irgendwo nach Arbeit zu fragen, damit sie endlich wieder eine richtige Mahlzeit bekam.

Damaris zog sich die Decke fester um die Schultern und legte den Kopf auf ihr Bündel. Die Wasserflasche nahm sie zu sich unter die Decke; ihr Überleben konnte davon abhängen. Dann schloß sie die Augen und schlief vor Erschöpfung auf der Stelle ein.

*

Wie geplant machte Damaris einen Bogen um die Ortschaft, so schwer ihr das auch fiel. Sie sehnte sich nach Menschen, nach einer Arbeitsstelle und einer sättigenden Mahlzeit. Der Hunger fühlte sich wie ein Knoten im Magen an, gegen den die kleinen Stücke trockenes Brot so gut wie machtlos waren.

Doch Damaris wußte, daß sie noch nicht in Sicherheit war. Sie ging um die Ortschaft herum und hoffte, dabei von niemandem gesehen zu werden. Einmal erspähte sie einen Jungen, der seine Kühe zum Melken zusammentrieb. Am liebsten hätte sie ihn gebeten, ihr die kleine Flasche mit Milch zu füllen, doch sie besaß nichts, das sie ihm als Bezahlung geben konnte, und sie konnte unmöglich von dem Jungen verlangen, ihr die Milch umsonst zu geben.

Sie trottete weiter. Am späten Vormittag stieß sie wieder auf die Eisenbahnschienen. Voller Verzweiflung stellte sie fest, daß diese nun eher in südlicher als in westlicher Richtung verliefen. Im grellen Sonnenlicht kniff sie die Augen zusammen. In der Ferne, fast am Horizont, bogen die Gleise wieder in Richtung Westen ab. Dankbar setzte Damaris ihren Weg fort.

Am späten Nachmittag blieb sie plötzlich mit pochendem Herzen stehen und hielt sich eine Hand abschirmend über die Augen. In einiger Entfernung kam ihr jemand auf den Gleisen entgegen. Damaris wußte nicht, ob sie blitzschnell zwischen den Bäumen Deckung suchen oder einfach weitergehen sollte. Doch zu beiden Seiten der Gleise lagen Felder. Bis zu den Bäumen war es viel zu weit. Es würde sie zuviel Zeit kosten, dorthin zurückzulaufen. Außerdem hatte der Wanderer sie bestimmt längst bemerkt. Wenn er einen Raubüberfall auf sie vorhatte, dann brauchte er ihr nur in den Wald zu folgen. Auf dem Weg in die Stadt waren ihr schon oft Männer aus der Nachbarschaft begegnet, und keiner von ihnen hatte ihr je etwas zuleide getan; doch was würde einen Fremden davon abhalten, sie zu überfallen, noch dazu in dieser verlassenen Gegend?

Doch kam ihr ein ebenso entsetzlicher Gedanke: Was, wenn er gar kein Fremder war? Wenn er sie erkannte, dann würde er ihrem Vater ganz bestimmt sagen, wo er ihr begegnet war. Sie hoffte inbrünstig, daß dieser Mann tatsächlich ein Fremder war.

Weil sie sich keinen anderen Ausweg wußte, ging Damaris zögernd auf den Mann zu.

Sie hielt den Blick gesenkt und musterte jedes Fleckchen Boden, auf das sie ihre Füße setzte. Hin und wieder sah sie verstohlen auf. Inzwischen war der Mann so nahe, daß sie sein Gesicht sehen konnte. Er war ein Fremder.

Damaris ging weiter. Sie streckte ihre Schultern und bemühte sich, nicht so erschöpft auszusehen. Sie wollte nicht, daß der Mann erriet, welch ein weiter Weg schon hinter ihr lag und wie müde sie war. Er sollte glauben, daß sie notfalls vor ihm weglaufen konnte. Er ging in Richtung Osten. Womöglich würde er in der nächsten Stadt von dem fremden jungen Mädchen erzählen, dem er unterwegs auf den Bahngleisen begegnet war. Damaris war froh, daß ihre Heimatstadt noch nicht an das Schienennetz angeschlossen war. Dieses Bahngleis würde ihn nicht dorthin führen.

Mit gestärktem Mut ging Damaris immer weiter auf den Fremden zu. Plötzlich begegneten sich ihre Blicke. Damaris stellte überrascht fest, daß der Fremde sogar noch schäbiger gekleidet war als sie selbst. Er sah abgekämpft und mager aus. Einen Moment lang überlegte sie, ob sie ihm die paar Brotstücke schenken sollte, die sie noch besaß.

Aber dann senkte er auch schon wieder den Blick und ging an ihr vorüber, ohne sie auch nur eines Kopfnickens zu würdigen. Damaris war erleichtert und enttäuscht zugleich. Sie trottete weiter und drehte sich nur einmal um, um dem Mann nachzuschauen.

Bis zur nächsten Stadt war es weiter, als sie an diesem Tag gehen konnte. Am Abend schlief sie wieder unter freiem Himmel. In der Ferne sah sie Gewitterwolken, und sie befürchtete, von Regentropfen im Gesicht aufgeweckt zu werden. Sie beschloß, sich auszuruhen, so gut es ging, bevor das Gewitter losbrach.

In der Stadt

Erst am nächsten Morgen fing es an zu regnen. Damaris war schon auf dem Bahndamm unterwegs, als die ersten Tropfen fielen. Sie überlegte, ob sie weitergehen oder sich einen Unterschlupf suchen sollte. Sie war schon oft im Regen unterwegs gewesen, ohne daß ihr das etwas ausgemacht hätte, doch ihr Bündel würde völlig durchnäßt werden, wenn sie es nicht irgendwo vor dem Regen in Sicherheit brachte. Als sie einen kleinen Wald in der Nähe entdeckte, lief sie darauf zu. Dabei sah sie zu den Regenwolken auf. Bei Blitz und Donner wäre es gefährlich gewesen, sich unter den Bäumen aufzuhalten. Doch es war kein richtiges Gewitter, das sich da zusammenbraute, und Damaris kroch so dicht an den Stamm eines großen Baumes, wie sie nur konnte. Sie verstaute ihr Bündel unter ihren Röcken und hoffte, daß es dort trocken aufgehoben war.

„Hoffentlich regnet es nicht allzulange“, murmelte sie.

Dann holte sie ihren Vorrat an Brot und Wasser hervor. Eigentlich könnte sie die Pause ebensogut nutzen, um sich ein wenig zu erfrischen. Vielleicht konnte sie sogar ein bißchen schlafen.

Sie gönnte sich eine halbe Scheibe Brot und trank nur einen kleinen Schluck Wasser dazu; sie wußte nicht, wann sie ihre Wasserflasche wieder auffüllen konnte. Sie sah sehnsuchtsvoll in den grauen Himmel hinein. Wenn sie doch nur irgendwie etwas von dem strömenden Regen in ihrer Flasche auffangen könnte!

Es wurde kühler. Damaris zog sich ihre Decke um die Schultern und versuchte zu schlafen, doch der Schlaf kam nicht. Zum ersten Mal seit ihrem Aufbruch wanderten ihre Gedanken zu ihrem Elternhaus zurück.

Wie es ihrer Mama wohl ging? Ob sie wohl sehr verwundert gewesen war, als Damaris nicht vom Bach nach Hause gekommen war? Hatte sie sich auf die Suche nach ihr gemacht, weil sie glaubte, daß das Mädchen vielleicht in den Bach gestürzt und ertrunken war oder sich ein Bein gebrochen hatte? Ob ihr Vater furchtbar wütend geworden war, als sie sich auf sein Rufen hin nicht gemeldet hatte? Damaris hoffte von ganzem Herzen, daß er seine Wut nicht an ihrer Mama ausgelassen hatte.

In der Ferne ertönte ein schrilles Pfeifen. Einen Moment lang rätselte Damaris verwirrt, was das Geräusch wohl bedeutete. Dann erkannte sie es endlich als das Pfeifen einer Lokomotive, und sie legte den Kopf zurück, um auf das nächste Pfeifen zu horchen.

„Jetzt bin ich schon meilenweit auf dem Bahndamm gelaufen", schalt sie sich, „und weiß nicht einmal, wie eine Lokomotive klingt!"

Das Pfeifen ertönte erneut, und Damaris konnte der Versuchung nicht widerstehen, unter dem Baum hervorzukriechen und zuzuschauen, wie die Eisenbahn an ihr vorbeiratterte.

„Besonders oft scheint die Bahn hier nicht zu verkehren", sagte sie sich. „Ich bin ja schon seit zwei Tagen auf dem Bahndamm, und dies ist die erste, die ich sehe."

Der Zug fuhr in Richtung Westen. Für ihr Leben gern hätte Damaris zu den Passagieren gezählt.

„Wenn ich nur das Geld für eine Fahrkarte hätte, würde ich auf der Stelle losreisen", überlegte sie sich. „Dann bräuchte ich mir die Füße nicht so wundzulaufen, und vor dem Regen bräuchte ich mich auch nicht zu verkriechen. Im Handumdrehen wäre ich am Ziel!"

Doch Damaris besaß kein Geld für eine Fahrkarte. Es war Zeitverschwendung, überhaupt davon zu träumen. Sie kauerte sich wieder unter ihrer Decke zurecht und wünschte sich den Regen weit weg.

Doch der Regen fiel in dicken, schweren Tropfen, ohne nachzulassen.

„Wenigstens ist es nicht windig heute“, bemerkte Damaris erleichtert. „Nicht einmal die Bäume hier würden mich vor Wind schützen.“

Sie fühlte sich furchtbar erschöpft. Gewiß würde sie sofort einschlafen, wenn sie nur der Hunger nicht so plagen würde. Sie zog die Decke enger um sich und legte ihr kleines Bündel unter ihrem Kopf zurecht. Endlich gelang es ihr, ein wenig zu schlafen, jedoch nur für kurze Zeit. Ihr knurrender Magen weckte sie bald wieder.

Es war schon fast dunkel, als sie sich endlich einen Griff in ihren Brotvorrat gönnte. Das Brot wurde zusehends knapper, doch sie brauchte unbedingt etwas Nahrung. Sie trank den Rest ihres Wasservorrats. Nach all dem Regen würde sie bestimmt irgendwo auf einen kleinen Bach stoßen, an dem sie die Flasche wieder auffüllen konnte. Sie mußte sich auch unbedingt ausruhen; doch mit leerem Magen konnte sie nicht schlafen. Mit einem Blick in die nasse, tropfende Welt um sie her machte Damaris sich klar, daß sie ihren Weg vorläufig nicht fortsetzen konnte. Sie aß ihr Brot bis auf eine einzige Scheibe auf.

*

Es war schon spät am nächsten Nachmittag, als Damaris die kleine Ortschaft erreichte. *Hier muß ich anhalten*, sagte sie sich. *Ich muß mir eine Arbeit suchen, damit ich endlich etwas zu essen bekomme*.

Vor dem ersten Haus an der zerfurchten Straße war eine Frau damit beschäftigt, Wäsche auf die Leine zu hängen. Damaris kam langsam näher. Sie wollte auf keinen Fall ihre verzweifelte Lage preisgeben.

„Guten Tag, gnädige Frau“, begann sie. Ihre Stimme klang merkwürdig fremd in ihren Ohren. Die Frau sah auf und blinzelte im hellen Sonnenlicht.

„Ich wüßte nicht, dich je gesehen zu haben", antwortete sie, doch es war eher eine Feststellung als eine Drohung.

„Nein, gnädige Frau. Ich ... ich wohne nicht hier. Ich bin unterwegs ... nach Westen."

Die Frau runzelte die Stirn. Damaris konnte ihr anmerken, wie argwöhnisch sie war. *Gleich wird sie anfangen, mich auszufragen*, dachte Damaris, *und was soll ich ihr dann antworten?*

Ehe die Frau etwas sagen konnte, kam Damaris ihr zuvor.

„Ich helfe Ihnen gern mit der Wäsche", erbot sie sich.

Jetzt hob die Frau den Kopf und sah sich Damaris etwas genauer an.

„Ich wüßte nicht, warum ein junges Mädchen wie du sich für meine Wäsche interessieren sollte", sagte sie geradeheraus, „es sei denn, sie hat ihre Gründe dafür. Du bist doch wohl nicht von zu Hause weggelaufen, was?"

Damaris war wie vor den Kopf geschlagen. Sie wußte kaum, was sie darauf antworten sollte. Sie hob trotzig das Kinn.

„Ich lebe allein", sagte sie, was ja zur Zeit auch stimmte. Dann fuhr sie mit einer Halbwahrheit fort: „Mama hat gesagt, daß ein Mädchen mit siebzehn auf eigenen Beinen stehen kann."

Das hatte ihre Mama tatsächlich gesagt. Wenn die Frau nun glaubte, Damaris sei schon siebzehn, dann sollte das ihre eigene Angelegenheit sein. Damaris hatte sie nicht ausdrücklich angelogen.

Doch die Frau schaute noch immer recht argwöhnisch drein.

„Bei der Wäsche brauch' ich keine Hilfe", sagte sie einfach. „Bin sowieso gleich fertig."

Damaris nickte niedergeschlagen, verabschiedete sich und ging weiter.

Ihr nächstes Ziel war ein Haus, wo eine Frau mit einer Hacke im Gemüsebeet arbeitete. Schweißperlen standen ihr auf der Stirn, und hin und wieder hielt sie inne, um eine Hand gegen ihren Rücken zu stützen.

Sie könnte gut Hilfe gebrauchen. Das steht felsenfest! dachte Damaris. Sie war fest entschlossen, nicht noch einmal abgewiesen zu werden. Diesmal mußte sie stichhaltige Antworten zur Hand haben. Doch ihr blieb keine Zeit mehr, sich etwas zurechtzulegen. Sie war schon fast vor dem Haus angekommen.

„Guten Tag, gnädige Frau." Sie kämpfte gegen die Angst und die Unsicherheit in ihrer Stimme an.

Die Frau sah auf, zog ein großes Taschentuch aus ihrer Schürzentasche hervor und wischte sich damit über die Stirn.

„Mir scheint, Sie haben noch ein gutes Stück Arbeit mit der Hacke vor sich", bemerkte Damaris.

Die Frau nickte.

„Ich habe etwas Zeit", fuhr Damaris fort, „und Gartenarbeit mache ich ganz gern. Mama hat immer gesagt, daß ich einen kräftigen Rücken dafür habe. Das war natürlich, als ich meine Mama noch hatte."

Die Frau sagte nichts darauf, und Damaris schöpfte Mut. Noch hatte die Frau sie nicht fortgeschickt.

„Ich bin zu einer Tante unterwegs", fuhr Damaris fort, „jetzt, wo ich kein Zuhause mehr habe." Sie zögerte. Hatte sie die gewünschte Wirkung erzielt? Die Frau sagte noch immer nichts. *Ob sie wohl taub ist?* fragte Damaris sich.

„Ich bin zu Fuß unterwegs und möchte gern Pause machen. Ich würde gern für Sie weiterhacken."

„Und was willst du dafür?" fragte die Frau endlich.

Damaris seufzte erleichtert. Die Frau hatte genau verstanden, um was es ihr ging.

„Nur einen Platz zum Übernachten und etwas Proviant für die Reise", antwortete sie.

„Ich hab' kein freies Bett", erklärte die Frau.

„Dann eben nur Proviant", sagte Damaris schnell.

Die Frau schien nicht besonders erfreut über diese Forderung zu sein, doch Damaris konnte ihr anmerken, wie erschöpft sie von der Gartenarbeit in der heißen Sonne war.

Damaris wartete geduldig auf den Entschluß der Frau. Endlich reichte diese ihr die Hacke.

„Abendessen kannst du bei mir bekommen, aber sonst nichts."

Damaris nickte. Das war ein dürftiger Lohn, aber sie konnte es sich nicht leisten, nicht auf das Angebot einzugehen.

Sie legte ihr Bündel beiseite und nahm die Hacke. Sie hatte gehofft, daß die Mahlzeit zuerst an die Reihe kam, doch offensichtlich hatte die Frau nicht vor, den Lohn vor der Erledigung der Arbeit zu zahlen.

Damaris fing an, die Reihe im Beet mit der Hacke zu bearbeiten, und nachdem die Frau eine Weile zugeschaut hatte, um sich davon zu überzeugen, daß Damaris sich auf ihr Handwerk verstand, wischte sie sich die Stirn erneut und ging zum Haus.

„Ach, gnädige Frau", rief Damaris hinter ihr her, „könnte ich wohl bitte etwas Wasser zu trinken bekommen? Ich habe keins mehr."

Die Frau drehte sich um und zeigte auf den Brunnen im Hof.

„Hol's dir nur selbst", antwortete sie und ging weiter.

Bei der Arbeit quälte Damaris ihr schmerzender Magen. Durch den Einfluß ihrer Mutter plagte sie aber ihr Gewissen noch ärger als der Hunger. Die Lüge mochte ihr zwar diese Arbeit eingebracht haben, doch Damaris wußte genau, daß man eigentlich nicht lügen darf. In diesem Moment nahm sie sich vor, in Zukunft nicht mehr zu lügen – auch wenn sie deshalb verhungern sollte.

*

Das Abendessen war recht dürftig. Damaris bekam ihren Teller nach draußen auf die Veranda gebracht. Die Frau schien sich zu scheuen, sie ins Haus zu bitten. Damaris hatte gehofft, genug zu essen zu bekommen, um einen Teil davon als Proviant in ihr Bündel zu stecken, doch was sie bekam, reichte kaum, um ihren Hunger zu stillen. Außerdem bestand es aus wässrigem Eintopf, der sich ohnehin nicht zum Mitnehmen eignete.

Sie wischte den letzten Rest von dem Eintopf mit der Brotkruste vom Teller, bedankte sich bei der Frau und stand auf. Die Frau hatte kein Wort des Dankes für die Arbeit, die Damaris geleistet hatte.

Draußen wurde es allmählich dunkel, und Damaris mußte sich irgendwo eine Schlafstelle suchen. In der Stadt konnte sie nicht einfach unter freiem Himmel schlafen, wie sie es neben dem Bahndamm getan hatte.

Sie suchte, bis sie einen kleinen Schuppen fand, der leerzustehen schien. Es war modrig und schmutzig dort, aber Damaris war auf den Schutz des Schuppens angewiesen. Sie legte sich ihr Bündel unter den Kopf, deckte sich mit ihrer Decke zu und streckte sich am Boden aus. Sie war in einer Ortschaft. Hier konnten ihre zerschundenen Füße heilen. Ihr Rücken, der noch von der schweren Arbeit schmerzte, würde bis morgen früh ausgeruht sein. Bestimmt würde sie bald eine Anstellung finden, durch die sie ihren Unterhalt verdienen konnte. Sie würde so lange suchen, bis sie Erfolg hatte. Vorerst aber war sie an einem trockenen, warmen und – wie sie hoffte – sicheren Ort. Wasser konnte sie sich aus einem der Brunnen in der Nähe holen. Inzwischen war sie so viele Meilen von ihrem Heimatort entfernt, daß sie niemand erkennen konnte, und sie glaubte kaum, daß ihr Vater, ganz gleich, wie aufgebracht er über ihr Verschwinden war, ihr bis hierher folgen würde.

Zum ersten Mal in ihrem Leben fühlte Damaris sich vor ihm in Sicherheit. Sie legte sich auf dem Boden des Schuppens zurecht und schloß die Augen, um gleich darauf einzuschlafen.

*

Während der nächsten paar Tage fand Damaris hier und da kleinere Arbeiten, doch eine wesentliche Verbesserung ihrer Lage stellte sich nicht ein. Tag für Tag tat sie sich schwer, genug an Aufträgen zu bekommen, um sich wenigstens einmal richtig satt zu essen. Ein paarmal hatte sie Glück. Eine

Frau hatte ihr ein Paar Schuhe angeboten. Die Schuhe waren abgetragen und paßten ihr nicht richtig, aber sie waren weitaus besser als ihre eigenen. Eine andere Frau erlaubte ihr, in einem Schuppen hinter dem Haus zu übernachten. Nun hatte Damaris eine Art Herberge gefunden, doch bis zum Winter würde sie sich eine bessere Unterkunft suchen müssen.

Jeden Tag machte sie die Runde. Sie fegte in einem Geschäft, sie scheuerte Fußböden oder jätete Unkraut. Einmal durfte sie einer Frau drei Tage lang beim Hausputz helfen. Nach getaner Arbeit stand sie jedoch wieder mit leeren Händen da. Außer den Mahlzeiten hatte sie nichts verdient.

Und dann merkte sie, daß sie in der Stadt ins Gerede gekommen war. Die Leute mutmaßten, wer sie eigentlich war und woher sie stammte. Eines Morgens, als die Sonne gerade über den östlichen Horizont geklettert war, packte Damaris ihre wenigen Habseligkeiten in ihr Bündel und ging auf dem Bahngleis weiter.

*

Erst am übernächsten Tag erreichte sie den nächsten kleinen Ort. Damaris war erleichtert. Seit ihrer letzten Arbeit hatte sie keinen Bissen mehr gegessen. Diesmal trat sie selbstbewußter auf, und ihre Geschichte, die soweit den Tatsachen entsprach, war inzwischen gut eingeübt. Sie suchte sich zielstrebig eine Arbeit als Gegenleistung für eine Mahlzeit.

Die erste Frau hatte nur ein entschiedenes „Nein“ und einen eiskalten Blick für sie, doch so leicht ließ Damaris sich nicht einschüchtern. Ihr Leben hing davon ab, daß sie sich etwas Eßbares verdiente, selbst wenn es nur ein Stück Brot war.

Beharrlich ging sie von Haus zu Haus. Bei ihrem fünften Versuch sagte man ihr, es gebe Wäsche zu bügeln.

Die Frau sah sie freundlich an. Damaris' schmutziges,

geflicktes Kleid und die abgetragenen Schuhe entgingen ihrem Blick dabei nicht.

„Komm nur herein, Mädchen“, sagte sie ohne jedes Zögern. „Ich kann gut etwas Hilfe im Haushalt gebrauchen vorausgesetzt, du verlangst keinen allzu hohen Lohn!“

„Nur einen Platz zum Übernachten und etwas zu essen“, antwortete Damaris, die es vermeiden wollte, erneut abgewiesen zu werden.

„Setz dich her“, sagte die Frau und führte Damaris in ihre blitzsaubere Küche. „Wir sind gerade mit dem Essen fertig. Ich glaube, die Schüsseln sind noch warm genug.“

Ob das Essen warm war oder nicht, war Damaris' geringste Sorge. Sie brauchte dringend etwas Nahrhaftes.

Die Frau belud einen Teller mit Gemüse und einer Scheibe Schinken, legte zwei Butterwecken dazu und reichte Damaris die Mahlzeit. Das hungrige Mädchen konnte kaum an sich halten, doch sie zwang sich dazu, die Tischmanieren, die ihre Mutter ihr beigebracht hatte, zu beherzigen. Am liebsten hätte sie das Essen heruntergeschlungen und die Reste in ihr Bündel gesteckt, bevor die Frau es sich anders überlegen konnte.

Das Essen machte Damaris schläfrig. Sie hatte zuviel auf einmal gegessen, und ihr Magen beklagte sich, als sie sich jetzt an das Bügelbrett stellte. Nur durch ihre eiserne Willenskraft hielt sie den Kopf aufrecht und verrichtete die Arbeit. Den ganzen Sommernachmittag ging sie zwischen dem Wäschekorb, dem Herd und dem Bügelbrett hin und her.

Als das Abendessen angekündigt wurde, hängte Damaris gerade das letzte weiße Hemd auf einen Bügel.

„Mein Mann ist der Doktor hier am Ort“, erzählte die Frau ihr. „Deshalb habe ich auch immer solche Berge an Bügelwäsche. Die Leute scheinen halt einfach von meinem Mann zu erwarten, jeden Tag ein frisches Hemd anzuhaben. Manchmal sind es auch zwei oder drei am Tag – je nach den Umständen.“

Damaris nickte.

„Du bist sicher müde", fuhr die Frau fort. „Das war eine Menge Arbeit, die du da geleistet hast, und dazu noch bei dieser Hitze. Der Doktor kommt bald nach Hause, und dann essen wir zu Abend."

Damaris waren die Essensdüfte bei der Arbeit in die Nase gestiegen. Sie war selbst erstaunt, daß sie so bald nach einer reichlichen Mahlzeit schon wieder so hungrig war.

„Da ist er ja schon", sagte die Frau, als jemand zur hinteren Haustür hereinkam. „Setz dich. Wir essen gleich. Der Doktor hat bestimmt einen Bärenhunger mitgebracht."

Damaris blieb wie angewurzelt stehen.

„Bitte, gnädige Frau", stotterte sie, „wenn's Ihnen nichts ausmacht, könnte ... könnte ich wohl mit meinem Teller nach draußen auf die Veranda gehen?"

Die Frau drehte sich im Gehen zu dem Mädchen um und blieb stehen.

„Aber natürlich! Dir ist viel zu heiß, und müde bist du obendrein, nicht wahr? Draußen ist es kühler, garantiert! Wenn das Herdfeuer brennt, ist's im ganzen Haus so heiß wie in einem Backofen. Natürlich! Nimm dir getrost den Teller mit auf die Veranda."

Damaris senkte den Blick auf ihr Kleid. Sie hatte es zwar in der letzten Stadt gewaschen, doch obwohl es sauber war, fühlte sie sich darin in der guten Stube eines Doktors und seiner Frau furchtbar fehl am Platze.

Die Frau reichte Damaris einen großen Teller und machte sich dann in der Küche zu schaffen, um das Essen in Schüsseln zu füllen.

„Bediene dich nur. Es ist reichlich von allem da. Und kalte Buttermilch und Limonade stehen im Eiskasten", sagte sie.

Damaris füllte ihren Teller. Diesmal ließ sie etwas mehr Vorsicht walten. Ihr lag genausowenig an den Schmerzen eines übervollen Magens wie an denen eines allzu leeren Magens. Sie ließ es bei einer guten Portion bewenden und ging damit auf die Veranda, um ihre Mahlzeit im Freien zu genießen.

Eine günstige Gelegenheit

Damaris wollte die Freundlichkeit der Frau nicht für sich ausnutzen. Nachdem sie das Geschirr abgewaschen hatte, beschloß sie, sich wieder auf den Weg zu machen.

„Hast du denn eine Unterkunft?“ fragte die Frau.

„Ja“, versicherte Damaris ihr, ohne zu erwähnen, daß sie einfach dort schlafen würde, wo sie ein geschütztes Fleckchen Erde finden konnte.

„Nun, wenn du gehen mußt, gebe ich dir am besten gleich deinen Lohn.“

„Aber ich habe doch nur Mahlzeiten verlangt“, widersprach Damaris.

„Du warst so fleißig, daß du dir mehr als nur das Essen verdient hast“, sagte die Frau und suchte in einer kleinen Schüssel im Küchenschrank nach ein paar Geldstücken. Sie nahm vier Münzen und reichte sie Damaris.

Damaris lächelte ein Dankeschön und wünschte sich plötzlich, nicht so voreilig mit dem Aufbruch gewesen zu sein. Vielleicht hatte die Frau noch mehr Arbeit für sie. Aber zum Zögern war es jetzt zu spät. Die Würfel waren gefallen. Damaris hob sich ihr Bündel auf die Schulter und ging zur Tür.

Als sie durch die Küche ging, bemerkte sie ein schwarzes Buch auf einem kleinen Regal. Sie blieb stehen und wünschte sich um so mehr, den Aufbruch eine Weile hinauszögern zu können.

Hier gab es eine Bibel. Zweifellos war es eine Bibel. Vielleicht würde die freundliche Frau ihr erklären, was über ihren Namen darin stand.

„Nochmals vielen Dank für deine Hilfe“, sagte die Frau

gerade. „Normalerweise erledige ich die Bügelwäsche immer gleich zu Wochenbeginn, aber wir hatten einen Mann hier, der gepflegt werden mußte. Wir haben keine Krankenschwester; darum mußte ich selbst einspringen. Dem Patienten geht es schon viel besser. Bald komme ich mit dem Haushalt wieder allein zurecht."

Damaris nickte und ging zur Tür. Sie verabschiedete sich und ging los. Auf der Straße sah sie sich nach links und rechts um und fragte sich dabei, welche Arbeiten ihr diese kleine Stadt ansonsten zu bieten hatte. Sie mußte unbedingt mehr Geld verdienen, bevor sie sich hier regelrecht niederlassen konnte. Bei den kleinen Aufträgen, die sie bisher gefunden hatte, würde ihr das jedoch niemals gelingen.

Nun, sie würde sich halt irgendwie durchschlagen, dachte sie, und dazu gehörte, daß sie sich zuallererst einmal einen Platz zum Übernachten suchte.

*

Als Damaris drei Tage lang in diesem Ort gewesen war und hier und da für kleinere Arbeiten Anstellung gefunden hatte, schien die ganze Stadt auf einmal in Aufregung zu geraten. An allen Ecken standen Leute, die lebhaft miteinander redeten. Damaris hatte keine Ahnung, worum es eigentlich ging, bis zwei ältere Männer auf der Bank vor der Eisenhandlung miteinander plauderten. Damaris, die gerade den Boden zu kehren hatte, kam mit ihrem Besen näher, um besser zuhören zu können.

„Wir kriegen längst nicht mehr so viele Züge zu sehen wie früher", sagte der eine Mann.

Damaris begriff nicht, wie er so etwas behaupten konnte. Mit eigenen Augen hatte sie zwei Eisenbahnzüge durch den Ort rollen sehen, seitdem sie hier angekommen war.

„Heutzutage kommen nirgends mehr viele vorbei", meinte der andere Alte. „Ja, früher, da hatten wir drei bis vier im Monat, wenn das Wetter gut war."

Der alte Mann mit dem langen, grauen Schnurrbart nickte.

„Ja, ja, die Gleise, die Gleise. Neumodische Erfindung", sagte er und spuckte auf den Boden.

„Teure Angelegenheit, heißt es – besonders, wenn man seinen ganzen Hausrat mitnehmen will", sagte der Mann mit dem fleckigen Strohhut.

„Ja. Gepfefferte Preise nehmen sie bei der Bahn. Andererseits kostet heutzutage alles 'nen Haufen Geld."

„Allerdings!" gab ihm der Mann mit dem Strohhut recht.

„Zieht jemand von hier mit?"

„Zwei Familien, soweit ich weiß. Der Neue mitsamt Kind und Kegel. Wie heißt er denn gleich wieder? Black? White? Ich kann mir den Namen nicht merken."

„Meinst du Brown?"

„Ja, ich glaub', so heißt er. Also, der schon mal, und dann dieser junge Bursche ... Travis. Der und seine Braut."

Die beiden Alten schwiegen eine Weile, und Damaris befürchtete schon, daß ihr der Rest der Unterhaltung entgehen würde. Sie hatte schon zu lange an einem Fleck gekehrt.

„Würd' ja selbst mitfahren ... wenn ich jünger wär', mein' ich. Hätte es vor Jahren tun sollen. Wollte mir immer schon frischen Wind um die Nase wehen lassen und den Westen kennenlernen. Aber du weißt ja, wie meine Frau ist. Die hätte sich geweigert, unsere Siebensachen zu packen und mitsamt den Kindern ins Ungewisse zu ziehen. Hat immerzu von Schule und Kirche und Doktor geredet. Im Westen gibt's solche Sachen wohl noch nicht."

„Inzwischen schon. Jedenfalls hab' ich so was gehört. Man muß sich nur genau überlegen, wo man sich niederlassen will."

„Wohin ist denn dieser Zug unterwegs?"

„Weiß nicht. Habe keinen Ortsnamen gehört."

Damaris mußte unbedingt weiterkehren, doch als sie sich gerade ein Stück entfernen wollte, hörte sie eine letzte Bemerkung, die ihr den Kopf in die Höhe fahren ließ.

„Eigentlich schade“, meinte der Mann mit dem grauen Schnurrbart. „’n Jammer, daß das alles ein Ende nimmt. Zugegeben, die Gleise sind schneller – und nicht so beschwerlich –, aber ich werd’ sie vermissen, die Wagentrecks, die hier bei uns durch den Ort ziehen. Das hat doch was Abenteuerliches an sich, das Rattern der Wagenräder und das Knallen der Peitschen.“

Damaris hielt die Luft an. *Ein Wagentreck soll durch den Ort ziehen! Ein Wagentreck in Richtung Westen!* Ach, wenn sie doch nur mitfahren könnte! Nie wieder würde sie befürchten müssen, von ihrem Pa aufgespürt zu werden!

Am liebsten hätte sie die beiden Männer mit tausend Fragen bedrängt, doch das hätte sich nicht gehört. Sie würde eben einfach Augen und Ohren offenhalten und jederzeit bereit sein. Sie würde sich nach Westen durcharbeiten. Bestimmt fanden sich Leute, bei denen sie sich das Geld für die Reise verdienen konnte. Damaris spürte, wie ihr Herz schneller klopfte, als sie jetzt in das Geschäft zurückging und den Besen wieder an den Nagel hängte, um sich ihren kargen Lohn abzuholen.

*

Damaris mußte sich bei mehreren Leuten erkundigen, bis sie erfuhr, wer der Leiter des Wagenzugs war. Sie ging zögernd auf den kräftigen, großen Mann zu.

„Bitte, mein Herr, kann ich Sie wohl einen Moment sprechen?“ sagte sie zaghaft.

Sie hatte es noch nie gewagt, einen erwachsenen Mann anzusprechen. Die einzige Ausnahme war der Ladenbesitzer daheim, bei dem sie ihre Eier gegen Lebensmittel eintauschte. Seit sie von zu Hause weggelaufen war, hatte sie sich immer nur an Frauen gewandt, wenn sie eine Arbeit gesucht hatte. Es kostete sie große Überwindung, zu diesem Mann zu gehen und ihn um eine Auskunft zu bitten.

Der Mann hob den Kopf widerwillig von dem Zaumzeug, das er auf den Knien hielt. Sein Blick blieb kalt, als er das junge Mädchen musterte, das da vor ihm stand. Statt einer Antwort nickte er nur unwirsch und wandte sich wieder seinem Zaumzeug zu.

„Stimmt ... stimmt es, daß Sie der Treckführer sind?" fragte Damaris.

Wieder nickte er, ohne Damaris dabei anzuschauen.

Sie holte tief Luft. Sie war froh, daß sie seinem Blick nicht standzuhalten brauchte.

„Ich ... ich möchte gern mit nach Westen reisen", sagte sie hastig.

Nun fuhr sein Kopf in die Höhe.

„Hast du ein Gespann?" wollte er wissen.

„N-nein", stotterte Damaris und wand sich unter seinem bohrenden Blick.

„Ich nehme keine Passagiere. Geh zum Bahnhof, wenn du nach Westen willst."

„Aber ich dachte ... ich meine, also ... ich dachte ... Ich habe kein Geld für die Fahrkarte."

„Dann schlag dir das Ganze gefälligst aus dem Kopf."

Er wandte sich wieder seiner Arbeit zu.

„Aber ich ... ich könnte unterwegs bei der Arbeit helfen – als Gegenleistung", fuhr Damaris fort.

„Wie stellst du dir das denn vor?"

„Also, ich könnte kochen. Waschen. Tiere versorgen. Ich scheue mich vor keiner Arbeit."

„Solche Sachen erledige ich selbst."

„Aber gibt es denn nicht ... ich meine, gibt es denn niemanden, dem ich helfen könnte?"

„Nicht, daß ich wüßte." Die Antwort war knapp und unverblümt.

„Könnte ich ... könnte ich mich nicht ein wenig umhören?" beharrte sie. „Sie haben doch mehrere Wagen in Ihrem Treck. Vielleicht wird irgendwo jemand zur Aushilfe gebraucht."

„Jetzt hör mir mal gut zu, Kleine", sagte er, und seine Stimme klang ungehalten. „Ich hab' genug um die Ohren, auch ohne ein junges Mädchen, das eigentlich nach Hause zu seiner Mama gehört. Ich habe ganz und gar nicht vor, dich von Wagen zu Wagen gehen zu lassen, bis du jemanden findest, der dich auf seine Kosten mitnimmt. Und jetzt ist der ‚Moment', den du mich sprechen wolltest, mehr als abgelaufen. Ich hab' jede Menge zu tun, und wenn du nichts dagegen hast, würde ich gern weitermachen."

„Ja ... natürlich. Vielen Dank für die Auskunft", murmelte Damaris. Mit hängenden Schultern und gesenktem Blick wandte sie sich von dem Mann mit seinem Zaumzeug ab.

„Einen Augenblick mal, kleines Fräulein", sagte eine Stimme neben ihr. Damaris schrak zusammen. Sie hatte den Mann gar nicht kommen sehen.

„Tut mir leid", entschuldigte er sich. „Ich wollte dich nicht erschrecken, aber ich habe zufällig mitgekriegt, wie du dich gerade mit dem Captain unterhalten hast."

Damaris wartete. Ihre Augen musterten den Fremden.

„Ich heiße Mel Brown. Meine Frau, die Kinder und ich wollen mit dem Wagentreck los. Unser Jungvolk ist zahlreich, und die Reise wird eine riesige Strapaze für meine Frau werden. Wie hattest du dir die Vereinbarung denn vorgestellt?"

„Also, ich ... ich möchte gern mit dem Wagentreck nach Westen. Ich ... ich habe kein Fahrgeld, aber ich könnte unterwegs alles mögliche an Arbeiten verrichten, als Entgeld sozusagen für ... für die Fahrt und mein Essen. Ich bin nicht ungeschickt, was den Haushalt angeht, und ich ... ich scheue die Arbeit nicht. Mama hat immer gesagt, daß ich ein kräftiges Kreuz habe, und ..."

Der Mann hob die Hand, um ihren hastigen Worten Einhalt zu gebieten.

„Wohin willst du denn eigentlich?" fragte er. Darauf war Damaris nicht vorbereitet. Sie kannte keine Ortsnamen im Westen, und niemand hatte das Reiseziel des Wagentrecks erwähnt.

„Zu der gleichen Stadt wie Sie", antwortete sie unbeholfen, doch der Mann schien zufrieden zu sein.

„Komm mit“, sagte er, „und sprich mit meiner Frau.“

Damaris folgte ihm durch das Wagenlager.

Endlich erreichten sie einen Planwagen, der etwas abseits von den übrigen stand. Damaris hörte einen Säugling schreien, und ein Kleinkind quengelte nach seiner Mama. Der Mann ging an das Wagenende, hob die Plane und rief: „Martha!“

Aus dem Wageninneren ertönte eine Antwort, und kurz darauf streckte eine Frau ihren Kopf aus dem Eingang hervor. Den schreienden Säugling hielt sie auf dem Arm, während das unleidliche Kleinkind sich an den Röcken der Mutter festklammerte.

„Dieses junge Mädchen hier will nach Westen. Als Gegenleistung für das Reisegeld will sie die Arbeiten tun, die bei uns anfallen. Was meinst du?“

Die Frau musterte Damaris vom Scheitel bis zur Sohle. In ihren Augen standen Fragen, doch diese sprach sie nicht aus. Schließlich nickte sie. Sie wirkte schon jetzt erschöpft, und dabei hatte die Reise noch gar nicht begonnen.

„Du fährst in dem zweiten Wagen dort mit“, teilte sie Damaris mit. „Unser Ältester kutschiert, und dazu fahren noch drei Kinder im Wagen mit. Unterwegs kümmerst du dich um sie. Wenn wir anhalten, kannst du beim Kochen helfen.“

Damaris nickte.

„Bring deine Sachen in den Wagen dort und hol uns Brennholz für das Feuer. Bevor es losgeht, müssen wir noch essen, und viel Zeit zum Kochen haben wir nicht mehr.“

Erneut nickte Damaris. Sie ging auf den Wagen zu, auf den die Frau gedeutet hatte, und schob ihr kleines Bündel unter die Plane. Dann kamen ihr Bedenken, und sie kletterte in den Wagen. Sie knotete das Bündel behutsam auf und holte das kleinere Päckchen mit der Taschenuhr und der Brosche daraus hervor. Dieses schob sie sich in die Schürzentasche und befestigte es dort mit einer Nadel von ihrem Rocksaum. Dann stieg sie wieder aus dem Wagen und ging zu der kleinen Baumgruppe am Wegrand. Frau

Brown hatte ihr aufgetragen, Brennholz zu holen. Am besten beeilte sie sich mit diesem ersten Auftrag, bevor die Frau es sich anders überlegen konnte und sie hier zurückließ.

Damaris hastete mit dem Holz an die Feuerstelle zurück und hatte bald darauf ein flackerndes Feuer zustande gebracht. Sie nahm sich die beiden Eimer und ging damit zu einem der öffentlichen Brunnen. Als sie zurückgekehrt war, nahm sie den großen Kochtopf von der Wagenseite und setzte Wasser zum Sieden auf. Dann ging sie an den Wageneingang, um sich bei der Frau zu erkundigen, was sie als nächstes zu tun hatte.

Es war eine schlichte Mahlzeit, die Damaris zubereitete, doch niemand beschwerte sich darüber, und anschließend beeilte sie sich, das Geschirr abzuwaschen und es für die Abfahrt zu verstauen. Als sie mit allem fertig war, sah sie Erleichterung in den Augen der Frau.

„Ihn hier muß ich jetzt stillen“, sagte die Frau, nahm den Säugling hoch und erhob sich von dem Hocker, auf dem sie gesessen hatte. „Der da braucht einen Mittagsschlaf, wenn du ihn dazu bewegen kannst“, und mit einer Kopfbewegung deutete sie auf den Jungen, der die ganze Zeit unablässig weinend an den Röcken seiner Mutter gehangen hatte.

Mit gemischten Gefühlen nahm Damaris den Kleinen auf den Arm und ging zu dem Planwagen, den sie sich mit den größeren Kindern teilen sollte. Der kleine Junge schrie nach seiner Mutter, doch Damaris ging unbeirrt weiter.

Sie kannte sich nicht gut mit Kleinkindern aus. Sie hatte noch nie Kinder gehütet, da sie ja selbst keine Geschwister hatte. Ihr gesunder Menschenverstand sagte ihr jedoch, daß ein Kind, das einen Mittagsschlaf halten soll, zuerst einmal getröstet werden mußte. Als sie den Planwagen erreicht hatte, kletterte sie mit dem Kind in das Innere des Wagens und fing an, den Kleinen in ihren Armen zu wiegen. Dabei sang sie ihm ein Lied vor, das ihre Mama ihr früher oft vorgesungen hatte.

Er brüllte noch eine Weile, doch allmählich ließ das wilde Geschrei nach. Damaris sang weiter. Sie wiegte das Kind, bis ihr die Arme wehtaten, und sie sang, bis ihr Hals trocken war. Endlich schlief das Kind ein, und Damaris schickte sich an, es sanft auf die Decke zu legen, die fast den gesamten Wagenboden bedeckte.

Der kleine Junge regte sich und fing an zu weinen, als sie ihn hinlegte. Damaris befürchtete, wieder ganz von vorn beginnen zu müssen. Über ihre Aufgabe als Kindermädchen war sie nicht sehr glücklich, und sie war davon überzeugt, ihr Reisegeld und ihr tägliches Brot mehr als verdient zu haben, wenn sie diesen kleinen Quälgeist rund um die Uhr zu versorgen hatte. Außerdem gab es noch drei andere Kinder, hatte die Frau gesagt. Zur Essenszeit war Damaris viel zu beschäftigt gewesen, um Nasen zu zählen. Wahrscheinlich wurde jetzt von ihr erwartet, die übrigen Kinder herbeizurufen. Dem Gespräch, das um das Lagerfeuer geführt worden war, hatte sie entnommen, daß der Treck bald weiterziehen sollte.

Aufbruch in den Westen

Das Leben im Planwagen war eine Strapaze für Damaris. Sie hatte nicht nur Wasser und Brennholz zu holen und beim Kochen und Waschen zu helfen, sondern auch vier Kinder zu versorgen, darunter drei äußerst eigensinnige, ungezogene Mädchen. Der Jüngste, der zweijährige Eddie, hatte sich schnell vom Jammern aufs Festklammern verlegt. Damaris konnte keinen einzigen Schritt tun, ohne Eddie am Schürzenzipfel oder auf dem Arm zu haben. Das Brennholz sammelte sie mit Eddie auf der linken Hüfte, das Wasser holte sie vom Bach, während Eddie sich an ihre Röcke klammerte, und wenn sie das Essen am Lagerfeuer kochte, stand Eddie wimmernd neben ihr. Es dauerte nicht lange, bis Damaris sich danach sehnte, nur einen einzigen Moment für sich zu haben, doch dieser eine Moment kam einfach nicht.

Selbst bei Nacht konnte sie nicht entkommen, denn sie mußte den Planwagen und damit auch ihr Bett mit Eddie und seinen drei Schwestern teilen. Damaris war manchmal zumute, als müßte sie ersticken, und oft stieg sie mitten in der Nacht aus dem Wagen, um sich ein paar ungestörte Minuten in der Dunkelheit zu gönnen, obwohl der Wagenführer verboten hatte, daß man die Wagen bei Nacht verließ.

Der älteste Junge war etwas jünger als Damaris. Er war wortkarg und mürrisch und am Abend jedes Reisetages viel zu abgekämpft, um Damaris irgendwelche Schwierigkeiten zu bereiten. Sie waren schon zwei Wochen lang unterwegs, als Damaris endlich erfuhr, wie er eigentlich hieß, und selbst das geschah eher durch Zufall.

Zwei der Mädchen, Nina und Trudy, zankten sich darüber, wer von beiden an der Reihe war, vorn auf dem Kutschbock zu sitzen. Nach einem giftigen Wortwechsel, der jedoch keinerlei Lösung herbeigeführt hatte, packte Nina ihre Schwester bei den Armen und schrie sie an: „Ätsch! Ich bin wohl an der Reihe! Frag doch Conrad!" Doch als der Fall vor Conrad gebracht worden war, zuckte der nur mit den schmalen Schultern und sagte kein Wort. Aus dem Streit wurde ein heftiges Haareziehen, und Damaris sah sich zum Eingreifen gezwungen. Sie bestimmte, daß keins der beiden Mädchen heute auf den Kutschbock durfte, worauf die beiden Kampfhähne ihre geballte Streitsucht gegen Damaris richteten. Die Schwestern hatten plötzlich einen gemeinsamen Feind gefunden und verbündeten sich, um ihren Zorn auf Damaris zu entladen.

Wenn Damaris sich auf das Abenteuer der Reise gefreut hatte, so sollte sie bitter enttäuscht werden. Auf dem endlos langen, staubigen Weg, auf dem sie voranratterten, gab es ganz und gar nichts Abenteuerliches zu sehen. Auch nicht in den langen Stunden harter Arbeit. Jeder Tag begann schon vor Sonnenaufgang und endete erst, wenn die Sonne schon hinter dem westlichen Horizont versunken war.

Wenn Eddie gut schlief, bekam Damaris insgesamt sechs Stunden Nachtruhe, doch das war bei weitem nicht immer der Fall. Wenn er nachts aufwachte, streckte er fast automatisch die Hand nach ihr aus. Ertastete er sie nicht gleich, so fing er an zu schreien, noch bevor er die Augen aufgeschlagen hatte.

Ich habe schließlich versprochen, meine Reisekosten durch Arbeit abzugelten, rief Damaris sich täglich ins Gedächtnis, *und ich werde Wort halten.*

Mit ihrer „Dienstherrin" hatte Damaris nicht viel Kontakt. Nachdem sie ihr ihre Arbeit zugewiesen hatte, zog sich die Frau in ihren Planwagen zurück und kam jeweils nur zum Essen daraus hervor. Sie machte einen kränklichen Eindruck, und der Säugling in ihren Armen schrie Tag und Nacht.

„Ich weiß nicht, ob es an dem ständigen Rumpeln des Wagens liegt", sagte die erschöpfte Frau einmal zu Damaris, „aber ich kann ihn durch nichts zur Ruhe bringen."

Damaris nickte, obgleich sie sich so gut wie überhaupt nicht mit Säuglingen auskannte.

*

Damaris hatte nicht gewußt, daß Leere sich über so viele Meilen erstrecken konnte. Man sah nichts als Anhöhen und Büsche und ab und zu ein Reh oder einen Kojoten. Öde Ebenen flimmerten in der Hitze; bei ihrem Anblick wurde Damaris regelrecht schwindlig und übel. Hin und wieder brach ein Gewitter los, so daß alle unter den Stoffplanen der fahrenden Wagen Schutz suchten. Wenn es allzu heftig regnete, mußte die ganze Kolonne eine Weile anhalten. Diese Pausen waren Damaris verhaßt, denn durch sie verzögerte sich die Ankunft an ihrem Reiseziel.

Sie hatte die zeitliche Orientierung völlig verloren. Ohnehin war es wohl ziemlich gleichgültig, welcher Wochentag es gerade war, dachte sie. Die langen, beschwerlichen Tage glichen einander wie ein Ei dem anderen.

Damaris schloß keinerlei nähere Bekanntschaften unter den anderen Familien im Wagenzug. Sie hatte ein Mädchen unter den Reisenden entdeckt, das etwa in ihrem Alter war. Dieses Mädchen schien ein sorgenfreies Dasein zu führen; oft sah Damaris sie mit den jüngeren Kindern spielen. Sie hatte sogar ein eigenes Pony, auf dem sie reiten konnte, wenn ihr danach zumute war. Die übrige Zeit machte sie es sich auf ein paar Kissen mit einem Buch im Planwagen ihrer Eltern gemütlich.

Damaris beneidete das Mädchen. Nicht, daß sie sich über ihre eigene Arbeit beklagen wollte. Auch aus dem Pony machte sie sich nicht viel – doch wegen der Bücher war Damaris regelrecht eifersüchtig. Ach, was hätte sie darum gegeben, einmal nach Herzenslust lesen zu dürfen! Ihre eigenen zerlesenen Bücher hatte sie daheim gelassen.

Eigentlich gehörten sie ja auch ihrer Mutter, und Damaris war nicht wohl bei dem Gedanken gewesen, sie einfach mitzunehmen. Doch der Abschied von den geliebten Büchern war ihr schwergefallen.

Nach dem Abendessen, wenn das Geschirr abgewaschen und für die Nacht verstaut war, wenn sie das Wasser für den nächsten Morgen herbeigeschleppt und genug Brennholz für das Frühstücksfeuer gesammelt hatte, blieben Damaris manchmal ein paar Minuten für sich.

Völlig ungestört war diese Zeit allerdings nie, denn Eddie weigerte sich, ohne sie zu Bett zu gehen. Doch Damaris nahm den Jungen oft mit, wenn sie einen kleinen Spaziergang durch das Lager machte.

Sie schaute zu, wie die Leute sich zu kleinen Gruppen um die Lagerfeuer zusammenfanden, um sich miteinander zu unterhalten. Manchmal ging sie nahe genug an die Feuer heran, um kleine Gesprächsfetzen aufzufangen. Sie hätte für ihr Leben gern gewußt, wieviele Tage die Reise noch dauern würde. Manchmal glaubte sie, das Rattern und Rumpeln der Planwagen würde niemals ein Ende finden.

Den Männern ging Damaris aus dem Weg, besonders dem Treckführer. Die ersten Tage der Fahrt hatte sie große Ängste ausgestanden, daß er sie unter den Reisenden entdecken und wieder zurückschicken könnte.

Am dritten Tag hatte er sie dann wirklich gesehen, doch er hatte kein Wort verloren, sondern ihr nur mit einem Stirnrunzeln zugenickt. Dann war er an ihr vorbeigegangen. Damaris hatte einen Seufzer der Erleichterung ausgestoßen. Sie war in Sicherheit. Sie konnte die Reise nach Westen fortsetzen.

Dennoch mied Damaris den Mann. Sie wollte ihn um keinen Preis verärgern.

Eines an der Reise nahm Damaris voller Freude zur Kenntnis: Weit und breit gab es keine Ortschaften und daher auch keine Saloons. Auf der ganzen Reise hatte Damaris noch keinen einzigen der Männer betrunken erlebt. Keine einzige Frau, kein einziges Kind wies die Wunden und blauen Flecken auf, die so oft die Folge einer Mißhandlung waren, wenn ein Mann betrunken war. So sehr Damaris sich auf die Ankunft am Ziel freute, so sehr graute ihr auch davor, denn dann, so glaubte sie, würden die Männer wieder in ihre alten Gewohnheiten verfallen.

*

„Wenn nichts dazwischenkommt, müßten wir in drei Tagen ankommen."

Die Worte kamen aus dem Mund eines hochgewachsenen Mannes, der gegen das Rad seines Planwagens gelehnt dastand.

Damaris, die gerade mit zwei gefüllten Wassereimern und Eddie am Schürzenzipfel an ihm vorbeikam, hielt die Luft an.

Drei Tage! Nur noch drei Tage. Es klang wie die Befreiung aus einem Gefängnis auf Rädern.

An diesem Abend herrschte großer Jubel im ganzen Lager. Damaris hörte sogar Gesang. Am liebsten hätte sie sich ein wenig näher an die Feiernden geschlichen, um der Musik zuzuhören, doch sie hatte noch am Lagerfeuer zu arbeiten. Als sie endlich ihre Pflichten erledigt hatte, war die Musik längst verstummt.

Vor lauter Spannung schlief Damaris schlecht in dieser Nacht. Die Wagenplane war ein Stück zurückgeschlagen worden, damit die kühle Nachtluft in das stickige Wageninnere dringen konnte. Durch die Öffnung konnte Damaris den silbernen Mond am Himmel sehen. Nun hielt sie es nicht mehr aus. Sie kroch unter den Decken hervor, zog sich ihr Kleid über den Kopf, nahm sich ihr Schultertuch und kletterte aus dem Wagen. Eddie rührte sich nicht.

Der Wagenführer hatte angeordnet, daß niemand sich vom Lager entfernen durfte, weder tagsüber noch nachts. Doch so dicht vor einer Stadt drohte bestimmt keine Gefahr, überlegte Damaris. Außerdem wollte sie ja gar nicht weit gehen.

Sie schlich sich an den anderen Planwagen vorbei und ging ein Stück an dem kleinen Bach entlang. Dann setzte sie sich auf einen Felsbrocken am Ufer und seufzte tief, um ihre Lungen mit der klaren Nachtluft zu füllen.

Nur noch drei Tage, und sie war am Ziel! In der neuen Ortschaft im Westen konnte sie sich endlich niederlassen, das Elend ihrer Vergangenheit vergessen und ungestört ihr eigenes Leben führen.

Ihre Gedanken wanderten zu ihrem Elternhaus. Anstatt sie abzuschütteln, ließ sie sie auf ihrer Mama ruhen. Einen Moment lang wollte es Damaris nicht gelingen, sich das geliebte Gesicht in Erinnerung zu rufen, und darüber erschrak sie. Doch bald wurden die Gesichtszüge immer deutlicher, und Tränen rannen dem jungen Mädchen über die Wangen. Es war das erste Mal seit ihrer Flucht, daß sie ihnen freien Lauf ließ.

Wenn es doch nur eine Möglichkeit gäbe, um ihrer Mama Bescheid zu geben, daß es ihr gut ging! Noch sehnlicher wünschte sie sich, daß ihre Mama jetzt hier bei ihr wäre. Sie hoffte von ganzem Herzen, daß ihre Mama gesund war.

Plötzlich schnürte eine entsetzliche Angst ihr die Kehle zu. Was, wenn ihr Pa ihre Mama aus Wut über Damaris' Verschwinden brutal geschlagen hatte? Was, wenn sie …? Ein tiefes Schuldgefühl überwältigte Damaris. Womöglich hatte Mama ihretwegen furchtbare Qualen erlitten. Ihr Pa wurde immer gleich rasend vor Zorn, wenn sich seine Tochter nicht auf sein Rufen hin meldete. Sie hatte eigensüchtig gehandelt! Sie hätte niemals von daheim weglaufen dürfen. Sie hätte an den einzigen Menschen auf der Welt denken müssen, der sie jemals geliebt hatte.

Nun liefen ihr die Tränen in Strömen herunter. Damaris trocknete sie mit ihrem Schultertuch und hob den Kopf in Richtung Osten. Es gab kein Zurück mehr. Vielleicht fuhren auch Wagenzüge in die umgekehrte Richtung, doch sie hatte noch nie von einem gehört. Es würde endlose Jahre dauern, bis sie endlich das Geld für ein Eisenbahnbillet zusammengespart hatte. Bis dahin war ihre Mama womöglich längst tot. Damaris weinte erneut. Ihr Entsetzen und ihr Schuldbewußtsein mischten sich mit einem furchtbaren Gefühl der Einsamkeit. Damaris hätte alles gegeben, um nur wieder auf der morschen Liege in ihrem kleinen Zimmer zu sein und das Schnarchen und Stöhnen ihres betrunkenen Vaters im Erdgeschoß zu hören.

Nach einer Weile versiegten ihre Tränen, doch der Kummer, der an ihr nagte, blieb. Sie sah auf das stille Bachwasser, das sich im Mondlicht kräuselte. Die Nacht war ruhig und klar. Unzählige Sterne standen am Himmel.

Das Geräusch von Schritten ließ sie aufschrecken.

Indianer! war ihr erster Gedanke. *Schnell weg von hier!*

Damaris drehte sich blitzschnell um. Keine zwei Meter hinter ihr stand der Treckführer. Damaris schnappte nach Luft. Sie wußte genau, daß sie gegen das Verbot verstoßen hatte, das unanfechtbare, unumstößliche Verbot des Treckführers: Sie hatte das Lager verlassen. Allein.

Bestimmt würde der Treckführer sie streng bestrafen. Sollte sie davonlaufen, so schnell sie konnte, oder sollte sie schuldbewußt sitzen bleiben und seinen Zorn über sich ergehen lassen? Letzteres hatte sich immer als die bessere Lösung erwiesen. Nur ein einziges Mal hatte sie versucht, sich zu ducken und unter dem Arm ihres Vaters zu entwischen. So arg wie an diesem Tag war sie noch nie in ihrem ganzen Leben geschlagen worden. Sie hatte nie wieder versucht, vor ihm davonzulaufen.

Nun saß sie stumm und reglos da, doch innerlich zitterte sie vor Angst.

Der Mann kam näher, und Damaris machte sich auf den Hieb gefaßt, der ihr drohte. Verwundert sah sie, daß er nicht seine Hand hob, um sie damit zu schlagen. Statt dessen ließ er sich auf einen Felsbrocken in der Nähe sinken. Damaris hörte, wie er einen tiefen Seufzer ausstieß; ob vor Zufriedenheit oder Müdigkeit, das wußte sie nicht zu sagen. Noch immer wagte sie es nicht, sich zu regen.

„Hübsches Fleckchen hier, was?“ sagte er nach einem längeren Schweigen.

Endlich sah Damaris sich zu ihm um.

Er sog den Anblick des funkelnden Sternenhimmels in sich auf. Entspannt und beinahe heiter nahm er an ihrem Bach und ihrem Mondschein teil.

„Über Langeweile hast du auf dieser Reise wohl nicht zu klagen, was? Hast ja dauernd alle Hände voll zu tun“, bemerkte er.

Damaris hatte gar nicht gewußt, daß der Mann sie beobachtet hatte. Nach einem weiteren Schweigen lachte er auf einmal leise. Sie sah auf. Noch immer wußte sie nicht, ob er ihr wirklich nicht böse war oder ob er sich über sie lustig machen wollte, bevor er sie bestrafte.

„Dieser kleine Dreikäsehoch da, der läßt dir ja keine Minute Ruhe, was? Hängt an dir wie 'n Floh am Hund!“ Er lachte, und Damaris spürte, wie sich ihr Mund zu einem Schmunzeln verzog.

„Du genießt deine kleinen Spaziergänge bei Nacht, stimmt's?“

Das Schmunzeln verschwand aus Damaris' Gesicht, und sie hielt die Luft an. Jetzt kam die Strafe.

„Na, war kein Weltuntergang. Bist ja nie allzuweit vom Lager weggegangen, und außerdem ... bei dem kleinen Steppke, der wie 'ne Klette an dir hängt, kann ich's dir nicht verdenken, wenn du ab und zu mal einen Spaziergang allein machen willst.“

Damaris ließ den angehaltenen Atem heraus. Er hatte sie also nicht nur heute abend ertappt, sondern auch bei all ihren anderen Spaziergängen beobachtet. Warum hatte er nur kein Wort darüber gesagt?

„Weißt du“, sagte er mit einem Seitenblick auf Damaris, „ich hab' ein Auge auf dich gehalten.“

Damaris zog das Schultertuch fester um sich. Es bot zwar nur wenig Schutz gegen die Prügel, die sie gleich bekommen würde, doch etwas Besseres hatte sie nicht bei sich.

„Ich hab' gleich von Anfang an beschlossen, dich gewähren zu lassen, solange du dich nicht allzuweit vom Lager entferntest. Könnte es ja selbst nicht aushalten, dauernd eingesperrt zu sein. Könnte es nicht aushalten."

Damaris wollte ihren Ohren nicht trauen. Hatte sie ihn gerade richtig verstanden? Wollte er sie tatsächlich nicht bestrafen? Hatte er ihr verziehen, daß sie gegen sein eisernes Verbot verstoßen hatte? Bevor sie dazu kam, einen klaren Gedanken zu fassen, wechselte er auch schon das Thema.

„In drei Tagen kommen wir in Poplar Creek an", sagte er. „Ist das die Endstation für dich?"

Damaris nickte und hoffte, daß er diese Antwort im Mondschein sehen konnte.

„Kein übler Ort, wenn man bedenkt, welche Verhältnisse hier im Westen herrschen. Für ein junges Mädchen gibt's wahrscheinlich nicht viel an Arbeit da, aber vielleicht findest du trotzdem was."

Damaris spitzte die Ohren.

„Glaube kaum, daß du bis an dein Lebensende bei den Browns das Kindermädchen spielen willst."

„Nein", sagte Damaris und schüttelte den Kopf. Es war das erste Wort, das ihr über die Lippen kam, und sie war selbst darüber erstaunt, wie entschlossen es geklungen hatte.

Wieder lachte er leise, und diesmal fand Damaris den Klang gar nicht mehr so bedrohlich.

„Kann's dir nicht verdenken", sagte er. „Was für Arbeit suchst du denn?" erkundigte er sich.

Darüber hatte Damaris noch nicht näher nachgedacht.

„Ich ... ich weiß selbst nicht genau. Irgendeine, vorläufig jedenfalls. Später ... später würde ich vielleicht gern Schneiderin oder ... oder Lehrerin oder so etwas Ähnliches werden."

Er nickte.

„Also, ich kenne ein paar Leute in der Stadt; zwar nicht viele, weil ich mich nie länger als nötig hier aufhalte, aber vielleicht kann ich hier oder da ein gutes Wort für dich einlegen. Für 'n junges Mädchen in deinem Alter kannst du schuften wie ’n Pferd, das hab’ ich mit eigenen Augen gesehen.“

Damaris wußte, daß das als Kompliment gemeint war. Verlegen senkte sie den Kopf. Sie war es nicht gewohnt, für ihre Arbeit gelobt zu werden.

Er stand auf und streckte sich.

„So“, sagte er dann, „jetzt ist’s aber höchste Zeit, daß wir beide zu unseren Wagen zurückgehen. Bevor wir’s uns versehen, geht die Sonne wieder auf.“

Damaris erhob sich von dem Felsbrocken, auf dem sie gesessen hatte. Auch ihr war danach zumute, sich einmal gründlich zu recken und zu strecken, doch statt dessen zog sie sich das Tuch fester um die Schultern und nickte dem Mann höflich zu. Er sollte wissen, daß sie seiner Anordnung auf der Stelle gehorchen würde.

Ohne ein weiteres Wort schlug sie den Pfad ein, der zum Lager führte. Er ging nicht mit ihr, doch als sie ein paar Schritte gelaufen war, hörte sie seine Stimme leise rufen: „Gute Nacht!“

Sie wandte sich um. Er stand noch an der gleichen Stelle wie vorhin. Sie hob ihre Hand, die einen Zipfel ihres Schultertuchs hielt, und winkte schüchtern.

„Gute Nacht!“ rief sie zurück. Dann drehte sie sich um und lief den Pfad entlang zum Wagenlager.

Enttäuschung

„Der Captain ist schon in die Stadt geritten, um ein paar Sachen zu regeln“, sagte der hochgewachsene Mann mit dem gelblichen, wirren Haarschopf. Da sie nicht wußte, wie er hieß, nannte sie ihn im stillen „Gelbschopf“. Er war der Stellvertreter des Captains, doch mehr wußte Damaris nicht über ihn. Sie war ihm immer aus dem Weg gegangen; seine schmutzige, zerknitterte Kleidung und sein unsteter Blick machten sie mißtrauisch. Gelbschopf war das genaue Gegenteil des Captains: Er war hochgewachsen und spindeldürr, während der Captain eher kurz und untersetzt wirkte. Gelbschopf machte einen ungepflegten Eindruck, während der Captain trotz der Hitze und der langen Tage durch die staubige Einöde jeden Morgen frisch rasiert und mit einem sauberen Hemd aus seinem Planwagen stieg. Er schien immer irgendwo einen Fluß zu kennen, in dem er baden und seine Kleidung waschen konnte.

„Bis Sonnenuntergang sind wir in Poplar Creek. Der Captain sagt, wir sollen wie üblich ein Lager aufschlagen. Am Bachufer trifft er uns dann wieder. Niemand geht heute abend in die Stadt. Das ist mein Befehl. Und jetzt: Alle Mann fertig machen zum Aufbruch!“

Er ließ seinen unsteten Blick über die kleine Menschenmenge schweifen und wendete dann sein Pferd, um loszureiten.

Damaris wurde von einer unglaublichen Spannung gepackt. Sie hob Eddie von ihrer einen Hüfte auf die andere und fuhr sich mit der Zunge über die trockenen Lippen. Sie konnte ihre Freiheit schon förmlich schmecken.

Dann merkte sie plötzlich, daß sie noch ganz verträumt

dastand, während alle anderen eilig die letzten Vorbereitungen zum Aufbruch trafen. Damaris hastete zu ihrem Planwagen zurück, um Gelbschopfs Anordnungen auszuführen.

Die Mädchen waren schon dort. Wieder einmal stritten sie sich darum, wer auf dem Kutschbock sitzen durfte. Damaris schenkte ihnen keine Beachtung, sondern stellte Eddie auf den Boden und machte sich daran, den Rest des Geschirrs im Wagen zu verstauen.

Damaris war vor den anderen mit dem Beladen ihres Wagens fertig. Sie hätte zu Frau Brown gehen können, um ihr zu helfen, doch sie wußte, daß die Frau nicht viel einzupakken hatte. Das Geschirr und die Wassereimer waren in dem Planwagen verstaut, in dem Damaris reiste. Ungeduldig ging Damaris auf und ab. Sie konnte die Abfahrt kaum erwarten. Nur noch ein einziger Tag auf dem staubigen Weg!

Eddie zupfte sie am Rock und fing an zu jammern.

„Auf 'n Arm!" heulte er. „Auf 'n Arm!"

Damaris bückte sich, um ihn hochzuheben. Er schlang seine Ärmchen um ihren Hals und klammerte sich an ihr fest.

„Weißt du, Eddie, heute schleppe ich dich zum letzten Mal mit mir herum", sagte Damaris und rechnete damit, bei diesen Worten große Erleichterung zu verspüren. Zu ihrer eigenen Überraschung zogen ihre Arme den kleinen Jungen aber fester an sich. Ein Knoten wollte ihr die Kehle zuschnüren, und sie schluckte schnell. Eddie war eine Last – aber sie hatte ihn dennoch ins Herz geschlossen.

Den Rest des Tages trug Damaris den kleinen Eddie bereitwillig auf den Armen. Selbst wenn sie vom Wagen stieg, um ein Stück des Weges zu Fuß zu gehen, trug sie den Kleinen. Sie stellte ihn nicht einmal auf den Boden, als die Wagenkolonne am Ufer eines Baches ihr Lager aufschlug. Von dort aus konnten sie die Stadt schon sehen. Damaris nahm Eddie mit, als sie Brennholz holen ging. Mit ihm auf dem Arm holte sie auch das Wasser; dazu mußte sie wegen Eddie zweimal anstatt nur einmal gehen.

Erst nach dem Abendbrot tauchte der Captain wieder auf. Damaris versteckte sich im Schatten ihres Planwagens und lauschte angestrengt, was er zu den Erwachsenen sagte.

„Hier trennen sich unsere Wege", kündete er an. „Alle, die nach Talbert und von dort aus nach Süden wollen, ziehen mit mir weiter. Diejenigen, die nach Dixen und nach Norden wollen, bleiben hier, bis Captain Trayne morgen früh hierherkommt. Er wird alles Weitere anordnen. Und die, die nach Poplar Creek wollen: Herzlich willkommen daheim!"

Hurrarufe wurden laut, und der Captain grinste.

„Die übrigen haben noch reichlich Zeit, ihr neues Zuhause vor Einbruch des Winters zu erreichen", fuhr er fort. „Morgen haben wir den sechzehnten September – drei Tage früher, als ich Ihnen als Ankunftstag versprochen hatte."

Wieder Hurrarufe.

Doch Damaris schwirrte der Kopf. Heute war schon der fünfzehnte September. Sie hatte nicht geahnt, daß sie schon so viele Tage unterwegs gewesen war. Unterwegs war ihr fünfzehnter Geburtstag gewesen. Sie wußte nicht, welcher Tag in der langen Reihe von monotonen Tagen es gewesen war.

Jetzt sprach der Captain gerade weiter.

„Folgende Männer sollen sich gleich bei mir melden: Willis, Rogers und Tremount. Allen übrigen gelten meine besten Wünsche. Mögen Sie hier im Westen so glücklich sein, wie Sie's sich immer gewünscht haben. Vielen Dank, und gute Reise."

Ein tosendes Hurra folgte seinen Worten. Der Captain wandte sich zum Gehen und drehte sich dann noch einmal um, den vom Wetter gegerbten Hut in der Hand, um ein letztes Mal zu winken.

Damaris ging zum Planwagen zurück. Morgen würden sie den Bach überqueren und nach Poplar Creek fahren.

Sie hatte die drei Mädchen schon zu Bett geschickt und bückte sich gerade, um das letzte Geschirr fortzuräumen, als ein Schatten über sie fiel. Sie sah blitzschnell auf. Es war der Captain, den abgetragenen Hut fest in der einen Hand.

„Hallo, Kleine“, sagte er. „Kann ich dich einen Moment sprechen?“

Damaris mußte an den Beginn der Reise denken, als sie ihm dieselbe Frage gestellt hatte. Sie nickte und stand auf. Eddie streckte die Händchen nach ihr aus, und sie nahm ihn auf den Arm, als sei es das Natürlichste der Welt.

„Ich war heute in der Stadt“, sagte der Captain. „Hab' mich 'n bißchen umgehört. 'ne Witwe betreibt den Gemischtwarenladen. Sagt, daß sie gut jemanden zur Aushilfe gebrauchen könnte.“

Damaris begriff nicht, was er damit sagen wollte. Sie stand nur schweigend da und sah ihn verständnislos aus ihren braunen Augen an.

„Sie sagt, du kannst die Stelle kriegen – wenn du willst“, fuhr der Captain fort.

Jetzt begriff Damaris. Doch ihr Herz war zu voll, um eine Antwort zu geben. Erneut nickte sie und schloß die Augen kurz, um ihre Gefühle zu verbergen.

„Einen fürstlichen Lohn zahlt sie nicht gerade“, fuhr der Mann fort, „aber du bekommst ein Zimmer und die Mahlzeiten bei ihr, und das Zimmer ist sauber und das Essen gut.“

Er schien sich entschuldigen zu wollen, als sei die Regelung irgendwie unzureichend. Wiederum nickte Damaris und hielt Eddie so fest an sich gedrückt, daß dieser sich wand.

„W-wo finde ich sie denn?“ brachte Damaris endlich hervor.

„Morgen früh packst du deine Sachen und gehst einfach die Straße entlang bis zur Stadt. Ihr Laden ist auf der linken Straßenseite – der einzige Gemischtwarenladen am Ort. Du kannst ihn gar nicht verfehlen.“

Wieder nickte Damaris. Ihr Mund fühlte sich trocken an. Sie versuchte zu schlucken.

„Collins heißt die Frau. Elsa Collins, aber die meisten nennen sie einfach nur Witwe Collins."

Damaris fand keine Worte.

„Sie verkauft so ziemlich alles, was man zum Leben braucht. Sogar Stoffe. Und sie hat 'ne eigene Nähmaschine. Vielleicht kannst du bei ihr 'n bißchen schneidern. Davon hast du doch geträumt."

Damaris konnte ihr Glück kaum fassen.

„So, das wär's wohl", sagte der Captain. Er setzte sich den Hut wieder auf, und Damaris wußte, daß er sich gleich abwenden würde.

„Ach, übrigens", fiel ihm ein, nachdem er einen Schritt gemacht hatte, „heute abend würde ich nicht mehr losgehen. Zu dicht an der Stadt. Ich weiß, das hört sich seltsam an, aber in der Wildnis waren wir sicherer aufgehoben als hier. Manchmal machen sich Störenfriede an die Wagen heran, um ..."

Er hatte wohl die Angst in ihren Augen flackern gesehen.

„Nur keine Panik. Harvey und ich werden die ganze Nacht Wache schieben, aber dort draußen ..." Er deutete mit einer Kopfbewegung in die Dunkelheit und ließ den Satz unvollendet.

Endlich löste Damaris sich aus ihrer Erstarrung.

„Ich bleibe hier", konnte sie nur sagen.

Er nickte, drehte sich um und ging weg.

Er war schon fast außer Hörweite, als Damaris hinter ihm herrief: „Captain."

Er wandte sich zu ihr um. In den Schatten konnte sie seine Umrisse nur schwer erkennen.

„Danke. Vielen Dank für alles", sagte sie und hoffte, daß er sie verstanden hatte.

Er lüftete den Hut, hielt ihn einen Moment lang zögernd in der Hand, wandte sich wieder um und verschwand in der Dunkelheit.

*

Damaris konnte nicht schlafen. Für ihr Leben gern wäre sie aus dem Wagen gekrochen, um einen Spaziergang am Bach zu machen. Doch sie hatte dem Captain versprochen, im Lager zu bleiben, und diesmal würde sie sich nicht über seine Anordnung hinwegsetzen.

Sie konnte kaum fassen, daß er sich die Zeit genommen hatte, ihr eine Arbeitsstelle in der Stadt zu besorgen. Nicht nur eine Arbeitsstelle, sondern sogar ein Zimmer, ein richtiges Zimmer! Sauber war es, hatte er gesagt, und außerdem gab es eine Nähmaschine und Stoffe dort. Damaris befühlte das Kleid, das neben ihr an einem Haken hing. Sie hatte es schon bei ihrer Flucht von Zuhause getragen, aber jetzt war es von der grellen Sonne und dem häufigen Waschen an den Bächen und Flüssen unterwegs fast völlig ausgebleicht, und es wies mehr Flicken auf, als sie zählen konnte.

Ach, es wäre einfach herrlich, ein neues Kleid zu haben! Eines, an das sie mit Stolz die Brosche ihrer Mama heften konnte. Sie schloß die Augen und versuchte, sich den Anblick vorzustellen, doch ihre Augen öffneten sich gleich darauf wieder. Sie war zu unruhig, um sie lange geschlossen zu halten.

Eddie schlief tief und ruhig neben ihr. Seine weichen, leise schnarchenden Atemzüge erinnerten Damaris an das Schnurren einer Katze. Sie schob ihm eine widerspenstige Haarsträhne aus der Stirn. Wer würde ihn umhertragen, wenn sie nicht mehr da war? Wer würde ihm kleine Geschichten erzählen und Kinderreime vorsingen? Wer würde ihn trösten, wenn er weinte, und ihn einen großen Jungen nennen, wenn die Tränen versiegten? Damaris wußte, daß seine Mutter viel zu erschöpft und beschäftigt sein würde, um sich mit Eddie abzugeben.

Damaris zog den Kleinen sanft an sich, und eine Träne quoll unter ihren dunklen Wimpern hervor. Dann schalt sie sich eine Heulsuse, wischte sich mit dem Handrücken über die feuchte Wange und zwang sich dazu, endlich einzuschlafen.

*

Am Morgen herrschte ein geschäftiges Treiben. Damaris beeilte sich, ein Feuer zu machen und Haferbrei zu kochen. Sie hätte auch Brötchen dazu gebacken, wenn den Browns das Mehl nicht ausgegangen wäre. Herr Brown hatte versprochen, neue Lebensmittel zu besorgen, sobald sie in die Nähe eines Geschäftes kamen, doch bisher hatte sich noch keine Gelegenheit dazu geboten.

Als Damaris mit ihren morgendlichen Arbeiten fertig war, packte sie ihre wenigen Habseligkeiten in ihr Bündel, sah wohl zum hundertsten Mal nach, ob das kleine Päckchen mit der Brosche und der Uhr noch vorhanden war, und legte das Ganze hinten abmarschbereit auf den Planwagen.

Sie würde sich von Frau Brown verabschieden müssen. Viel hatte sie der Frau zwar nicht zu sagen, aber wenigstens bedanken sollte sie sich. Wenn die Browns nicht gewesen wären, dann säße sie jetzt immer noch im Osten.

Damaris hob Eddie auf ihre Hüfte und ging auf den anderen Planwagen zu. Frau Brown kroch gerade mit dem schreienden Säugling unter der Plane hervor.

„Ist er immer noch so unruhig?“ erkundigte Damaris sich.

Die Frau nickte.

„Vielleicht geht's besser, wenn die Reise vorbei ist“, sagte Damaris zuversichtlich.

„Vorbei?“ sagte die Frau müde. „Gibt's so was überhaupt? Diese Tortur scheint ja nie ein Ende nehmen zu wollen.“

Damaris hörte es mit Bestürzung, behielt ihre Meinung aber für sich.

„Ich wollte mich nur bei Ihnen bedanken und Eddie wieder abliefern“, sagte sie. Sie wollte ihr Vorhaben so schnell wie möglich hinter sich bringen. Sie befürchtete, daß der Abschied schmerzlicher werden könnte, als sie gedacht hatte.

„Was soll denn das heißen?“ fragte die Frau und sah sie stirnrunzelnd an.

„Eddie. Er ... er kann doch nicht bei mir bleiben, wo wir jetzt hier sind.“

„Aber wir sind doch noch gar nicht am Ziel.“

Damaris warf einen Blick zum Fluß, der sie von der Stadt trennte. Bis zur Stadt war es nicht mehr weit, und der Fluß war seicht. Sie wußte keinen Grund, weshalb sie noch bei den Browns bleiben müßte.

„Ich kann zu Fuß in die Stadt gehen“, fuhr Damaris fort. „Machen Sie sich meinetwegen nur keine Umstände.“

„Aber ... aber das kannst du doch nicht tun“, widersprach die Frau.

„Es ist nicht weit“, sagte Damaris. „Kaum mehr als ein Spaziergang. Ich bin schon weitere Strecken gelaufen – oft sogar. Und der Fluß ist so seicht, daß er kinderleicht zu überqueren ist.“

„Wovon redest du bloß?“ wollte die Frau wissen.

Damaris konnte nicht erkennen, ob es Angst oder Zorn war, was da in ihren Augen aufblitzte.

„Wir bleiben gar nicht hier“, fuhr die Frau fort.

Nun war es an Damaris, völlig verdutzt dreinzuschauen. Was hatte die Frau da gesagt?

„Ich dachte, du hättest meinem Mann gesagt, daß du nach Dixen willst, genau wie wir. Er hat gesagt ...“

„Dixen?“ wiederholte Damaris.

„Dixen“, bestätigte die Frau. „Wir wollten von Anfang an nach Dixen, und daran hat sich nichts geändert.“

Damaris stand wie angewurzelt da.

„Und der Abmachung zufolge hast du bei uns zu bleiben, bis wir angekommen sind. Dafür haben wir schließlich deine Reisekosten bezahlt.“

Damaris schluckte.

„War das etwa nicht so?“ wollte Frau Brown wissen.

Damaris nickte mühsam. Sie hatte eine Arbeitsstelle in Poplar Creek. Alles hatte so vielversprechend geklungen. Wenn sie aber mit nach Dixen fuhr – sie wußte ja nicht einmal, wo das lag –, wie sollte sie dann hierher zurückkommen? Sie könnte zu Fuß gehen – falls es nicht zu weit war. Aber war die Stelle dann noch frei?

„Wo … wo ist Dixen denn?“ brachte Damaris hervor.

„Mein Mann sagt, es sind noch zehn bis zwölf Tage bis dahin – je nachdem“, antwortete die Frau. Dann schob sie sich mit einer müden Hand eine Haarsträhne aus der Stirn. „Weiß nicht, wie ich’s nur aushalten soll“, sagte sie mutlos.

Damaris drehte sich um und ging weg. Sie war den Tränen nahe. Noch nie im Leben war sie so enttäuscht gewesen. Sie mußte die Witwe Collins irgendwie benachrichtigen, daß sie die Arbeitsstelle nun doch nicht annehmen konnte. Noch zehn bis zwölf Tage unterwegs! Auch sie wußte nicht, wie sie das nur aushalten sollte.

Im Lager

Als Damaris am nächsten Morgen aufwachte, regnete es. Bei dem prasselnden Trommeln der Regentropfen auf der Plane über ihr wünschte sie sich nichts sehnlicher, als sich auf die andere Seite drehen und weiterschlafen zu können. Eddie regte sich und tastete nach ihr, doch Damaris wich seiner Hand aus. Gestern hatte sie sich auf den Abschied von Eddie gefaßt gemacht. Sie hatte geahnt, daß es ein schwerer Moment werden könnte, und sie hatte sich dafür gestählt. Jetzt würde sie der Prozedur noch einmal entgegensehen müssen, und sie war sich nicht sicher, ob ihre strapazierten Nerven dies durchstehen würden. Die nächsten zehn bis zwölf Tage würde sie Eddie in einiger Entfernung halten. Er sollte ihre völlige Zuneigung nicht so leicht noch einmal für sich gewinnen.

Höchste Zeit, das Feuer zu machen, sagte sie sich, während sie sich unter der Decke zurechtkuschelte, um möglichst viel Wärme zu speichern, bevor sie in die Kühle des Morgens hinausgehen mußte. Damaris war froh, daß sie einen kleinen Vorrat an Brennholz unter dem Planwagen gestapelt hatte. Dort war es wenigstens trocken geblieben.

Endlich kroch sie widerwillig aus ihrem Bett und streifte in der Enge des Wagens das schlichte Nachthemd ab, um in ihren flickenübersäten Unterrock und ihr ausgeblichenes Kleid zu schlüpfen.

Der Morgen war sogar noch kühler, als sie erwartet hatte. Am liebsten hätte sie sich fest in ihr Schultertuch gehüllt, doch Schultertücher waren gefährlich, wenn man ein Feuer zu machen hatte. Während der Reise hatte sich eine Frau schwere Verbrennungen zugezogen, als ein Zipfel ihres Schultertuchs Feuer gefangen hatte. Wenn der Mann nicht gewesen wäre, der zufällig in der Nähe gestanden hatte und die Frau blitzschnell auf dem Boden gerollt hatte, um die Flammen zu ersticken, dann wäre alles noch viel schlimmer gekommen. Damaris ließ ihr Schultertuch im Wagen und schickte sich mit kalten, klammen Fingern an, ein Feuer in Gang zu bringen.

Auf der anderen Seite des Lagers herrschte schon reger Betrieb. Bekümmert besann Damaris sich darauf, daß der Wagenführer mit neun Wagen des Trecks bald in Richtung Süden aufbrechen würde.

Das erinnerte sie wieder an die Arbeitsstelle, die in der Stadt auf sie wartete.

„Ich könnte einfach weglaufen", murmelte sie. „Ich könnte mich verstecken, bis die Browns abgefahren sind ... und dann nach Poplar Creek gehen und die Stelle antreten, die der Captain mir besorgt hat."

Doch während sie es noch aussprach, wußte sie genau, daß sie so etwas niemals tun könnte. Sie hatte ein Versprechen einzulösen. Schließlich verdankte sie den Browns die Reise in den Westen.

Das Feuer brannte, und der Kaffee kochte, als Herr Brown auftauchte. Er machte einen völlig durchgefrorenen Eindruck, und an seinem feuchten Wollhemd konnte Damaris sich ausrechnen, daß er schon eine Weile im Regen gewesen war. Er schien jämmerlich zu frieren; wahrscheinlich hatte er schon die Pferde versorgt und andere Arbeiten im Lager verrichtet.

„Meine Frau bleibt noch 'ne Weile im Bett", sagte er zu Damaris und goß sich eine Tasse Kaffee ein. „Der Kleine hat sie die ganze Nacht auf Trab gehalten."

Damaris nickte.

„Ich fahre in die Stadt, um ein paar Lebensmittel zu besorgen. Gegen Mittag kommt der neue Wagenführer, und wir müssen abmarschbereit sein, sobald er hier ist."

Damaris nickte nicht einmal. Sie wußte, was vor der Abfahrt noch alles erledigt werden mußte.

„Brauchst du irgendwas aus der Stadt?“

Die Frage überraschte Damaris. Sie hatte nicht damit gerechnet, daß er an sie dachte. Langsam schüttelte sie den Kopf, während sie sich im stillen gestand, daß sie sehr wohl etwas brauchte: alles.

Dann hob sie zaghaft den Blick und holte schnell Luft, um den Mut nicht zu verlieren.

„Kommen Sie wohl am Gemischtwarenladen vorbei?“ fragte sie.

Er nickte und sah sie über den Rand seiner Kaffeetasse hinweg an.

„Würden Sie ... könnten Sie wohl der Inhaberin dort etwas ausrichten?“

Es wäre Damaris lieber gewesen, der Frau einen schriftlichen Bescheid zu schicken, doch sie besaß weder Bleistift noch Papier.

Wieder nickte Herr Brown.

„Der ... der Captain hat ... mit ihr geredet. Ich sollte im Laden helfen. Bitte sagen Sie ihr doch, daß ich ... daß ich nicht in Poplar Creek bleiben kann, und daß ich ihr vielmals danke.“

Herrn Browns Augen weiteten sich, als er die Nachricht hörte. Offensichtlich hatte Frau Brown ihm kein Wort von dem Gespräch am Vortag gesagt.

Damaris senkte den Blick wieder auf das Feuer.

„Ich ... ich hab' nicht gewußt, daß Sie nicht nach Poplar Creek wollten“, fügte sie hinzu. Es sollte eine Erklärung sein.

Herr Brown rutschte auf seinem Baumstamm herum, der ihm als Sitzbank diente. Damaris rührte in der Hafergrütze, ohne aufzuschauen.

„Das reicht jetzt“, sagte er zu ihr. „Ich hab's eilig.“

Damaris füllte eine Portion von dem Haferbrei auf einen Teller und reichte ihm diesen. Ihr eigener Magen wollte sich bei dem Anblick verkrampfen. Es war ohnehin ein Kunststück, den Brei so herunterzubringen, wie er war, ohne Milch und Zucker; ihn obendrein nur halbgar zu essen, das kam einer Barbarei gleich.

Doch Herr Brown machte kein Aufhebens, sondern löffelte den widerlichen Brei hastig in sich hinein und spülte ihn mit großen Schlucken schwachen Kaffees herunter.

Dann stand er auf und betrachtete den Himmel. Dicht und schwer hing die Wolkendecke über dem Lager.

„Weck die Kinder", sagte er zu Damaris. „Ich brauche euren Wagen für die Lebensmittel. Eigentlich wollte ich den anderen nehmen, aber ich will meine Frau nicht stören."

Damaris schickte sich an, den Auftrag auszuführen, doch sie tat es widerwillig. Der eine Wagen in die Stadt unterwegs, Frau Brown in dem anderen, und sie selbst mit vier Kindern draußen im Regen – wie sollte sie diesen Vormittag nur hinter sich bringen?

Herr Brown ahnte anscheinend nichts von ihren düsteren Gedanken. Gerade war ihm noch etwas eingefallen, das er zusätzlich aus der Stadt brauchte. Er faßte in seine Tasche, um seine lange Einkaufsliste hervorzuziehen. Als er sie auseinanderfaltete, sah Damaris ein Bündel Geldscheine, das darin gesteckt hatte.

Damaris erschrak. *Er hat Geld! Und er fährt gleich in die Stadt!* Damaris wußte, was das zu bedeuten hatte. Wahrscheinlich würde er sich den Rest des Tages nicht blicken lassen, und wenn er dann wieder auftauchte, würden sie alle ein schreckliches „Donnerwetter" erleben.

Sie hastete los, um die Kinder zu wecken. Sie wollte Herrn Brown auf keinen Fall Anlaß zum Zorn geben, bevor er in die Stadt fuhr. Das könnte ihn nur um so reizbarer und brutaler machen, wenn er von seiner Zecherei im Saloon zurückkehrte.

Die drei Mädchen begannen den neuen Tag schlechtgelaunt. Sie zankten sich und maulten, während Damaris sie nach Kräften zur Eile antrieb. Eddie war zwar nicht allzu mürrisch, doch er klammerte sich wärme- und trostsuchend an Damaris, die ihrerseits nur das Ziel hatte, ihn möglichst schnell anzuziehen und aus dem Wagen zu bekommen. Als sie endlich alle ins Freie kletterten, war auch der letzte Funke von Heiterkeit verflogen.

„Ich friere", beklagte Nina sich, und Trudy erklärte, daß ihr ebenfalls kalt sei.

„Warum müssen wir unbedingt raus in den Regen?" beschwerte sich Bella.

„Weil dein Pa in die Stadt fahren will", antwortete Damaris.

„Warum können wir nicht mitfahren?" wollte Trudy wissen.

„Weil er zufällig keine Lust hat, euch mitzunehmen", antwortete Damaris. Sie war inzwischen fast ebenso übelgelaunt wie die Mädchen.

„Mir ist so kalt."

„Zieh dir das Tuch fester um", riet Damaris.

„Das nützt nichts. Mir ist immer noch kalt."

„Ja", sagte Damaris, „es ist kalt, und es wird noch viel kälter werden. Vom Jammern ändert sich das Wetter nicht."

Damaris beschloß, das Feuer in Gang zu halten. Daran konnten sie sich wenigstens ein wenig wärmen.

Conrad war fast mit seinem Frühstück fertig, als Damaris und die jüngeren Kinder die überdachte Kochstelle erreichten. Conrad bedachte weder Damaris noch seine Schwestern mit einem Kopfnicken, während er wortlos die letzten Bissen Haferbrei löffelte.

„Du darfst bestimmt mit Pa in die Stadt", klagte Bella.

Conrad nickte nur, ohne aufzusehen.

„Das ist aber ungerecht!" rief Nina.

Jetzt sah er doch auf. Damaris glaubte, Zorn oder Resignation in seinem Blick zu sehen.

„Willst du vielleicht schwere Säcke und Kisten schleppen und beim Verladen helfen?" Seine Stimme klang leise und beherrscht, aber auch abgekämpft, und plötzlich wurde Damaris klar, daß er eigentlich viel zu jung war, um während der vielen, vielen Meilen durch die Prärie richtige Männerarbeit zu verrichten.

Sie musterte ihn verstohlen. Das grobgewebte Hemd hing ihm lose um die schmalen Schultern. Zweifellos hatte er während der Reise einiges an Gewicht verloren, und schon zu Beginn war er nicht gerade groß und kräftig gewesen.

„Wo ist Pa?" schmollte Nina.

„Der holt die Pferde", antwortete Conrad. Dann stellte er seinen leeren Teller ab und ging los.

„Das ist einfach ungerecht!" rief Trudy ihm nach, doch er drehte sich nicht um und gab auch sonst durch nichts zu erkennen, daß er sie gehört hatte.

Damaris fing an, den morgendlichen Haferbrei auf die Teller zu verteilen.

„Ich kann das Zeug nicht ausstehen", nörgelte Nina. „Es schmeckt wie ... wie Schweinefraß."

„Woher weißt du denn, wie Schweinefraß schmeckt?" stichelte Bella. „Hast du ihn vielleicht schon mal probiert?"

„Nein, aber gerochen", verteidigte sich Nina hitzig.

Trudy fing an zu kichern.

„Niiina ißt Schweinefraß, Niiina ißt Schweinefraß!" sang sie.

Nina zog ihr an den Haaren und verpaßte ihr eine Ohrfeige. Damaris ahnte, daß ein endlos langer Tag vor ihr lag.

*

„Es hat also eine unverhoffte Änderung gegeben, habe ich gehört?"

Die Stimme hinter Damaris ließ sie hochfahren. Sie hatte über den Breitopf gebeugt gestanden, um ihn mit einer Handvoll Flußsand auszuscheuern. Dort stand der Treckführer vor ihr, der Hut vor Nässe triefend, die Schultern fast wie gebeugt unter der Last des feuchten Hemdes.

Mit unglücklichem Gesicht nickte sie.

„Tut mir leid für dich", sagte er leise.

Damaris schluckte mühsam und versuchte, die schmalen Schultern zu straffen.

„Ich hatte immerhin eine Abmachung", antwortete sie kaum hörbar.

„Vielleicht findest du ja in Dixen eine Stelle, die dir noch besser gefällt“, wollte der Treckführer sie trösten.

Damaris strich sich den Sand aus den Rockfalten.

„Ich hab’ dir einen Empfehlungsbrief mitgebracht“, fuhr er fort und griff in seine Hemdtasche, um einen zusammengefalteten Papierbogen hervorzuholen. „Weiß nicht, ob du so was überhaupt brauchen wirst, aber schaden kann’s auf keinen Fall.“

Damaris war überrascht, daß er sich ihretwegen Gedanken gemacht hatte. Er war geradezu freundlich zu ihr, und dabei hatte er sie zu Anfang nicht einmal mitfahren lassen wollen.

„Vielen ... vielen Dank“, stotterte sie und nahm den Brief entgegen. „Das ist ... sehr nett von Ihnen.“

Einen Moment lang standen sie schweigend da. Damaris senkte den Blick auf ihre abgetragenen Schuhe. Dann spürte sie, wie er neben ihr eine Bewegung machte.

„Ich muß jetzt gehen. Gleich geht die Reise weiter.“

Nun sah Damaris doch auf. Seine breiten Schultern hatte er gestrafft, und er nahm den Hut ab, um das Wasser aus der tropfenden Krempe zu schütteln. Damaris war erstaunt über die vielen grauen Strähnen in seinen Haaren.

„Na dann: Alles Gute!“, wünschte er ihr aufrichtig. „Brown hat versprochen, dich nicht einfach deinem Schicksal zu überlassen. Will dich erst in der Stadt irgendwo unterbringen, bevor er zu seinem Land rausfährt.“

Damaris war völlig überrascht. Der Captain mußte mit Herrn Brown gesprochen haben.

„Danke“, flüsterte sie und senkte den Blick wieder.

Er streckte ihr die Hand entgegen. Damaris hatte noch nie einem Mann die Hand geschüttelt, und es machte sie verlegen. Schnell wischte sie sich die schmutzige Hand an ihrem Rock sauber, bevor sie sie dem Captain reichte.

„Gott segne dich, kleines Fräulein“, sagte der Mann und sah ihr direkt in die Augen.

Damaris hatte noch nie eine solche Besorgnis und Aufrichtigkeit in der Stimme eines Mannes gehört. Sie konnte nichts sagen; sie nickte nur und schluckte mühsam. Dann zog der Captain seine Hand weg und ging.

Erst Momente später kniete Damaris sich wieder in den Sand und scheuerte den Topf weiter.

Bei der Arbeit, während sie noch über die Abschiedsworte des Captains nachdachte, hörte sie das vertraute Geräusch von Wagenrädern. Sie drehte sich um und sah dem nun viel kleineren Wagenzug nach, bis er in dem verregneten Grau des Morgens verschwunden war.

Traurigkeit erfüllte sie, obwohl sie sich den Grund nicht erklären konnte. Sie hatte den Captain ja kaum gekannt. Sie hatte sich sogar immer ein wenig vor ihm gefürchtet, doch er war sehr nett zu ihr gewesen. Er hatte sich die Zeit genommen, um ihr eine Arbeitsstelle zu besorgen und einen Empfehlungsbrief für sie zu schreiben. Für das alles hatte er keine Gegenleistung verlangt. Das war ihr ein großes Rätsel. Außerdem hatte sie ihn noch nie betrunken erlebt. Kein einziges Mal auf der ganzen langen Reise. Zugegeben, unterwegs hatte es keine Saloons gegeben. Aber selbst wenn er allein in eine Stadt geritten war, war er nüchtern zurückgekehrt. Die wenigen Male, die sie nahe genug vor ihm gestanden hatte, um es ganz genau zu merken, hatte sie keine Spur von Schnaps in seinem Atem gerochen. War es möglich, daß nicht alle Männer so waren wie ihr Pa?

*

Es war fast Mittag, als Damaris den Planwagen der Browns in der Ferne näherkommen sah. Die Mädchen mußten ihn wohl zur gleichen Zeit entdeckt haben, denn gleich darauf ertönte lautes Geschrei aus der Überdachung bei dem Feuer.

„Da kommt Pa!" rief eine, und die anderen fielen in das Rufen ein.

Damaris hielt den schlafenden Eddie in den Armen. Das lautstarke Rufen würde ihn garantiert aufwecken. Sie wiegte ihn sanft und zog ihm die Decke bis über die Ohren.

Jetzt werden wir gleich unser blaues Wunder erleben, dachte Damaris. *Ekelhaft. Wenn wir doch bloß wegrennen könnten!*

Doch die Mädchen hüpften unter der an Bäumen aufgehängten Regenplane auf und ab: „Da kommt er. Da kommt er!“ Sie machten keine sehr bedrückten oder ängstlichen Gesichter.

Und siehe da, als der Wagen anhielt und Herr Brown zu Boden sprang, schien er so nüchtern wie bei seiner Abfahrt am Morgen zu sein.

„Hast du uns was mitgebracht?“

„Hast du Bonbons gekauft?“

„Ja, Pa? Hast du welche mitgebracht?“

Der Lärm wurde immer lauter, und Herr Brown lachte und zerzauste den Kindern die Haare mit seiner großen, von der Arbeit rauhen Hand. Endlich zog er eine kleine Tüte aus seiner Tasche und wies Bella an, den Inhalt gerecht unter allen aufzuteilen.

„Und vergiß Damaris nicht“, fügte er hinzu.

Damaris sah überrascht auf. Sie konnte es noch immer nicht recht fassen, ihren Arbeitgeber nüchtern vor sich zu sehen. Und obendrein auch noch Süßigkeiten geschenkt zu bekommen – Damaris kam aus dem Staunen nicht heraus.

„Wir müssen uns beeilen“, sagte Herr Brown dann, und es klang beinahe bedauernd. „Wir haben den Zug schon von weitem gesehen.“

Damaris nickte und ging zum Planwagen, um Eddie ins Bett zu legen. Als sie die Plane hob, gingen ihr beinahe die Augen über. Die Betten waren fort. Der ganze Wagen war voller Lebensmittel.

„Heute abend müssen wir alles sortieren“, sagte Herr Brown. „Das meiste können wir in den anderen Wagen verladen, wenn wir zum Übernachten anhalten. Aber jetzt müssen wir erst mal schleunigst zu Mittag essen, weil’s gleich losgeht. Die Sachen, die wir heute zum Essen brauchen, habe ich in die Kiste dort vorn packen lassen.“

Damaris sah auf den schlafenden Eddie hinunter. Nirgends war ein Platz, wo sie ihn hinlegen konnte. Sie würde ihn wachrütteln müssen, damit sie das Essen kochen konnte.

„Komm, ich nehm' ihn dir ab", sagte Herr Brown. „Ich bring' ihn zu meiner Frau."

Erleichtert reichte Damaris ihm den kleinen Jungen. Wenn man ihn zu früh von seinem Mittagsschlaf aufweckte, war er immer unleidlich, und sie wußte genau, daß er sich an ihrem Rock festklammern würde, während sie verzweifelt versuchte, so schnell wie möglich das Feuer anzufachen und das Mittagessen zu kochen.

Während Herr Brown den schlafenden Jungen zum anderen Wagen trug, ging Damaris auf den Wagen mit den Lebensmitteln zu, um sich die Zutaten für das Essen zu holen.

Herr Brown war erst ein paar Schritte weit gegangen, als er sich umdrehte und ihr zurief: „Übrigens war die Frau im Laden mächtig enttäuscht, daß du nicht bei ihr arbeiten wirst. Der Captain muß ihr wohl in den höchsten Tönen von dir vorgeschwärmt haben."

Weiterreise

Noch elf Tage ratterten die Wagen über die Prärie. Damaris ging so häufig zu Fuß, wie es die Löcher in ihren Schuhen und die Blasen an ihren Füßen zuließen. Wenn das Gelände glatt und eben war, zog sie die Schuhe aus und ging barfuß. Ihre Fußsohlen hatten inzwischen eine solche Hornhaut, daß nur die spitzesten Steine und Dornen ihr etwas anhaben konnten.

Die Mädchen zankten sich, Eddie war weinerlich, und Frau Brown kam nur zu den Mahlzeiten aus ihrem Planwagen hervor. Sie sah abgezehrt und bleich aus, und der Säugling schrie noch immer ständig und ließ sich durch nichts beruhigen.

Damaris fragte sich, ob das Kind genug zu trinken bekam, doch da sie sich nicht mit Säuglingen auskannte, wagte sie es nicht, Frau Brown darauf anzusprechen.

Am elften Tag überquerten sie eine Hügelkette, und dort im Tal vor ihnen lag die kleine Ortschaft Dixen. Sehr vielversprechend sah sie nicht aus. Ein paar primitive Gebäude lagen wie hingewürfelt vor einem dünnen Fichtenhain. Nach Norden und Osten erstreckte sich die offene Prärie, und die unregelmäßige Hügelkette mit ihren Waldflecken verlief zunächst westlich und dann südlich. Damaris war enttäuscht. Poplar Creek hatte ihr wesentlich besser gefallen.

Gleichzeitig fühlte sie sich jedoch auch sehr erleichtert. Welch eine Wohltat, endlich am Ziel zu sein, dort, wohin man schon so lange unterwegs war. Der Sonne und dem Wind zu entkommen. Nachts in einem Bett zu schlafen, in dem man genug Platz zum Umdrehen hatte. Die schweren Wassereimer und die Last des Brennholzes ablegen zu können – und auch Eddie. Doch Damaris hoffte, daß der Ort mehr zu bieten hatte, als man auf den ersten Blick vermutete.

Sie langte in ihre Schürzentasche, um nach der Nadel zu tasten, mit der das kleine Päckchen mit der Uhr, der Brosche und dem Empfehlungsbrief festgeheftet war. Es gab ihr immer ein Gefühl der Sicherheit, wenn sie feststellte, daß alles noch an seinem Platz war.

Endlich hielten die Wagen an, und Captain Reilly ordnete eine Versammlung an. Sobald alle ihre Gespanne angebunden und sich im Kreis eingefunden hatten, begann Captain Reilly:

„Das wär's also. Wir sind am Ziel. Ich reite allein weiter. Von hier aus kann jeder selbst in die Stadt finden.

Auf der Hauptstraße gibt's ein Büro für Landbesitzfragen; zugleich dient es auch als Bank. Wer nicht weiß, wo sein Land nun genau liegt, kann sich da erkundigen."

Ohne ein weiteres Wort des Abschieds wendete der Captain sein Pferd und ritt davon. Bestimmt war er das Reisen genauso leid wie sie selbst, dachte Damaris.

Sie ging zu dem Planwagen zurück und sah, daß Frau Brown ins Freie gekommen war. Mit dem schreienden Säugling auf dem Arm kam sie näher.

„Jetzt wirst du uns wohl verlassen", sagte sie, und Damaris nickte.

Die beiden standen ein paar Schritte voneinander entfernt. Eddie klammerte sich an Damaris fest, während der Säugling in den Armen seiner Mutter schrie.

„Ich weiß nicht, was ich ohne dich getan hätte", gestand Frau Brown.

Beim Anblick ihres blassen, ausgezehrten Gesichts verspürte Damaris plötzlich Mitleid.

„Werden Sie denn zurechtkommen, Frau Brown?" fragte sie spontan.

„Irgendwie wird's schon gehen", antwortete die Frau, doch ihr Gesicht blieb ernst, und sehr zuversichtlich sah sie nicht aus. „Mein Mann meint, jetzt sind's nur noch ein paar Stunden."

„Und ... und fahren Sie gleich weiter?“

„Sobald er dich in die Stadt gebracht hat. Das mußte er dem Captain versprechen.“

Damaris nickte. Sie hatte von der Abmachung gehört, doch am liebsten hätte sie nichts damit zu tun gehabt. Bestimmt würde sie sich allein besser durchschlagen können als Frau Brown mit den Kindern.

„Aber ich ... ich brauche doch gar ...“ wollte sie abwehren, doch die Frau unterbrach sie.

„Abgemacht ist abgemacht, und damit basta!“

Damaris nickte. *Abgemacht ist abgemacht.*

Als Damaris sich gerade wieder umdrehen wollte, kam Herr Brown dazu.

„Bist du fertig?“ fragte er, und Damaris sah auf das Kind hinunter, das sie noch auf dem Arm hielt.

„Laß ihn hier bei seiner Mutter“, sagte Herr Brown. Es klang eine Spur ungeduldig.

Damaris beugte sich vor, um den Jungen auf den Boden zu stellen, doch Eddie klammerte sich nur um so fester an ihrem Hals fest. Um keinen Preis wollte er sich von Damaris trennen. Als sie sich aus seinen Armen lösen wollte, schrie er und klammerte sich an ihrem Rock fest. Damaris versuchte, seine Hände sanft von sich zu schieben, doch er griff nur noch fester zu, und sein Geschrei wurde lauter und beharrlicher.

Frau Brown war ratlos. Sie hielt ohnehin schon ein schreiendes Kind in den Armen.

„Wo steckt Trudy?“ knurrte Herr Brown. Dann rief er nach ihr. „Trudy! Trudy, komm her und hilf deiner Ma!“

Während er noch rief und auf und ab ging, versuchte Damaris sich von dem Zeter und Mordio schreienden Eddie zu befreien.

Endlich tauchte Trudy auf, gefolgt von Nina und Bella.

„Hilf deiner Ma“, ordnete Herr Brown an. „Kümmere dich um deinen Bruder.“

Es gelang Damaris, Trudy den kleinen Jungen zu reichen, doch er brüllte dabei aus Leibeskräften und trat um sich und rief nach seiner „Damis".

Damaris ging weg, den Rücken kerzengerade und den Kopf aufrecht, doch ihre Lippen bebten.

Mit jeder Faser ihres Herzens wollte sie kehrtmachen und zu dem Jungen zurücklaufen. Sie wollte ihn so fest in die Arme schließen, wie er sich an sie geklammert hatte. Sie wollte ihn auf ihre Hüfte heben und ihn in die Stadt mitnehmen. Sie wollte ihm zuflüstern, daß er sich niemals von ihr zu trennen brauchte. Doch Damaris hatte keine Wahl.

Während Damaris ihr Bündel aus dem Planwagen holte, konnte sie sein Geschrei hören: „Damis! Damis!" Sie wußte genau, daß er noch lange nach ihr fragen und rufen würde, auch wenn sie schon längst meilenweit entfernt war.

Mit kummerschwerem Herzen sammelte sie ihre Habseligkeiten in ihr Bündel und trottete mit dem Mann los, der sich verpflichtet fühlte, sein Versprechen einzulösen.

Aus der Nähe wirkte die kleine Ortschaft ebenso trostlos wie aus der Ferne. Das Bank- und Landbesitzbüro, von dem der Captain gesprochen hatte, war das stabilste Gebäude weit und breit. Es hatte sogar etwas Anstrichfarbe auf der Fassade. Das einzige Haus, das sich mit dem gleichen Merkmal brüsten konnte, war ein Gebäude am Ende der Straße; das Ladenschild wies es als Saloon aus. Sein Anblick ließ Damaris erschauern.

Zwischen diesen beiden Häusern sah Damaris ein großes Geschäft mit schmutzblinden Fenstern, einen kleinen Laden, der zugleich als Wohnhaus diente und ein Schild mit der Aufschrift „Schneiderei Dover" trug, sowie ein Haus mit einem handgeschriebenen Hinweis im Fenster, auf dem zu lesen stand: „Ausrüstung und Geräte aller Art für den Bergbau". Auf der gegenüberliegenden Straßenseite gab es den jeweiligen Ladenschildern zufolge einen Mietstall, eine Pension, eine Schmiede und ein weiteres Geschäft, wohl die Konkurrenz des Geschäfts auf dieser Straßenseite. Weitere Häuser standen zu beiden Seiten der Straße, doch deren Zweck ließ sich nicht auf den ersten Blick ausmachen. Außerdem lagen mehrere einfache Häuser in der Umgebung verstreut, manche davon kaum mehr als primitive Hütten. Das Bauernhaus, in dem Damaris aufgewachsen war, nahm sich dagegen beinahe fürstlich aus.

Erst jetzt merkte Herr Brown, daß sie ihr Bündel selbst trug, und er nahm es ihr ab, als sie den Holzbürgersteig erreichten, der an dem Saloon vorbeiführte. Damaris war versucht, seine Hilfe abzulehnen, doch sie ließ ihn gewähren, wenn auch recht widerwillig. Sie besaß zwar nicht viel, aber es verlieh ihr ein gewisses Gefühl der Sicherheit, etwas eigenes in den Händen zu halten.

Damaris konnte die Gebäude hinter dem Saloon nicht erkennen, und sie fragte sich schon, wohin sie ihr Weg wohl führte, als Herr Brown scharf abbog und auf die Saloontür zuging.

Damaris zögerte, blieb stehen und sah ihn aus fragenden Augen an.

„Hier geht's lang", drängte er sie und bedeutete ihr mit einer Handbewegung, ihm zu folgen.

„Aber das ist doch ... ein Saloon", brachte sie hervor und machte einen Schritt zurück.

„Genau. Hier sollen wir nach Gordon fragen."

„Wer ist denn Gordon?"

„Mir ist gesagt worden, daß er hier stecken soll", sagte er, als sei das eine hinreichende Erklärung.

„Aber ... aber ich ... möchte keinen Saloonbesitzer kennenlernen", beharrte Damaris und machte einen weiteren Schritt rückwärts.

„Der Captain hat gesagt, ich soll dich hier abliefern", fuhr der Mann fort, und es klang etwas ungehalten.

„Ich will aber nicht in einem Saloon arbeiten", weigerte sich Damaris und hob das Kinn.

Jetzt wurde der Mann regelrecht ärgerlich.

„Hör mir mal gut zu", sagte er barsch. „Meine Frau und die Kinder warten darauf, daß ich sie zu unserem Land bringe. Das Herumsitzen und Warten wird nicht gerade ein Zuckerschlecken für sie sein. Ich habe ein Versprechen gegeben, und das werde ich auch einlösen. Der Captain hat gesagt: ‚Reden Sie mit Gordon im Saloon.' Und jetzt bequeme dich endlich und geh mit mir hinein zu ihm."

Damaris' Rücken straffte sich. Sie hatte nicht die geringste Absicht, in einem Saloon zu arbeiten, selbst wenn sie verhungern mußte, wenn sie es nicht tat. Sie war enttäuscht und böse auf den Captain. Eigentlich hätte ihm doch klar sein müssen, daß ein Saloon kein geeigneter Ort für ein junges Mädchen war.

Herr Brown packte sie beim Arm und schob sie vorwärts. Damaris holte tief Luft und ging durch die Tür. Sie würde den Mann niemals loswerden, wenn sie ihm jetzt nicht gehorchte, überlegte sie; sobald er ihr den Rücken kehrte, würde sie sich anderswo nach Arbeit umsehen.

„Kann ich behilflich sein?" fragte jemand.

Damaris' Augen hatten sich noch nicht an die spärliche Beleuchtung gewöhnt, so daß sie den Sprecher nicht sehen konnte.

„Wir suchen Gordon", sagte Herr Brown.

„Der ist gegenüber im Gefängnis", sagte die Stimme. „Erstes Haus links."

„Auch das noch!" murmelte Damaris. „Erst ein Saloon und dann das Gefängnis."

Sie machte auf dem Absatz kehrt und verließ die Örtlichkeit. Welch eine Wohltat, dem Geruch von Whisky und Zigarren zu entkommen und frische Luft zu atmen!

Herr Brown sah sich auf der Straße um, bis er das betreffende Haus ausgemacht hatte.

„Hier lang", sagte er und schob Damaris auf das Gebäude zu.

Damaris sagte nichts. Wenn sie ehrlich sein sollte, zog sie das Gefängnis jedem Saloon vor.

Sie stiegen die Holzstufen hinauf und blieben an der offenen Tür stehen. Zwei Männer saßen an einem kleinen Tisch. Sie hielten Karten in den Händen, und Damaris wurde klar, daß sie und Herr Brown mitten in ein Spiel hineingeplatzt waren. Auf dem Tisch standen eine Flasche

Whisky und zwei halbvolle Gläser. Beide Männer hatten die Schritte gehört und sahen auf. Der eine kaute an einem Zigarrenstummel, während der andere, der seinen Schnurrbart kurz gestutzt trug, Kautabak im Mund hatte. Damaris wußte augenblicklich, daß sie weder bei dem einen noch bei dem anderen arbeiten wollte. Auf keinen Fall.

„Is' was?“ fragte der mit der Zigarre und schob sie beim Sprechen mit der Zunge herum.

„Wir suchen Gordon“, sagte Herr Brown.

„Der bin ich“, sagte der Mann und kniff die Augen zu schmalen Schlitzen zusammen.

„Captain Reilly schickt uns. Sie – äh, Damaris hier will gern in der Stadt bleiben. Braucht Arbeit und 'n Dach über dem Kopf.“

Zwei Augenpaare musterten Damaris vom Scheitel bis zur Sohle. Sie spürte, wie ihr die Wangen heiß wurden.

Der Tabakkauer spuckte seine Portion auf den Bretterfußboden und zuckte mit dem Schnurrbart.

Der Mann namens Gordon lehnte sich gemächlich vor, legte seine Spielkarten mit betont langsamer Geste beiseite und rückte vom Tisch ab.

„Arbeit, was?“ fragte er, den Blick auf Damaris geheftet.

Damaris fand keine Worte. Zu mehr als einem schwachen Kopfnicken war sie nicht fähig.

„Und was für Arbeit, wenn ich fragen darf?“ wollte der Mann wissen.

„Ich ... ich ...“ stotterte Damaris hilflos.

Herr Brown kam ihr zuvor.

„Sie kann prima mit Kindern umgehen. Im Kochen ist sie nicht schlecht – eigentlich versteht sie sich auf alles, was mit Haushalt zu tun hat. Sie ziert sich auch nicht, Brennholz und Wasser zu schleppen.“

Gordon nickte.

„Soweit ich weiß, hat sie 'nen Empfehlungsbrief vom Captain“, fuhr Herr Brown fort. Damaris griff in ihre Tasche, um nach dem kostbaren Brief zu tasten. Sie hegte keineswegs die Absicht, ihn diesem Gordon auszuhändigen.

Herr Gordon schob die Zigarre wieder in den anderen Mundwinkel, ohne den Blick von Damaris zu wenden.

„Könnte klappen", sagte er endlich, schlürfte sein Whiskyglas leer, nahm seinen Hut und stand auf.

„Aber ... aber ich will nicht bei Ihnen arbeiten", stotterte Damaris. Obwohl sie am ganzen Leib zitterte, hatte sie den Mut zu dieser Weigerung gefunden.

„Bei mir?" Der Mann blieb wie angewurzelt stehen und sah Damaris erstaunt an. „Bei *mir*? Was soll *ich* denn mit 'nem jungen Ding wie dir?"

Der Mann, der noch am Tisch saß, brach in schallendes Gelächter aus. Er klatschte sich auf die Schenkel und wippte auf seinem Stuhl vor und zurück, bis Gordon ihn mit einem mißbilligenden Blick zum Verstummen brachte.

„Der Captain hätte dich nie im Leben zu mir geschickt, damit du bei *mir* arbeitest, Mädchen", sagte Gordon und schob sich den staubigen Hut auf dem Kopf zurecht. „Er weiß halt nur, daß ich jede Seele in diesem Kuhdorf kenne. Keine Sorge. Zu mir persönlich hätte der Captain dich nie und nimmer geschickt."

Damaris fühlte sich unsagbar erleichtert.

„Also los", sagte der Mann und deutete mit einer Kopfbewegung auf die Tür. „Gehen wir mal rüber zu Frau Stacy. Der wird vielleicht was einfallen."

Damaris schien keine andere Wahl zu haben, als dem Mann zu folgen.

Sie gingen mit polternden Schritten auf dem Bretterbürgersteig entlang, bis sie ein Holztor erreichten, durch das man zur Pension gelangte. Gordon klopfte nicht erst an der Tür, sondern ging geradewegs in die geräumige Diele hinein und machte sich mit einem lauten: „Hallo, jemand zu Hause?" bemerkbar.

Damaris hörte ein Geräusch aus dem Nebenzimmer. Es dauerte nicht lange, bis eine Frau erschien. Sie trug ein einfaches Kleid; die schon von Grau durchzogenen Haare hatte sie zu einem Knoten auf ihrem Kopf zusammengesteckt. Ihre Lippen waren fest zusammengepreßt, und die

Nase war eine Spur zu lang. Doch Damaris glaubte, aufrichtige Wärme in den Augen der Frau zu erkennen.

„Hab' Ihnen das Mädel hier gebracht. Dachte, vielleicht können Sie 'ne Hilfe gebrauchen", sagte Gordon. An eine Vorstellung oder sonstige Höflichkeiten verschwendete er keine Worte.

Damaris spürte, wie jetzt auch die Frau sie von oben bis unten musterte.

„'nen Empfehlungsbrief hat sie auch", sagte Herr Brown und stieß Damaris an. „Na, zeig ihn schon vor."

Damaris nestelte an der Nadel, bis sie den Brief von seiner Befestigung befreit hatte. Die Frau las ihn schweigend. Damaris hielt den Atem an. Als die Frau dann wieder aufsah, glaubte Damaris, sie seufzen zu hören.

„Arbeit kann ich dir wohl geben", sagte sie. Ihre Stimme klang sanft und beinahe mütterlich, und Damaris spürte, wie ihr Herz schneller schlug. „Jede Menge sogar, aber ich kann dir keinen großen Lohn zahlen."

„Dann eben nur Kost und Unterbringung", verlangte Herr Brown.

Damaris sah auf ihre geflickte, abgetragene Kleidung hinab. Kost und Unterbringung würden nicht ausreichen.

„Ich habe gehört, daß Fräulein Dover jemanden braucht; vielleicht, wenn wir uns zusammentun ..." Sie ließ den Satz unvollendet. Wieder betrachtete sie Damaris.

„Na, wollen sehen, was sich machen läßt. Kann sein, daß Herr MacKenzie ab und zu Aushilfe im Laden braucht."

„Dann nehmen Sie sie also?" fragte Herr Brown. Seine Stimme verriet Damaris, wie sehr ihm daran lag, sie endlich loszuwerden.

Frau Stacy nickte.

„Komm nur herein", sagte sie zu Damaris, und zu Herrn Brown: „Bringen Sie ihre Sachen ins Haus."

Herr Brown hielt das Bündel hoch: „Hab' alles hier".

Der Ausdruck fassungslosen Erstaunens in den Augen der Frau entging Damaris nicht.

„Also schön, bringen Sie's in die kleine Stube hinter der Küche", sagte sie und ging voran.

Damaris stand einfach nur da. Sie war sich nicht sicher, ob von ihr erwartet wurde, den beiden zu folgen oder in der Diele zu bleiben. Der grobschlächtige Gordon trat ungeduldig von einem Fuß auf den anderen, als sei auch er einzig darauf erpicht, das Ganze möglichst schnell hinter sich zu bringen.

„Vielen Dank für Ihre Hilfe", sagte Damaris mit einem schwachen Kopfnicken, worauf er sich umdrehte und das Haus ebenso grußlos verließ, wie er es betreten hatte.

Herr Brown ging als nächster. Er schien es sehr eilig zu haben und blieb gerade lange genug stehen, um Damaris und Frau Stacy zum Abschied die Hand zu schütteln.

Kaum hatte er die Tür hinter sich geschlossen, als Damaris zitternd Luft holte. Sie hatte zwar nie eine besondere Verbundenheit zu Herrn Brown verspürt, doch mit seinem Fortgehen waren nun alle Kontakte zu dem, was ihr vertraut war, unwiderruflich abgeschnitten. Es war ein beängstigendes Gefühl, und Damaris fror plötzlich.

„Wie wär's mit einem heißen Bad, mein Kind?" hörte sie Frau Stacy fragen. „Du hast jede Menge Zeit dazu, bis wir mit dem Kochen anfangen müssen."

Damaris sah an ihrer verstaubten, geflickten Kleidung hinunter und fragte sich, welch einen schäbigen Eindruck sie wohl auf die blitzsaubere Frau machen mochte. Sie überlegte krampfhaft, was sie wohl nach dem Bad anziehen sollte. Doch da redete Frau Stacy schon weiter:

„Ich habe eine Menge Küchenschürzen. Da paßt du gut und gern zweimal rein ..." Sie zögerte, als wüßte sie nicht recht, was sie als nächstes sagen sollte. „Jedenfalls werden Sie dir das Essen vom Kleid halten."

Erneut schöpfte Damaris tief Luft. Wenn sie erst den Reisestaub von Körper und Haaren gewaschen und ihr zerschlissenes Kleid hinter einer großzügig geschnittenen Schürze versteckt hatte, dann würde sie vielleicht etwas passabler aussehen.

Ein neues Leben

Sobald Damaris gebadet und sich die dunklen Haare halbwegs getrocknet hatte, zog sie sich ihr einziges sauberes Kleid an und verließ ihr Zimmer, um sich zur Arbeit zu melden. Die Küche war schon von Essensdüften und dem Klappern von Geschirr und Kochtöpfen erfüllt.

Frau Stacy war dort; sie bückte sich gerade vor dem Backofen und stach mit einer Gabel in ein dickes, saftiges Brathühnchen.

„Ja, das kriegen wir noch gar", sagte sie, ohne den Kopf zu heben. Sie schien erleichtert zu sein, den Vogel noch rechtzeitig zum Abendessen auftischen zu können.

„Womit soll ich denn anfangen?" erkundigte sich Damaris zaghaft.

„Ich brauche zwei Eimer Wasser aus dem Brunnen hinter dem Haus", sagte Frau Stacy, richtete sich auf und sah sie an. Ihr warmer Blick wanderte dabei von Damaris' Gesicht zu ihrem Kleid und wieder zurück zu ihrem Gesicht.

„Die Schürzen hängen an einem Nagel in der Vorratskammer", fügte sie hinzu.

Damaris ging los, um sich eine zu holen.

Wie die Frau gesagt hatte, war die Schürze fast groß genug, um sie zweimal um Damaris' Taille zu schlingen. Erleichtert zog sie sie an und knotete die Bänder zu einer Schleife. Dann nahm sie die beiden Eimer und machte sich auf die Suche nach dem Brunnen.

Dieser war schnell gefunden. Hinter der Pension lag ein eingezäunter Garten. Der Brunnen befand sich in dessen Mitte; auf der einen Seite befand sich ein Hühnergehege und auf der anderen ein üppiges Gemüsebeet. Bestimmt baute Frau Stacy fast alles selbst an, was im Haus an Lebensmitteln gebraucht wurde, dachte Damaris. Freude stieg in ihr auf. Es würde beinahe so sein wie daheim auf der Farm.

Sie beeilte sich mit dem Wasserholen und stellte die Eimer wieder auf die lange Holzbank, von der sie sie genommen hatte.

„Gieß etwas davon in den großen Topf dort", wies Frau Stacy sie an, und Damaris gehorchte.

Jetzt begannen die beiden, gemeinsam zu arbeiten. Oft wußte Damaris schon, was sie zu tun hatte, bevor die Pensionsbesitzerin auch nur ein Wort gesagt hatte.

Damaris erfuhr bald, daß Frau Stacy nicht nur Zimmer vermietete, sondern auch eine Gaststätte betrieb. Frau Stacys Pension war die einzige am Ort. Alle, die ein Zimmer zur Miete suchten, auf der Durchreise ein Bett für die Nacht brauchten oder fern von zu Hause zum Essen einkehren wollten, kamen hierher.

Die Schwierigkeit dabei war nicht nur, jederzeit eine Mahlzeit auftischen zu können, sondern auch, möglichst genau vorauszuberechnen, wie viele Personen man zu verköstigen haben würde.

Damaris lernte eifrig und schnell. Als die ersten beiden Gäste eintrafen, war der Tisch gedeckt, und der Duft einer herzhaften Mahlzeit lag vielversprechend in der Luft.

Damaris beobachtete aufmerksam, wie Frau Stacy zwischen den Zimmern hin- und herhastete, von der Küche zum Eßtisch und zurück in die Küche. Damaris hatte noch nie Kundschaft bedient, doch allzu schwer konnte das eigentlich nicht sein. Bestimmt würde sie es auch lernen können.

Insgesamt bedienten sie sieben Gäste, darunter Herrn Gordon, der, wie sich herausstellte, der Sheriff hier am Ort war, sowie seinen Freund mit dem gestutzten Schnurrbart. Ein Farmer von außerhalb hatte sich für die Nacht einquartiert. Er war in die Stadt gekommen, um Einkäufe zu machen, und am nächsten Morgen wollte er zeitig wieder abreisen. Drei ungehobelt aussehende junge Männer kamen gemeinsam zum Essen, und Damaris spürte, wie ihre Blicke ihr durch die Stube folgten. Jetzt war sie regelrecht dankbar für die Anwesenheit des Sheriffs.

Die drei Männer verabschiedeten sich, ohne daß es zu einem Zwischenfall gekommen wäre, und Damaris beeilte sich, den Tisch abzuräumen und die schmutzigen Teller in die Küche zu tragen. Der Sheriff und sein Freund verließen das Eßzimmer ebenfalls. Dann kam ein Mann ohne Begleitung, und Frau Stacy schien sich sehr zu freuen, ihn zu sehen.

„Ich bediene Herrn Hebert schon selbst", sagte sie, und Damaris machte mit dem Abräumen weiter. Ihr fiel auf, daß Frau Stacy den Mann mit „Sam" anredete, wenn sie mit ihm sprach.

Damaris hatte das Geschirr abgewaschen und wieder in die Regale gestellt, als Frau Stacy mit dem Geschirr in die Küche kam, das der Mann namens Sam benutzt hatte.

„Sam braucht ein Zimmer", sagte sie zu Damaris. „Mach ihm das kleine Zimmer oben neben der Treppe fertig. Zieh die Rolladen herunter, zünde die Lampe an und schlag die Bettdecke zurück."

Damaris wischte sich die Hände an ihrer Schürze ab und ging schnell nach oben, um den Auftrag auszuführen.

Als sie in die Küche zurückkehrte, hörte sie noch immer Stimmen aus dem Eßzimmer. Damaris erledigte ihre Arbeit und hatte dann nichts mehr zu tun. Sie war so müde, daß sie sich kaum noch auf den Beinen halten konnte. Sie hätte gern gewußt, was noch an Arbeit anfallen würde, bis sie sich schlafen legen durfte, doch sie mochte die Unterhaltung im Nebenzimmer nicht unterbrechen.

Damaris verließ die Küche mit den beiden schweren Eimern, um sie für den nächsten Morgen aufzufüllen. Sie brachte die gefüllten Eimer zur Bank zurück und sah sich die Brennholzkiste an. Da sie keine Ahnung hatte, wo das Brennholz aufgehoben wurde, machte sie sich auf die Suche. Es dauerte nicht lange, bis sie den Schuppen gefunden hatte, in dem der Vorrat an Brennholz lagerte, und sie füllte die Holzkiste randvoll. Dann ging sie wieder nach draußen in den Garten, um bei den Hühnern nach dem Rechten zu sehen und das Gatter des Geheges für die Nacht zu schließen.

Danach kehrte Damaris in die Küche zurück. Noch immer wußte sie nicht, was sie als nächstes zu tun hatte. Sie kehrte den Fußboden und wischte den Herd sauber, doch im Nebenzimmer schien sich die Unterhaltung noch immer keinem Ende zu nähern.

Damaris ging ans Fenster und hob den Vorhang. Draußen wurde es Nacht. Die Stadt war dunkel und still. Nur der schwache Schein von Lampenlicht aus den Fenstern entlang der Straße war zu sehen.

Dann hörte Damaris lautes Gelächter. Sie sah, wie die drei jungen Burschen aus dem Saloon kamen und in ausgelassener Stimmung ihre Pferde bestiegen. Grölend ritten sie davon, umhüllt von einer Staubwolke.

Ungeduldig klopfte Damaris mit der Fußspitze auf den Boden und wünschte sich, entweder einen Auftrag erteilt zu bekommen oder auf ihr Zimmer geschickt zu werden.

Endlich betrat Frau Stacy die Küche, zwei Tassen in den Händen.

„Ach, liebes Kind!" sagte sie, als sie Damaris erblickte. „Dich hatte ich ja schon völlig vergessen. Du bist bestimmt zum Umfallen müde. Geh nur zu Bett. Den Rest mache ich dann..." Sie unterbrach sich und sah sich in der Küche um. „Potz Blitz", sagte sie, „du hast ja schon alles erledigt, was noch zu erledigen war. Nun aber schnell zu Bett mit dir! Ruh dich schön aus."

Das ließ Damaris sich nicht zweimal sagen.

Als sie sich unter der frisch bezogenen Decke ausstreckte, fiel ihr plötzlich auf, daß sie nun zum ersten Mal seit Wochen ein Bett für sich allein hatte. Zufriedenheit breitete sich in ihr aus. Sie war am Ziel, und sie hatte eine Arbeit. Sie hatte eine nette Dienstherrin und ein hübsches, einfaches Zimmer für sich allein.

Wieder mußte sie an den Captain denken. All das hatte sie ihm zu verdanken. Wo er sich wohl gerade aufhalten mochte? Damaris wünschte sich, sie könnte ihm einen Brief schreiben, um sich bei ihm zu bedanken.

Damaris legte sich bequem in ihrem Bett zurecht. Eigentlich war alles bisher recht gut verlaufen. Doch während sie nun in ihrem Bett lag und sich an all den glücklichen Umständen freuen wollte, verspürte sie eine unerklärliche Leere in ihrem Inneren. Sie rätselte, was der Grund sein mochte, bis sie einen Arm in die Dunkelheit ausstreckte und ihr plötzlich bewußt wurde, daß sie ihn nach Eddie ausgestreckt hatte. Nun begriff Damaris. Der kleine Junge fehlte ihr. Ob er wohl noch immer nach ihr schrie und weinte? Damaris hielt die Tränen zurück, doch die tiefe Verlassenheit, die sie in sich fühlte, tat ihr sehr weh.

*

„So, jetzt gehen wir gleich zu Fräulein Dover", sagte Frau Stacy, als das Frühstück serviert worden war und das Geschirr wieder sauber in den Regalen stand.

Damaris nickte. Sie war recht angetan von ihren neuen Lebensumständen, und sie war schon beinahe versucht, sich nun doch mit Kost und Unterbringung als Gegenleistung für ihre Arbeit zufriedenzugeben. Hinter den großen Schürzen konnte sie ihr schäbiges Kleid gut verstecken. Doch dann fiel ihr Blick auf ihre Schuhe. Es ließ sich nicht leugnen, daß sie bald ein neues Paar brauchen würde. Bis zum Herbst war es nun nicht mehr lange, und mit den Schuhen, die sie trug, würde sie nie und nimmer durch den Winter kommen.

Sie nickte zögernd und überwand sich dazu, wie Frau Stacy die Schürze abzulegen, so ungern sie sich auch davon trennte.

Die beiden überquerten die Straße und gingen auf dem Bürgersteig entlang zu dem kleinen Haus mit Fräulein Dovers Ladenschild über der Tür. Frau Stacy blieb gerade lange genug stehen, um die Ladenglocke zu läuten, und trat dann geradewegs ein.

Eine Frau mit einer sonderbaren Brille, die ihr auf der Nasenspitze saß, begrüßte Frau Stacy und Damaris. Sie war rundlich und vergnügt und schien mit sich und der Welt zufrieden zu sein.

„Frau Stacy“, sagte sie mit einer Stimme, die etwas von dem Singsang eines plätschernden Wasserfalls hatte, „wie nett, daß Sie mich besuchen kommen! Guten Tag!“

Frau Stacy erwiderte die Begrüßung und drehte sich dann zu Damaris um.

„Darf ich bekanntmachen: Damaris Withers. Sie ist neu hier in der Stadt – gerade gestern ist sie angekommen. Mit dem Wagenzug. Hat einen höchst beeindruckenden Empfehlungsbrief bei sich – und in der kurzen Zeit seit ihrer Ankunft hat sie ihre Fähigkeiten schon gründlich unter Beweis gestellt. Sie arbeitet bei mir, aber ich brauche sie eigentlich nicht den ganzen Tag lang. Kann ihr auch nicht soviel zahlen, wie sie wert ist. Fräulein Dover, Sie haben doch einmal gesagt, daß Sie sich manchmal wünschten, eine Hilfe zu haben. Trifft das immer noch zu?“

Damaris spürte, wie sich die freundlichen, grauen Augen auf sie richteten. Ein offenherziges Lächeln lag auf den Lippen der Frau, und sie legte ihre Hand sanft auf Damaris’ Arm.

„Herzlich willkommen in Dixen, meine Liebe“, sagte sie mit aufrichtiger Herzlichkeit.

Damaris mochte sie auf Anhieb.

„Kannst du nähen?“ erkundigte Fräulein Dover sich als erstes.

Damaris wünschte sich, ihr guten Gewissens versichern zu können, daß sie sich auf das Schneidern mit Nadel und Faden oder sogar auf den Umgang mit den neumodischen Nähmaschinen verstand, doch so war es leider nicht. Sie schüttelte bedauernd den Kopf.

„Ich habe bisher nur geflickt“, gestand sie.

„Macht nichts“, sagte die Frau und tätschelte Damaris’

Arm. „Bestimmt lernst du flink, sobald du die Gelegenheit hast. Außerdem besteht die Hälfte meiner Arbeit ohnehin aus nichts anderem als Flicken und Stopfen“, fiel ihr ein. „Ich könnte sehr gut jemanden gebrauchen, der beides kann.“

„Dann sind wir uns also einig?“ fragte Frau Stacy.

Fräulein Dover nickte.

„Schicken Sie sie mir nur, wenn Sie nichts mehr für sie zu tun haben“, sagte sie. „Ich will sehen, ob ich sie hier mit Arbeit versorgen kann.“

„Auch bei Herrn MacKenzie wollte ich nachfragen“, fuhr Frau Stacy fort.

Fräulein Dover überlegte.

„Ja, das ist sicherlich kein Fehler“, sagte sie dann. „Zu dritt werden wir Damaris schon ausreichend beschäftigt halten.“

Damaris hätte es vorgezogen, nicht an mehreren Ecken der Stadt zugleich eingestellt zu werden, doch sie war dankbar, überhaupt Arbeit gefunden zu haben.

„Darf ich Sie zu einer Tasse Tee einladen?“ fragte Fräulein Dover.

„Leider nicht. Unsere Zeit ist begrenzt, und wir müssen uns beeilen, wenn wir noch zu Herrn MacKenzie wollen.“

Die beiden Frauen verabschiedeten sich voneinander, und Frau Stacy und Damaris gingen.

Es war nicht weit bis zu dem großen, kastenförmigen Gebäude am Ende der Hauptstraße. Zwei Gespanne standen davor, und ein Reitpferd stampfte und schnaubte an dem Pfahl daneben. Damaris konnte den Blick kaum von dem Pferd wenden. Es erinnerte sie an das Pferd ihres Vaters.

Sie betraten das spärlich beleuchtete Gebäude. Damaris blieb einen Moment lang stehen, bis ihre Augen sich an die Dunkelheit gewöhnt hatten. Der Ladenbesitzer bediente gerade seine Kundschaft, so daß Frau Stacy an der Theke vorbeiging, um sich die Stoffballen anzusehen. Sie befingerte verschiedene Stoffe, und Damaris glaubte, etwas wie Sehnsucht in ihrem Blick zu bemerken.

„Oh, welch ein hübscher Stoff!“ sagte sie über einen dunklen Brokat gebeugt. Dann fuhr sie mit der Hand über einen anderen. „Und schau dir nur diesen Kattun an. Sieh mal, wie weich und feminin er wirkt!“

Damaris mußte ihr recht geben. Sie war über die große Auswahl an Stoffen in dieser kleinen, abgelegenen Stadt erstaunt.

„Die Leute kommen von weit her, um hier einzukaufen“, erklärte Frau Stacy, als hätte sie Damaris' Gedanken erraten. „Dixen ist weit und breit die einzige Stadt.“

Damaris wünschte sich, die weichen Stoffe auch durch ihre Hände gleiten lassen zu dürfen, doch ihre Mama hatte immer gesagt, daß Kinder die Ware im Laden nicht anzufassen hätten.

Damaris ging von den Regalen fort, wohl eher, um der Versuchung zu entfliehen, als den Rest des Ladens zu erkunden. Sie war erst ein paar Schritte gegangen, als ihr die Schuhe ins Auge fielen. Es gab zwar nicht viele verschiedene Modelle, doch Damaris entdeckte ein Paar, das sie zu gern besessen hätte. Sie sahen so weich, so bequem und dennoch so vornehm aus! Damaris malte sich aus, wie sie ihr wohl stehen würden. Ein Blick auf das Preisschild jedoch ließ ihr den Atem stocken. Soviel Geld würde sie nie und nimmer besitzen!

Als der letzte Kunde bedient worden war, ging Frau Stacy auf die Theke zu.

„Herr MacKenzie“, begann sie, noch bevor sie die Theke erreicht hatte, „ich möchte Ihnen gern Fräulein Withers vorstellen. Sie ist neu hier. Gerade gestern ist sie mit dem Wagenzug angekommen. Sie arbeitet teils bei mir, teils bei Fräulein Dover, doch sie hat noch einige Stunden frei, falls Sie hin und wieder eine Bedienung für Ihr Geschäft brauchen sollten. Sie hat einen Empfehlungsbrief, in dem sie in den höchsten Tönen gelobt wird, und ich muß sagen, was da in dem Brief steht, ist nicht übertrieben.“

Sie hielt inne, um Luft zu holen, und Herr MacKenzie musterte Damaris.

„Hast du die Schule besucht?“ fragte er unverblümt.

Damaris nickte.

„Du mußt gut im Rechnen sein, wenn du hier arbeiten willst.“

Wieder nickte Damaris. Im Rechnen war sie eigentlich immer gut mitgekommen.

„Du könntest natürlich auch fegen und Regale einräumen und dergleichen. Meine Frau scheint für so etwas kaum noch Zeit zu finden.“

„Und wie viele Tage die Woche möchten Sie sie gern einstellen?“ erkundigte sich Frau Stacy.

„Zwei. Zwei Tage, aber nur stundenweise. Das genügt mir dann schon. Ich sage Ihnen Bescheid, wenn ich Genaueres weiß.“

Die beiden gingen wieder nach Hause. Frau Stacy war mit den Ergebnissen dieses kleinen Rundgangs äußerst zufrieden.

„Prima“, sagte sie erfreut. „Damit hätten wir alles bestens geregelt. Herr MacKenzie nimmt dich zwei Tage – natürlich nur stundenweise –, und deinen Arbeitslohn schreibt er dir gut. Mit dem Betrag dürftest du dir zum Winter neue Schuhe kaufen können, und vielleicht sogar ein Stück Stoff dazu. Und Fräulein Dover nimmt dich ebenfalls stundenweise an zwei Tagen die Woche. Bei ihr kannst du dir mit Nähen einen Arbeitslohn verdienen. Von mir bekommst du als Gegenleistung für deine Arbeit ein Zimmer und die Mahlzeiten. Damit wäre für alles gesorgt.“

Damit hatte sie sicherlich recht, dachte Damaris. Sie wußte, daß sie allen Grund zur Dankbarkeit hatte, doch sie konnte das Gefühl nicht abschütteln, in lauter Stücke gerissen worden zu sein. Ob sie wohl je selbst über ihr Leben bestimmen können würde?

Fräulein Dover

Damaris hatte überhaupt noch nicht an Weihnachten gedacht, bis sie Frau Stacy eines Tages davon sprechen hörte, wie sie es in diesem Jahr feiern wollte. Der Gedanke versetzte sie in Angst und Schrecken, wenn sie sich auch lieber die Zunge abgebissen hätte, als das zu sagen. Sie erinnerte sich nur zu lebhaft daran, wie ihrem Vater jeder Anlaß recht gewesen war, um feuchtfröhlich zu „feiern".

Am Weihnachtstag arbeitete Damaris besonders fleißig. Sie hoffte, daß sie sich, wenn sie alle Aufträge ausgeführt hatte, in die Sicherheit ihres Zimmers flüchten durfte.

Doch so leicht ließ Frau Stacy sie nicht davonkommen.

„Zieh dir doch schnell dein schönstes Kleid an, Damaris", schlug sie vor. „Bald werden die Gäste zu unserer kleinen Weihnachtsfeier kommen."

Damaris wurde bleich. Sie hielt sich mit einer zitternden Hand am Tisch fest. Frau Stacy bemerkte es. Sie betrachtete Damaris mit besorgten Augen.

„Was ist denn los?" fragte sie. „Ist dir nicht gut?"

„Nein ... nein, ich glaube nicht", murmelte Damaris.

Frau Stacy befühlte die Stirn des Mädchens mit ihrer Hand.

„Fieber scheinst du nicht zu haben."

„Mir ... mir ist nur ..." begann Damaris.

„Vielleicht legst du dich am besten eine Weile hin. Ich komme schon allein zurecht. Wenn du dich besser fühlst, gesellst du dich wieder zu uns."

Damaris schleppte sich aus der Küche. Sie war erleichtert, der Weihnachtsfeier entkommen zu sein.

Später hörte sie Stimmen und Gelächter und sogar Gesang, doch sie blieb in ihrem Zimmer, wo sie sich unter der

Bettdecke zu einem Knäuel zusammengerollt hatte. Sie wartete angstvoll auf das Klirren von zersplitterndem Glas, auf das Krachen umgestoßener Stühle und auf laute Streitereien, doch nichts davon war zu hören.

Und dann wurde alles wieder still. Frau Stacy kam zu ihrem Zimmer und klopfte leise an die Tür.

„Schläfst du?“ flüsterte sie und öffnete die Tür einen Spaltbreit. „Brauchst du etwas? Soll ich dir etwas zu trinken holen? Wasser oder kalte Buttermilch?“

Damaris sehnte sich nach einem Glas Wasser, doch sie fuhr sich nur mit der Zunge über die trockenen Lippen und schüttelte den Kopf.

„Nein, danke“, brachte sie hervor.

Frau Stacy wünschte ihr Gute Besserung und schloß die Tür wieder.

*

Damaris hatte das Gefühl, ständig von Haus zu Haus zu hetzen. Kaum hatte sie mit einer Arbeit in Frau Stacys Haushalt begonnen, als Herr MacKenzie sie auch schon in den Laden bestellte. Kaum hatte sie den Ladenbesen wieder an seinen Haken gehängt, als Herr MacKenzie zu ihr sagte: „Jetzt kannst du schnell zu Fräulein Dover laufen. Für heute brauche ich dich nicht mehr.“

Sie versuchte sich einzureden, daß ihr das im Grunde gar nichts ausmachte; daß auf diese Weise keine Langeweile aufkommen konnte; daß es ihr die Gelegenheit bot, die Stadtbevölkerung schnell kennenzulernen; daß sie jung war und daß ihr die Bewegung guttat. Doch trotz alledem sehnte Damaris sich nach dem Gefühl der Zugehörigkeit. Sie wollte heimisch sein, ganz gleich, wo.

Mit den kleinen Aufträgen, aus denen oft im Verlauf des Tages große Aufträge wurden, hatte sie sich nach und nach das Geld für die neuen Schuhe an ihren Füßen und die beiden neuen Kleider in ihrem Schrank verdient. Damaris konnte sich nicht dazu überwinden, ihre kostbaren neuen

Kleider täglich bei der Arbeit zu tragen, und so hatte Fräulein Dover ihr völlig kostenlos zwei ihrer eigenen alten Kleider geändert.

Damaris war dankbar. Sie fand die beiden nagelneuen Kleider wunderschön, und sie wollte sie auf keinen Fall schmutzig machen, aber da sie sieben Tage in der Woche arbeitete, hatte sie so gut wie keine Gelegenheit, die kostbaren Stücke je zu tragen.

Ihr Arbeitstag begann oft vor Morgengrauen mit den Vorbereitungen zum Frühstück und endete mit dem Abwasch spätabends; dazwischen lagen zahlreiche Besorgungen und Aufträge. Abend für Abend fiel Damaris so erschöpft ins Bett, daß sie kaum noch von Eddie träumte oder sich nach der Umklammerung seiner kleinen Arme sehnte.

Bei der Arbeit redete sie nicht viel.

„Ein stilles Ding“, nannte Frau Stacy sie, und Herr MakKenzie sagte zu seiner Frau: „Wenigstens schwatzt sie mir nicht den lieben langen Tag die Ohren voll.“ Allein Fräulein Dover fand ihr Schweigen bedenklich und bemühte sich, sie zum Reden zu bringen, wenn die beiden gemeinsam nähten und flickten.

Anfangs mochte Damaris nichts von sich selbst preisgeben, weder ihre Vergangenheit noch ihre Gedanken und Gefühle, doch im Laufe der Zeit gelang es Fräulein Dover, sich ein paar Einzelheiten über sie zusammenzureimen.

So entdeckte sie zum Beispiel, daß Damaris für ihr Leben gern las. Auch Fräulein Dover hatte eine Vorliebe für das Lesen und besaß eine ganze Reihe Bücher. Sie erbot sich auf der Stelle, Damaris ein paar davon zu leihen, damit sie abends etwas zu lesen hatte. Damaris konnte das Aufleuchten in ihren braunen Augen nicht verbergen.

Die Lektüre erwies sich als ein guter Gesprächsstoff. Bei jedem Buch, das Damaris wieder zurückbrachte, erkundigte sich Fräulein Dover mit einem Lächeln: „Nun, wie hat es dir gefallen?“, „Wer war denn deine Lieblingsfigur?“ oder „Wie denkst du ... über dieses Ereignis oder jene Aussage?“

Anfangs gab Damaris nur recht einsilbige Antworten, doch mit der Zeit fiel es ihr leichter, Fräulein Dover ihre Ansichten über die Bücher mitzuteilen.

Noch bevor der Winter einem späten, aber stürmischen Frühling das Feld geräumt hatte, stellte Damaris fest, daß die Worte „Und nun läufst du schnell zu Fräulein Dover" ihr Herz ein wenig schneller schlagen ließen. Sie fühlte sich behaglich und zugleich beflügelt in der Gegenwart der älteren Frau.

Eines Nachmittags im Mai lief Damaris über die Straße und stieß die Tür auf, wodurch sie die Ladenglocke zum Klingeln brachte. Fräulein Dover mit ihrer seltsamen kleinen Brille auf der Nasenspitze sah von ihrer Näharbeit auf.

„Da bist du ja wieder!" begrüßte sie Damaris lächelnd und schaute zu, wie sie sich den Frühlingsregen vom Schultertuch schüttelte, bevor sie es an den Ständer hängte. „Du bist wohl in einen Regenguß geraten, was?"

Damaris lächelte.

„Das macht mir nichts aus, wirklich nicht. Ich finde es sogar ganz lustig. Fast so, als wär' ich wieder ein Kind!"

Fräulein Dover lachte. Damaris war den Kinderschuhen ja kaum entwachsen.

„Und wie alt bist du jetzt?" erkundigte Fräulein Dover sich freundlich.

„Fast sechzehn. Auf dem Weg nach Westen bin ich fünfzehn geworden."

„Habe ich dir je von meiner Reise in den Westen erzählt?" fragte Fräulein Dover. Was Damaris ihr gerade erzählt hatte, nahm sie aufmerksam zur Kenntnis.

Damaris schüttelte den Kopf und setzte sich auf den Hocker neben Fräulein Dover. Dann griff sie nach dem Flickkorb, in dem ihre Arbeit für diesen Tag auf sie wartete.

„Es ist schon lange her … fast wie vor Urzeiten kommt's mir vor. Ich war damals siebzehn, nicht viel älter als du – allerdings stand mein achtzehnter Geburtstag schon vor der Tür.

Ich hatte einen sehr, sehr netten jungen Mann kennengelernt und mich in ihn verliebt. Er hatte mich gebeten, seine Frau zu werden, und Papa hatte seine Einwilligung dazu gegeben. Alles war in schönster Ordnung, und die Hochzeit sollte im September sein. Und dann, im Frühling, als die ersten Blätter sproßten – dieselben Blätter, die zu unserer Hochzeit golden und rot sein sollten –, schickte die Armee ihn in den Westen. Er war Soldat, doch er hatte vor, nach seiner Entlassung Rechtsanwalt zu werden. Aber ..." Fräulein Dover ließ ihre Nähnadel sinken und richtete den Blick in die Ferne. Sie seufzte und sah Damaris dann lächelnd an. „Ach, wie stattlich er in seiner Uniform aussah!" sagte sie ohne jede Befangenheit.

Damaris spürte, wie sie errötete. Sie war es nicht gewohnt, solche persönlichen Dinge anvertraut zu bekommen.

„So mußte er also in den Westen reisen, während ich daheim blieb. Doch je näher der September rückte, desto bekümmerter wurde ich. Zu guter Letzt sagte mein Papa – meine Mama lebte schon seit drei Jahren nicht mehr – zu mir: ‚Katherine, jetzt gibt es zwei Möglichkeiten. Entweder lassen wir dich hier vor Sehnsucht nach deinem Verlobten verschmachten, oder wir packen deine Koffer und schicken dich hinter ihm her in den Westen, und ihr heiratet einfach dort anstatt hier zu Hause.' Ich hätte meinem Papa um den Hals fallen mögen. Hab's auch gleich getan.

So war es also beschlossene Sache. Wir schrieben Andrew, und er leitete alles Notwendige in die Wege, damit ich zu ihm reisen konnte. Ich fuhr mit einem Wagenzug, der das Fort mit Nachschub versorgen sollte. Ich war die einzige Frau im ganzen Treck. Zuerst war mir schrecklich unbehaglich zumute, doch ich tröstete mich mit dem Gedanken, daß ich meinen Andrew nun bald wiedersehen würde.

Die Reise war eine Tortur. Manchmal war es so heiß, daß man kaum Luft bekam, und am nächsten Tag regnete es in Strömen, bis die Wagenräder im Schlamm steckenblieben.

Endlich erreichten wir Fort Collins. Es war wunderbar, Andrew wiederzusehen. Er war schmaler geworden –

schmaler und von der Sonne gebräunt. In seiner Uniform sah er aber so stattlich aus wie eh und je. Wir schmiedeten ganz neue Hochzeitspläne. Eine festliche Kirche hatten wir nicht, auch keine Brautjungfern in seidenen Kleidern, kein großes Hochzeitsmahl und keine Geschenke. Doch das machte uns nicht das geringste aus. Wir hatten ja jetzt einander."

Sie hielt inne und sah aus dem Fenster, als spielten sich draußen die Szenen von damals wieder ab.

„Ich lernte eine nette Dame kennen, die mit einem der Offiziere verheiratet war. Ich bat sie, meine Trauzeugin zu sein, und Andrew hatte viele Freunde unter den Männern im Fort, von denen er sich einen als Trauzeugen aussuchte."

Fräulein Dover setzte sich ein wenig aufrechter, bevor sie fortfuhr.

„Drei Tage vor der Hochzeit wurde Andrew auf Patrouille geschickt. Ja, und von dort kam er dann nicht wieder zurück."

Diese letzten Worte waren beinahe überstürzt aus ihr hervorgebrochen. Damaris glaubte, sich verhört zu haben.

„Sie meinen, daß er …?"

Fräulein Dover nickte.

„Es hatte irgendwelche Unruhen gegeben. Ich habe mich nie nach den Einzelheiten erkundigt."

Alle Farbe war aus Damaris' Gesicht gewichen. So etwas Entsetzliches konnte sie sich kaum vorstellen. Fassungslos starrte sie die Frau auf dem Stuhl neben ihr an.

„Und … dann sind sie nie wieder nach Hause gefahren?" flüsterte sie.

„Ich hatte es vor. Ich hatte sogar schon alles geregelt. Mit dem Wagentreck im nächsten Monat sollte ich wieder in die Heimat reisen. Doch dann bekam ich die Nachricht vom Tod meines Vaters. Außer ihm hatte ich keine Angehörigen mehr zu Hause. Nun gab es keinen Grund mehr, zurückzufahren. Vor den Strapazen der Reise graute mir. Daher bat ich die Armee, mich zur nächsten Stadt zu bringen, und sie haben mich hier abgesetzt. Ich bekam einen kleinen Geldbetrag aus dem Nachlaß meines Vaters, und damit eröffnete ich mein Geschäft. Seitdem wohne ich also hier. Liebe Güte, das ist nun schon über dreißig Jahre her!"

Eine Zeitlang war es still in der Stube. Fräulein Dover schien mit ihren Gedanken in ferner Vergangenheit zu sein. Damaris fragte sich, ob sie wohl gerade den stattlichen jungen Mann in seiner Uniform vor ihrem inneren Auge sah oder ob sie sich die Stimme ihres Vaters wieder in Erinnerung rief.

Langsam nähte Damaris weiter. Mit ihrer Nadel umstach sie den Flicken, den sie gerade auf eine Männerhose setzte. Bald wandte auch Fräulein Dover sich wieder ihrer Arbeit zu, und die Maschine surrte weiter. Damaris hörte sie sagen: „Ja, ja, wie die Zeit vergeht!" Es war kaum mehr als ein Flüstern.

Damaris sagte nichts.

Dann stellte Fräulein Dover ihr plötzlich die überraschende Frage: „Warst du schon einmal verliebt?"

Zuerst war Damaris vor Verlegenheit sprachlos, doch dann schüttelte sie errötend den Kopf und sagte wahrheitsgemäß: „Nein, noch nie."

„Wart's nur ab, das wird noch kommen", prophezeite Fräulein Dover. „Du hast wunderschöne Augen. Das wird den Männern nicht entgehen."

Damaris schüttelte entschieden den Kopf. Diesen Vorsatz hatte sie schon vor langer Zeit gefaßt. Sie würde niemals heiraten. Niemals.

„Gehst du gern auf Gesellschaften?" fragte Fräulein Dover.

„Nein ... nein, ich glaube nicht", antwortete sie.

„Vielleicht ist es an der Zeit, daß wir das einmal genauer feststellen. Wie wär's, wenn ich ein Fest gebe und –"

„Nein, bloß nicht!" unterbrach Damaris sie. In ihren Augen stand helle Angst. „Ich meine ... ich kenne doch niemanden von den jungen Leuten hier, und ..."

„Aber auf diese Weise könntest du sie kennenlernen", sagte Fräulein Dover.

„Ach nein, lieber nicht“, sagte Damaris. Sie war blaß geworden.

Fräulein Dover ließ die Sache damit auf sich beruhen, obwohl sie nicht begreifen konnte, warum ein hübsches junges Mädchen wie Damaris eine solche Abneigung gegen Gesellschaften hegte. Anstatt sie jedoch nach dem Grund zu fragen, wechselte sie das Thema.

„Du hast einen schönen Namen“, sagte sie. „Ich habe ihn noch nie gehört. Handelt es sich um einen Namen aus deiner Verwandtschaft?“

Wieder errötete Damaris. Sie hob sogar den Kopf ein wenig und sah die Schneiderin über ihre Näharbeit hinweg an.

„Er kommt aus der Bibel“, sagte sie mit Stolz in der Stimme.

„Aus der Bibel?“

Damaris nickte. Wenn es etwas auf der Welt gab, auf das sie stolz war, dann war es ihr Name aus der Bibel.

„Wir sollten ihn einmal nachschlagen“, meinte Fräulein Dover.

„Haben ... haben Sie denn eine Bibel?“ Damaris konnte ihr Glück kaum fassen.

„Ja, ich habe eine Bibel. Ich weiß nicht, wie ich ohne sie zurechtgekommen wäre.“

Fräulein Dover erhob sich von ihrem Stuhl und ging aus der Nähstube in ihre Wohnung, die dahinter lag. Mit einem schwarzen Buch in der Hand kehrte sie zurück. Es sah genau wie die Bücher aus, mit denen die Leute daheim sonntags in ihren besten Anzügen und Kleidern zu der kleinen Kirche gegangen waren. Damaris konnte kaum an sich halten. Am liebsten hätte sie die Hand nach dem Buch ausgestreckt.

Fräulein Dover setzte sich und schlug die Bibel auf.

„Wo ist denn nun hier von einer Damaris die Rede?“ fragte sie.

Damaris war enttäuscht. Sie hatte gehofft, daß Fräulein Dover selbst Bescheid wußte.

Langsam schüttelte sie den Kopf.

„Das hat Mama mir nicht gesagt. Und außerdem hatten wir ja keine Bibel mehr."

„Nun, dann müssen wir die Stelle eben nachher suchen", sagte Fräulein Dover, schlug das Buch wieder zu und legte es beiseite, um sich wieder ihrer Näharbeit zuzuwenden.

Es war eine harte Geduldsprobe für Damaris. Dort, in Reichweite, lag das Buch mit ihrem Namen darin, aber sie mußte auf ihrem Hocker sitzen bleiben und die Nadel durch den groben Stoff stoßen, um einen Flicken auf eine zerschlissene Latzhose zu setzen.

„Leider gibt es hier keine Kirche", bemerkte Fräulein Dover. „Unsere Kirche zu Hause vermisse ich wohl am meisten von allem. Jahr um Jahr habe ich zu Gott gebetet, daß er dieser Stadt einen Pfarrer schicken möge – und ich bete immer noch. Noch habe ich die Hoffnung nicht aufgegeben. Ich bin davon überzeugt, daß mein Gebet eines Tages erhört wird – vielleicht sogar bald."

Damaris sah nicht auf. Sie wußte, daß die Kirche und das Bibelbuch irgendwie zusammengehörten, doch sie hatte keine genaue Vorstellung davon, was das eine nun mit dem anderen zu tun hatte.

„Es ist ein Jammer, daß die Kinder dieser Stadt ohne jedes Wissen von Gott aufwachsen", fuhr Fräulein Dover fort. „Ohne ihn hätte ich die schweren Zeiten niemals verkraftet. Ich war so dankbar, daß meine Eltern mich schon früh zum Glauben geführt hatten. Es gab Zeiten, in denen ich es noch nicht begreifen konnte, sondern einfach nur vertrauen. Ich habe nie daran gezweifelt, daß Gott mich noch immer liebte und daß er mich nicht im Stich lassen würde."

Damaris wußte nicht, wovon die Frau redete. Sie hörte höflich zu, ohne etwas zu sagen, doch die Worte waren ihr völlig fremd. Vor langer Zeit hatte sie einmal etwas über Gott gehört. Wann oder wo das gewesen war, daran konnte sie sich nicht mehr erinnern – oder doch: Ihre Mama hatte einmal etwas erwähnt. Doch Damaris hatte noch nie jemanden von Vertrauen reden gehört, auch nicht von einem

Gott, der Menschen liebte. Fräulein Dover war ein herzensguter Mensch. Vielleicht liebte Gott sie ja tatsächlich.

Die Türglocke schellte, und eine Frau betrat die Stube. Sie war hochgewachsen und ging kerzengerade. Der strenge Ausdruck in ihrem Blick warnte die Welt, sich ja nicht mit ihr anzulegen. Damaris erkannte sie als Frau Henry; in Herrn MacKenzies Laden hatte sie sie gelegentlich bedient. Zuerst hatte sie sich schrecklich vor dieser Dame gefürchtet. Sie hatte sogar das unbestimmte Gefühl gehabt, als fürchte Herr MacKenzie sich selbst ein wenig vor ihr. Damaris war aufgefallen, daß er immer gerade sehr beschäftigt war, wenn Frau Henry den Laden betrat, so daß Damaris das Bedienen dieser Kundin zufiel.

Fräulein Dover dagegen schien keinerlei Angst vor der Frau mit dem strengen Gesicht zu haben. Sie erhob sich von ihrem Stuhl und begrüßte die Dame mit einem herzlichen Lächeln.

„Guten Morgen, Frau Henry!“ sagte sie. „Die Kleider sind fertig. Hier habe ich sie. Liebe Güte, Mary muß ein großes Stück in die Höhe geschossen sein. Diese Kleider sind ja gute sechs Zoll länger als die, die ich letztes Jahr für sie genäht habe!“

Anstatt voller Stolz von ihrer heranwachsenden Tochter zu erzählen, erging sich die Frau in einer Beschwerde darüber, wie teuer sie das Wachstum ihrer Tochter zu stehen komme.

„Und wie geht es Herrn Henry? Man hört, er hat eine böse Grippe gehabt.“

„Da hört man richtig. Den ganzen Winter lang mußte ich Krankenschwester spielen, und seine Arbeit mußte ich obendrein auch noch machen. Ich komme mir vor wie ein Mädchen für alles!“

„Jetzt, wo der Winter vorbei ist, wird er sich sicher wieder erholen und zu Kräften kommen“, meinte Fräulein Dover zuversichtlich.

„Das will ich hoffen“, gab die Frau zurück. „Mir reicht’s nämlich. Die Feldarbeit hat ja schon angefangen. Ich habe nicht die geringste Absicht, mir die ganz allein aufhalsen zu lassen."

Sie nahm die Kleider für Mary in Empfang, bezahlte die Rechnung mit ein paar unwirschen Bemerkungen und ging ohne einen Abschiedsgruß.

„Ach ja", seufzte Fräulein Dover, als die Tür wieder geschlossen war, „die Leute sind halt unterschiedlich, heißt es; aber ich frage mich oft, wie manche so geworden sind, wie sie sind. Frau Henry zum Beispiel. Was mag sie nur erlebt haben, daß sie sich immerzu so ... so mürrisch und unzufrieden aufführen muß?"

Damaris überlegte, ob sie Herrn MacKenzies Meinung zum besten geben sollte: daß Frau Henry ein alter Sauertopf sei, ein Bussard, der darauf erpicht ist, anderen Leuten das Fleisch von den Knochen zu picken. Doch dies behielt sie lieber für sich.

„Leuten wie ihr sollte man besonders freundlich begegnen", sagte Fräulein Dover. „Denk nur, was für einen großen Kummer sie mit sich herumtragen muß!"

Über solche Dinge hatte Damaris noch nie nachgedacht. Sie hatte andere Leute immer so genommen, wie sie sich darstellten, ohne zu überlegen, welche Gründe hinter ihrem Verhalten stecken könnten. Es war schon schwer genug gewesen, Frau Henry zu bedienen, ohne sie dabei in eine noch schlechtere Stimmung zu versetzen. Damaris hatte immer erleichtert geseufzt, wenn die Frau endlich die Ladentür hinter sich geschlossen hatte. Fräulein Dover dagegen schien es für ihre Pflicht zu halten, Verständnis für sie aufzubringen und Balsam auf ihre Wunden zu streichen.

Das alles war für Damaris ein großes Rätsel. Sie konnte sich weder erklären, was Fräulein Dover so freundlich gemacht hatte, noch, was Frau Henry so mürrisch gemacht hatte. Sie war einfach nur froh, einen Teil ihrer Zeit in dem kleinen Schneiderladen der freundlichen Frau verbringen zu dürfen.

Das Buch

„Soll ich dir eine Bibel leihen?“ erbot sich Fräulein Dover, als Damaris sich in ihr Schultertuch hüllte und sich auf den Weg zu Frau Stacy machen wollte, um dort ihren Dienst anzutreten.

Damaris war so überrascht, daß es ihr zuerst die Sprache verschlug.

Fräulein Dover mußte das Aufleuchten in ihren Augen bemerkt haben.

„Auf meine eigene kann ich zwar nicht verzichten“, sagte sie, „aber ich habe ja noch Papas Bibel. Die kannst du dir borgen, wenn du magst.“

Sie ließ Damaris an derTür stehen und ging ins Haus, um die Bibel zu holen.

Damaris konnte sich vorstellen, wie kostbar die Bibel in Fräulein Dovers Augen sein mußte.

„Ich geh' besonders vorsichtig damit um“, versprach sie und steckte sie unter ihr Schultertuch, um sie vor dem Regen zu schützen.

Fräulein Dover nickte lächelnd.

„Oh, da bin ich mir ganz sicher“, sagte sie.

Damaris lief nach Hause. Voller Ungeduld verrichtete sie ihre Arbeit. Am liebsten wäre sie auf der Stelle in ihr Zimmer gerannt, um sich dort in das Buch zu vertiefen, bis sie die Geschichte von dieser Frau namens Damaris gefunden hatte.

Doch die Pflicht rief. Damaris hatte die Hausgäste zu bedienen, Brennholz und Wasser herbeizuschleppen, Geschirr zu spülen, Fußböden zu kehren … Ach, die Liste wollte kein Ende nehmen.

Endlich war Damaris für diesen Tag fertig und nahm ihre Schürze ab. Frau Stacy und Herr Hebert unterhielten sich noch im Speisezimmer. Immer, wenn Herr Hebert nach Dixen kam, hatte Damaris noch mehr Arbeit, weil Frau Stacy sich dann gern zu einem munteren Schwätzchen zu ihm an den Tisch setzte. Das Abräumen und Spülen mußte Damaris an solchen Abenden allein besorgen.

Inzwischen brauchte Damaris nicht mehr darauf zu warten, daß Frau Stacy sie nach getaner Arbeit in ihr Zimmer entließ. Sie wußte genau, was von ihr erwartet wurde, und sobald sie alles erledigt hatte, durfte sie gehen.

In ihrem Zimmer streifte sie sich eilig ihre Kleidung ab und schlüpfte in eins von Fräulein Dovers abgelegten Nachthemden. Dann vergewisserte sie sich, daß die Lampe ausreichend mit Öl gefüllt war, kuschelte sich unter ihrer Decke zurecht und nahm die zerlesene Bibel, die einmal Fräulein Dovers Vater gehört hatte, behutsam in die Hand.

Sie blätterte in den ersten paar Seiten. Da fand sich ein Hinweis, daß es sich um eine „King-James"-Übersetzung handelte, sowie eine Seite mit der Inhaltsübersicht. Die nächste Seite trug die Überschrift „Das erste Buch Mose". Anscheinend war hier der Anfang. Damaris lehnte sich gegen ihr Kissen und begann zu lesen.

Eine sonderbare Geschichte war das. Sie handelte davon, wie Gott alles erschaffen hatte. Damaris hatte sich schon öfters gefragt, wie die Welt eigentlich entstanden war. Ganz zum Schluß hatte Gott dann den Menschen erschaffen, was ein großer Fehler gewesen zu sein schien. Trotzdem las Damaris weiter.

Die Tür fiel hinter Herrn Hebert ins Schloß. Damaris überlegte flüchtig, warum er sich so spät am Abend und noch dazu bei Regen auf den Heimweg machte. Dann wandte sie sich wieder den Seiten der Bibel zu. Was Herr Hebert tat, ging sie im Grunde genommen nichts an.

Dann hörte sie, wie Frau Stacy durch das Haus ging, um alles für die Nacht abzuschließen. Bald verloren sich die

Schritte, und Damaris hörte nur noch, wie die Tür leise ins Schloß gezogen wurde.

Damaris las weiter. Das Buch war voller Geschichten, doch in keiner davon kam eine Damaris vor. Damaris war enttäuscht, doch sie las dennoch weiter. Irgendwann würde sie schon darauf stoßen, wenn sie nur lange genug las.

Sie las von der Überschwemmung, die die ganze Erde unter Wasser setzte. Nur wenige Menschen überlebten. Wie es wohl gewesen sein mochte, mit all den Tieren in einem großen Boot eingesperrt zu sein? Vielleicht gar nicht so schlecht, dachte Damaris. Sie hatte eigentlich schon immer lieber Tiere um sich gehabt als Menschen.

Sie las die Geschichte von Josef, dem Jungen, den seine Brüder verkauften. Damaris war zutiefst empört. Mit Genugtuung las Damaris dann, wie die Brüder nach Ägypten kamen, um Getreide zu kaufen. Jetzt konnte Josef sich für das Unrecht rächen, das sie ihm angetan hatten. Doch halt! Statt dessen verzieh er ihnen einfach. Warum er das tat, begriff Damaris nicht.

Die Uhr in der Diele tickte unaufhörlich, während Damaris weiterlas. Noch immer keine Spur von einer Damaris. Damaris fand die Geschichten fesselnd, doch sie hatte einen langen, anstrengenden Tag hinter sich. Ihre Augenlider wurden immer schwerer. Sie konnte einfach nicht weiterlesen.

Als ihr die Bibel aus den Fingern rutschen wollte, schrak Damaris auf. Sie durfte das Buch nicht fallen lassen. Behutsam legte sie es in die Schublade des Nachttisches neben ihrem Bett. Dann blies sie ihre Lampe aus, kuschelte sich wieder unter der Decke zurecht und schloß die Augen.

„Hab' sie nicht gefunden", murmelte sie. „Nicht gefunden. So viele Leute ... aber keine Damaris."

*

Mit der Zeit lernte Damaris die Bevölkerung von Dixen immer besser kennen. Ihre drei Arbeitsstellen waren ihr in dieser Hinsicht eine große Hilfe. Wen sie nicht in Frau Stacys Gaststube sah, der holte vielleicht seine geflickte Kleidung bei Fräulein Dover ab. Wer in keinem dieser beiden Betriebe verkehrte, den bediente sie früher oder später in Herrn MacKenzies Kaufladen.

Obwohl Damaris bald so gut wie alle Bewohner der Stadt mit Namen kannte, verband sie eigentlich mit keinem davon eine echte Freundschaft – höchstens vielleicht mit Fräulein Dover.

Herr MacKenzie, der Damaris im großen und ganzen recht freundlich behandelte, konnte manchmal schroff und mißgelaunt sein. Damaris befolgte seine Anweisungen und mied ihn ansonsten, so gut es ging. Frau Stacy war zwar nett, doch manchmal fühlte Damaris sich ein wenig ausgenutzt. Die Regelung, die die Pensionsbesitzerin mit Damaris getroffen hatte, war sehr zu ihren eigenen Gunsten ausgefallen. Damaris leistete gute Arbeit, aß wenig und stellte keine Forderungen. Frau Stacy hatte nun viel mehr Zeit zum Plaudern als früher, was sie besonders genoß, wenn Herr Hebert in Dixen war.

Fräulein Dover dagegen war stets sanftmütig und nett. Sie kleidete sich schlicht, aber sauber. Für jeden hatte sie ein freundliches Wort. Die Männer zogen den Hut vor ihr, und die Frauen grüßten sie mit einem Lächeln; selbst die Kinder freuten sich, wenn sie Fräulein Dover auf der Straße sahen, und kamen ein wenig näher. In Damaris' Augen war sie eine echte Dame. Ohne es zu merken, hatte sie begonnen, Fräulein Dover nachzuahmen.

Die nette Dame ihrerseits schien Damaris sehr gern um sich zu haben, und sie erkundigte sich immer mit aufrichtigem Interesse nach ihrem Ergehen. Damaris konnte es sich zwar nicht erklären, doch sie fühlte sich in Fräulein Dovers Gegenwart sonderbar wohl, beinahe so, als ob ein wichtiger Teil ihres Wesens erst richtig aufblühen würde, wenn sie bei der Schneiderin war.

Tag für Tag erledigte Damaris hastig ihre Aufgaben in der Pension und im Gemischtwarenladen, um dann über die

Straße zu laufen, ihren Platz neben dem Flickkorb einzunehmen und die Stunden bei Fräulein Dover zu genießen.

An einem dieser Tage hatte Damaris gerade ihren Platz eingenommen und griff nach ihrer Nadel und dem nächsten Kleidungsstück, das geflickt werden mußte.

„Was liest du denn gerade?" erkundigte Fräulein Dover sich. Die beiden unterhielten sich in letzter Zeit häufig über die Bibel.

„Ich bin bei König David", antwortete Damaris und hob den Blick kurz von ihrer Flickarbeit.

„Ach, König David. Eine meiner Lieblingsgestalten der Bibel. Wenn ich je einen Sohn bekommen hätte, dann hätte ich ihn David genannt."

Fräulein Dover seufzte. Damaris vermutete, daß die Erinnerung an ihre verlorene Liebe sie noch immer schmerzte.

„Gefällt er dir auch so sehr?" fragte Fräulein Dover und lenkte das Gespräch damit wieder auf den David der Bibel.

Noch immer fiel es Damaris nicht leicht, ihre Gedanken und Gefühle zum Ausdruck zu bringen, doch Fräulein Dover gelang es immer wieder, sie aus der Reserve zu locken.

„Ja, ich denke schon", antwortete Damaris zögernd.

„Also, ich finde ihn einfach wunderbar!" rief Fräulein Dover aus. „Er war so voller Leben, so voller Gefühl, so voller Liebe!" sagte sie und unterstrich ihre Worte mit einer Geste ihrer rundlichen Hand.

Damaris sah verwundert von ihrer Flickarbeit auf.

„Findest du nicht auch?" fragte Fräulein Dover, der das Erstaunen in Damaris' Gesicht nicht entgangen war.

Damaris hätte ihr gern recht gegeben. Sie nickte sogar ein wenig mit dem Kopf. Doch dann wagte sie den geflüsterten Einwand: „Er hat aber auch etwas sehr Schlechtes getan."

Fräulein Dover lächelte.

„Ja, das stimmt vollkommen. Aber er hat es bereut. Sein Gewissen hat ihm keine Ruhe gelassen. Er hat Gott um Vergebung angefleht."

Damaris hielt ihre Nähnadel einen Moment lang still, um über Fräulein Dovers Worte nachzudenken.

„Und darauf kommt es schließlich an", sagte Fräulein Dover dann. „Nicht auf die törichten Fehler, die wir machen – wenn wir auch den Willen Gottes erfragen sollen, *bevor* wir handeln anstatt danach, damit wir erst gar keine Fehler machen; aber wenn wir sie machen, dann müssen wir sie bereuen. Wir müssen Buße tun und um Vergebung bitten. Gott wird uns vergeben, wenn wir unsere Sünden bekennen."

Solche seltsamen Worte hatte Damaris noch nie gehört.

„Bevor du gehst, gebe ich dir ein paar Verse zum Nachschlagen. Die Psalmen lehren uns viel über David. Wie er um Vergebung bat. Und wie Gott ihm vergab. Ja, sogar im Neuen Testament finden sich Verse, wo Gott von ‚meinem David' spricht, als hätte David sich keine einzige Sünde im ganzen Leben zuschulden kommen lassen. Ist das nicht wunderbar?"

Damaris nickte, ohne recht zu begreifen, was das alles bedeutete.

„Und Jonathan. Nein, wie ich an ihm hänge! Ich glaube, ich hätte meinen Sohn David Jonathan genannt. Oder Jonathan David. Ich weiß gar nicht, für welche Möglichkeit ich mich entschieden hätte! Jedenfalls war Jonathan für einen Königssohn, für einen jungen Prinzen ein äußerst selbstloser, unverdorbener junger Mann. Ich bewundere ihn sehr!"

Die Ladenglocke schellte, und ein junger Mann betrat die Stube. Als Fräulein Dover ihn erkannte, sprang sie auf. Ihr Gesicht war von einem erfreuten Lächeln erhellt.

„Gil!" rief sie. „Oh, Gil, wie schön, dich wiederzusehen! Ich habe schon geglaubt, du säßest wegen schlechtem Wetter in deinem Tal fest! Habe dich ja seit Monaten nicht gesehen!"

Der junge Mann lachte.

„Wenn du's genau wissen willst, war ich den Winter über im Süden, um mir ein paar wirklich gute Rinder für meine

Herde zu besorgen. Das Angebot kam so überraschend, daß mir keine Zeit mehr blieb, um dir Bescheid zu geben."

„Dann ist dir verziehen", sagte Fräulein Dover und trat näher an den jungen Mann heran. „Ich hatte schon befürchtet, daß du mich völlig vergessen hast."

„Na, hören Sie mal, Fräulein Dover", sagte der junge Mann mit dem Anflug eines schleppenden Südstaatler-Dialekts, „Sie wissen doch selbst, daß das 'n Ding der Unmöglichkeit ist!"

Dann wandte sich die Unterhaltung ernsteren Dingen zu.

„Wie geht es dir denn eigentlich?" fragte Fräulein Dover aus aufrichtigem persönlichem Interesse heraus. „Hast du die Rinder bekommen, die du brauchtest?"

„Ja. Konnte es ja kaum erwarten, sie nach Hause auf mein eigenes Weideland zu verfrachten. Die ersten Frühjahrskälber sind schon da, eins hübscher als das andere."

„Ach, Gil, ich bin ja so froh, daß du gekommen bist. Und so erleichtert, daß es dir gut geht. Setz dich doch her und erzähl, was du in letzter Zeit alles erlebt hast."

Fräulein Dovers Gespräch mit dem jungen Mann hatte etwas Ungewöhnliches an sich, dachte Damaris. Eine besondere Wärme, eine innige Vertrautheit.

„Kennst du Damaris schon?" erkundigte Fräulein Dover sich unvermittelt. „Nein, natürlich nicht", beantwortete sie ihre eigene Frage. „Sie ist im Herbst hier angekommen. Ich habe sie als Flickerin eingestellt."

Damaris haßte es, anderen vorgestellt zu werden, besonders Männern. Vorstellungen machten sie immer schrecklich verlegen.

„Darf ich vorstellen: Damaris Withers, dies ist Gilbert Lewis. Er hat eine Ranch oben in den Hügeln. Ab und zu gelingt es ihm aber trotzdem, Dixen einen Besuch abzustatten." Den letzten Satz hatte sie mit einem Augenzwinkern gesagt.

Damaris sah nur lange genug auf, um zu nicken und „Angenehm" zu murmeln. Dann senkte sie schnell wieder den Blick.

Sie hatte kaum lange genug hingeschaut, um sich einen Eindruck von dem jungen Mann zu verschaffen. Hochgewachsen und breitschultrig war er, soviel hatte sie gesehen, und er hatte lockige braune Haare – und klare, blaue Augen, die einem mit einem einzigen kurzen Blick bis auf die Seele schauen konnten.

Damaris fühlte sich unbehaglich, und ihre Wangen röteten sich. Sie drehte sich ein wenig zur Seite, um dem Mann ihren Rücken zuzuwenden, und stieß ihre Nadel so hastig durch den Stoff, daß sie sich in den Finger stach.

„Hast du Zeit für einen Kaffee?“ fragte Fräulein Dover gerade. „Ich möchte so gern hören, wie dein Winter war.“

„Ja, gern“, willigte der junge Mann ein, warf seinen staubigen, verwitterten Hut in die Ecke und kam näher.

„Damaris, möchtest du auch eine Tasse?“ fragte Fräulein Dover.

Damaris wußte, daß sie in der Gegenwart des Fremden niemals ihren Platz verlassen konnte. Sie war sich nicht einmal sicher, ob sie überhaupt ein einziges Wort herausbringen würde. Sie begann den Kopf zu schütteln. Wenigstens das gelang ihr noch. Dann hörte sie ihre eigene Stimme sagen: „Ich habe nicht mehr viel Zeit. Ich glaube, am besten mache ich diesen Flicken hier schnell fertig.“

Fräulein Dover ließ sie gewähren.

Damaris hörte das Klappern der Kaffeetassen und hin und wieder ein Lachen. Die Stimmen der beiden drangen zwar aus dem Nebenzimmer zu ihr, doch von der Unterhaltung konnte sie kein Wort verstehen.

Sie setzte den Flicken so schnell auf, wie sie nur konnte, und stand dann auf, um sich die Fäden vom Rock zu streichen. Wenn sie jetzt zu Frau Stacy lief, würde ihr dort bis zu den Vorbereitungen des Abendessens noch reichlich Zeit bleiben.

Auf dem Weg zur Tür, durch die sie den Laden möglichst schnell und unauffällig verlassen wollte, fiel ihr ein, daß Fräulein Dover von einigen Psalmversen gesprochen hatte, die sie ihr mitgeben wollte. Damaris war sehr gespannt darauf. Vielleicht würden diese Verse ihr dabei helfen, die Geschichte von David besser zu verstehen. Doch sie würde sich gedulden müssen. Auf keinen Fall wollte sie Fräulein Dover und ihren Gast jetzt stören.

Damaris legte sich gerade ihr Schultertuch um, als Fräulein Dover in die Stube kam.

„Ich dachte doch, ich hätte dich fortgehen hören", sagte sie, „und dabei habe ich dir deine Bibelverse noch gar nicht gegeben. Hier, ich habe sie dir auf einen Zettel geschrieben. Vielleicht fallen mir später noch mehr Verse ein, aber wenigstens kannst du schon einen Anfang machen."

Damaris murmelte ein Dankeschön und wollte losgehen, doch Fräulein Dover legte eine Hand auf ihren Arm.

„Was hältst du denn von Gil?" flüsterte sie.

Damaris wußte nicht, was sie antworten sollte.

Doch Fräulein Dover schien das nicht weiter zu stören. Womöglich hatte sie gar keine Antwort erwartet. Ein warmes Leuchten erhellte ihre Augen.

„Irgendwann erzähle ich dir einmal mehr über ihn", versprach sie. „Er … er ist mein ‚David Jonathan'."

Verwirrt

Damaris beeilte sich mit dem Holz und dem Wasser; Frau Stacy war schon in der Küche mit dem Abendessen beschäftigt. Damaris kannte inzwischen alle Hausgäste, wenn sie auch niemanden mit Namen anredete. Sie bediente sie, so geschickt und unauffällig sie konnte, ohne sich in die Unterhaltung bei Tisch einzumischen.

Im allgemeinen verrichtete sie ihre Arbeit nicht ungern, doch einmal war sie unendlich dankbar gewesen, daß der Sheriff zu den Hausgästen der Pension zählte. Die meisten Trinker der Stadt wußten genau, daß Sheriff Gordon seine Mahlzeiten bei Frau Stacy einnahm. Damaris hatte schon oft Whisky gerochen, wenn Männer das Lokal betraten und sich setzten. Jedesmal wurde sie von Panik gepackt und wäre am liebsten aus der Stube geflüchtet. Mit der Zeit hatte sie jedoch gemerkt, daß nicht alle Männer so lange tranken, bis ihr letzter Cent ausgegeben war. Im Gegensatz zu ihrem Pa hatten diese Männer immer noch genug Geld für ein Abendessen, sogar ohne anschließend mit leeren Taschen nach Hause gehen zu müssen. Keiner trank derartig viel, daß er unangenehm auffiel – bis auf einen. Bei der Arbeit mußte Damaris wieder an diesen Abend denken. So sehr sie sich auch bemühte, die Begebenheit zu vergessen, die Erinnerung daran kehrte oft zurück:

Der Mann war kaum zu Tür hereingekommen, als Damaris auch schon den Whisky gerochen hatte. Er war wohl fremd hier gewesen; wahrscheinlich hatte er deshalb nicht gewußt, daß der Sheriff an seinem Stammplatz am Ecktisch gegenüber der Tür saß.

„Bediene den Mann dort drüben“, hatte Frau Stacy ihr

aufgetragen und mit einer Kopfbewegung auf den Fremden gedeutet.

Damaris hatte gezittert. Weil sie zum Gehorsam erzogen worden war, war sie auf den Mann zugegangen, doch vor Angst hatte sich alles in ihr verkrampft.

Zuerst hatte der Mann einen ruhigen Eindruck gemacht. Damaris hatte gehofft, daß er betrunken genug war, um der Besinnungslosigkeit nahe zu sein.

„Womit kann ich dienen?“ hatte sie gefragt. Das höfliche „mein Herr“ wollte ihr einfach nicht über die Lippen kommen.

Er hatte etwas gebrummt, ohne aufzuschauen.

„Womit kann ich dienen?“ hatte Damaris etwas lauter gefragt.

„Was?“ hatte er gelallt. Dann hatte er den Kopf gehoben und Damaris angestarrt.

„Hätten Sie gern ...“ hatte sie begonnen, doch da hatte der Mann auch schon ihre Handgelenke mit seinen schmutzigen Fingern gepackt.

„Ja, und ob! Sehr gern sogar“, hatte er höhnisch gelacht.

Weiter war er nicht gekommen. Im nächsten Moment hatte auch schon der Sheriff neben Damaris gestanden. Sein Sheriffstern hatte unmißverständlich an seiner Lederweste gefunkelt.

„He!“ hatte Damaris den Sheriff sagen hören, und seine Stimme hatte eiskalt und drohend geklungen, „Ich glaube kaum, daß Sie wirklich hier zu Abend essen wollen.“

Er hatte jedes Wort betont und überlegt gesagt. Sein Blick hatte sich in die geröteten Augen des Mannes am Tisch gebohrt. Der Mann hatte wie aufgespießt dagesessen.

Der Griff um Damaris’ Handgelenk hatte sich gelockert, und dann hatte der Mann die Hand zurückgezogen.

„Nichts für ungut“, hatte er gebrummt. „Versteht denn hier keiner einen Spaß?“ Weiteren Widerstand hatte er nicht geleistet.

Er war aus der Gaststube gestolpert, und der Sheriff war

an seinen Platz zurückgekehrt. Damaris war unbehaglich von einem Fuß auf den anderen getreten. Sie hatte die Blicke aller Anwesenden auf sich gespürt. Ihr hatte mehr als nur das Handgelenk wehgetan.

„Hier ist mein Teller. Ich bin fertig“, hatte der Sheriff zu ihr gesagt. „Du kannst schon abräumen.“

Damaris hatte den Teller des Sheriffs genommen und die willkommene Gelegenheit dazu genutzt, aus der Gaststube zu flüchten. In der Küche hatte sie den Teller auf die Anrichte gestellt und den Kopf gegen die kühle Fensterscheibe gelehnt. Ach, wenn sie doch nur nie wieder im Leben Gäste bedienen müßte!

Endlich hatte das Zittern nachgelassen, und sie hatte den Teller genommen, um ihn zur Spülschüssel zu tragen. Der Sheriff hatte nur die Hälfte seines Abendessens verzehrt. Damaris kannte seine Eßgewohnheiten gut genug, um zu wissen, daß er seinen Teller sonst immer leer aß und die letzten Soßenreste mit einer Brotkruste aufwischte. Damaris hatte vor einem Rätsel gestanden, doch lieber wollte sie die ganze Begebenheit vergessen, als zu versuchen, sie zu begreifen. So sehr sie sich aber bemüht hatte, sie beiseite zu schieben, so drängte sich ihr die Erinnerung mit jedem Mal wieder auf, wenn ein Fremder den Speiseraum betrat.

*

Der Gedanke an Fremde brachte sie wieder zur Gegenwart zurück. Während sie die Gäste bediente, dachte sie an den jungen Mann, den sie gerade bei Fräulein Dover kennengelernt hatte. Welche Trinkgewohnheiten er wohl haben mochte? Ob er im Saloon eine Flasche leeren würde, bevor er zum Abendessen zu Frau Stacy kam?

Dann fielen ihr Fräulein Dovers geflüsterte Worte „Er ist mein ‚David Jonathan‘“ wieder ein. Was hatte sie nur damit gemeint? David Jonathan war der Name, den sie für ihren Sohn ausgesucht hatte. Wollte Fräulein Dover etwa andeuten, der junge Mann sei ihr Sohn? Nein, das wäre undenkbar. Sie hatte gesagt: „Wenn ich je einen Sohn gehabt hätte, dann hätte ich ihn David Jonathan genannt." Aber Fräulein Dover hatte ja gar keine Kinder.

Was hatte sie dann gemeint? Bedeutete der junge Mann ihr so viel wie ein eigener Sohn? Ja, dachte Damaris, so war es wahrscheinlich. Dieser Gedanke brachte ihr eine gewisse Erleichterung. Bestimmt würde Fräulein Dover von ihrem Zögling Mäßigung erwarten, was das Trinken anging, selbst wenn er mit Geld in den Taschen nach Dixen kam.

Dann dachte Damaris wieder daran, wie unbehaglich ihr unter dem Blick seiner durchdringenden blauen Augen zumute gewesen war, und sie hoffte, daß er gar nicht erst in der Pension auftauchen würde.

Das Abendessen begann wie gewöhnlich. Die Hausgäste setzten sich an ihre Plätze, und Damaris und Frau Stacy hatten alle Hände voll zu tun, sie zu bedienen. Auch zwei Farmer von außerhalb gesellten sich dazu. Damaris hatte sie schon mehrmals zuvor gesehen.

Mit einem Stapel schmutziger Teller hastete Damaris zur Küche. Als sie mit einem Apfelkuchen auf einem Tablett zurückkehrte, sah sie, daß ein weiterer Gast die Speisestube betreten hatte.

Frau Stacy kam auf Damaris zu und streckte die Hand aus.

„Den Kuchen nehme ich", sagte sie. „Geh und hol einen Teller für Gil." Dann fügte sie so laut hinzu, daß alle in der Stube es hören konnten: „Und füll eine ordentliche Portion darauf. Der Junge hat nämlich einen Appetit, der sich gewaschen hat!"

Überall in der Stube brach schallendes Gelächter aus.

Damaris ging in die Küche zurück. Um nichts in der Welt wollte sie wieder unter diese blauen Augen treten müssen. Mit zitternden Händen schnitt sie eine Scheibe von dem Braten und gab Kartoffelpüree dazu auf einen sauberen Teller. Über alles goß sie von der Soße, legte Rahmkarotten dazu und holte dann tief Luft. Gleich würde sie den Teller in die Speisestube tragen müssen.

Der Mann stand noch immer im Mittelpunkt der allgemeinen Aufmerksamkeit. Bis zu einem Tisch war er noch nicht gekommen. Damaris ging auf einen freien Stuhl zu, stellte den Teller auf den Platz und ging fort. Ein Kinderspiel! Sie hatte kein einziges Wort zu ihm sagen müssen – geschweige denn, ihn ansehen!

„Mehr Kaffee, Damaris!" wies Frau Stacy sie an, und Damaris lief in die Küche, um die große Kanne zu holen.

Mit zitternder Hand schenkte sie den Kaffee aus. Sie hoffte inständig, nichts zu verschütten. Das wäre ihr entsetzlich peinlich gewesen. Sie ging von Tisch zu Tisch und füllte den Gästen die Tassen auf.

„Ich hätte auch gern eine Tasse, bitte", bestellte eine freundliche, aber rauhe Stimme. Damaris erkannte sie auf der Stelle als die Stimme von Fräulein Dovers Gil.

Sie ging zu seinem Platz und nahm sich seine Tasse. Während sie die heiße Flüssigkeit ausschenkte, fühlte sie seinen Blick auf sich ruhen, doch sie weigerte sich, ihm zu begegnen.

„Ich dachte, Sie arbeiten bei Fräulein Dover", sagte er leise.

„Das stimmt auch", sagte Damaris ohne eine weitere Erklärung. Sie stellte die gefüllte Kaffeetasse auf den Tisch und ging weiter. Zu ihrer Erleichterung war es ihr gelungen, seinem Blick auszuweichen.

Sie ging in die Küche zurück und stellte die fast leere Kaffeekanne auf den Herd. Am ganzen Leib zitterte sie, doch den Grund begriff sie selbst nicht. Was hatte er nur getan, daß sie so verstört war?

Dann fiel ihr plötzlich etwas auf. Sie hatte neben seinem Stuhl gestanden, als sie ihm den Kaffee eingeschenkt hatte, und sie hatte überhaupt keinen Alkoholgeruch wahrgenommen.

*

Als Damaris am nächsten Morgen eine neue Lieferung Meterware sortierte, hörte sie die Türangeln quietschen und Schritte durch den Laden gehen. Sie hob den Kopf und wollte sich umwenden, um den Kunden zu bedienen, der das Geschäft gerade betreten hatte. Der Atem wollte ihr stocken, als sie sah, wer es war.

Durch ihre leichte Bewegung hatte sie seinen Blick auf sich gezogen, und jetzt kam er auch schon mit einem Lächeln auf sie zu. Als er sie erkannte, wich das Lächeln einem Ausdruck von Verwunderung. Dann verzogen sich seine Mundwinkel zu einem Schmunzeln, das seine blauen Augen funkeln ließ.

„Na, so was!“ lachte er. „Sie schmeißen wohl hier die ganze Stadt? Ist ja direkt ein Wunder, daß der Sheriff seinen Stern noch hat!“

Damaris wußte, daß das ein Scherz sein sollte. Sie errötete und senkte den Blick. Um ihre Lippen spielte der Anflug eines Lächelns.

„Es muß wohl tatsächlich etwas sonderbar aussehen“, gestand sie und ging auf die Theke zu. „Ich habe drei Arbeitsstellen, aber alle nur stundenweise.“

Dann sprach sie in geschäftsmäßigem Ton weiter.

„Was brauchen Sie an Waren?“ erkundigte sie sich und nahm ihren Platz hinter der Theke ein. Sie schlug das kleine Heft auf, in dem die Kundenkredite geführt wurden.

„Ganze Berge an Lebensmitteln“, antwortete er und kam näher. „Mir ist so gut wie alles auf der Ranch ausgegangen.“ Er suchte in seiner Hemdtasche. „Hier“, sagte er und reichte ihr einen Zettel. „Ich habe eine Liste gemacht.“

Damaris nahm den Zettel und überflog die Liste. Kunden, die gut auf den Einkauf vorbereitet waren, erleichterten ihr die Arbeit wesentlich. Manche standen den halben Vormittag da und kratzten sich die Köpfe und überlegten hin und her. Damaris war immer froh, wenn sie eine Liste sah.

„Falls Sie noch andere Besorgungen zu erledigen haben, stelle ich Ihnen in der Zwischenzeit alles bereit. In einer halben Stunde können Sie dann Ihre Einkäufe abholen", sagte Damaris und holte eine Tüte Salz aus dem Regal.

„Nicht nötig", antwortete er zu ihrer Bestürzung. „Alles andere ist schon getan. Ich brauche nur noch meine Lebensmittel, und dann fahre ich gleich zur Ranch zurück. Vielleicht schaue ich mich ein wenig im Laden um für den Fall, daß ich etwas vergessen habe."

So flink, wie sie konnte, holte Damaris die gewünschten Gegenstände aus den Regalen und stellte sie auf die Theke. Hin und wieder machte er eine Bemerkung oder nahm ihr die besonders schweren Dinge ab.

„Wie gefällt's Ihnen denn in Dixen?" erkundigte er sich.

„Es geht", antwortete Damaris gleichgültig.

Sie beeilte sich, den Schmalztopf, den er bestellt hatte, zu holen.

„Bleiben Sie hier?" fragte er weiter.

Damaris wußte nicht, ob er aus echtem Interesse oder aus Höflichkeit gefragt hatte.

„Denke schon", sagte sie unverbindlich.

Sie stellte den letzten Gegenstand auf die Theke und fing an, den Preis auszurechnen.

„Ach, beinahe hätte ich's vergessen", sagte er. „Ich brauche noch Nägel. In der Eisenhandlung gegenüber gibt es zur Zeit keine mehr. Hat MacKenzie welche?"

„Welche Sorte denn?" fragte Damaris. „Wir haben drei Größen."

Es kostete Damaris große Überwindung, mit ihm zu den Nägeln zu gehen und ihm das Sortiment zu zeigen.

Er wählte die Nagelgröße, die er brauchte, und Damaris wog ihm eine Tüte davon aus. Ihr lag mehr daran als ihm, den Einkauf so schnell wie möglich zu beenden, damit er sich auf den Heimweg zur Ranch machen konnte.

Er zählte das Geld auf die Theke und begann die Kisten und Säcke zu seinem Wagen draußen vor der Tür zu tragen.

„Na, dann auf Wiedersehen!" rief er Damaris zu, während er sich einen großen Mehlsack auf die Schultern schwang, als sei er nichts weiter als ein Pfund Zucker.

Er war fort. Damaris fuhr sich mit einer zitternden Hand über die Haare. Sie hatte geglaubt, ihm nie wieder begegnen zu müssen, doch statt dessen hatte er sie soeben daran erinnert, daß Dixen seine Heimat war. Im Gemischtwarenladen kaufte er ein. Bei Frau Stacy aß er zu Abend. Und mit Fräulein Dover schien ihn eine besondere Freundschaft zu verbinden. Ja, es war in der Tat mehr als wahrscheinlich, daß sie ihn wiedersehen würde. Wenn sie doch nur den Grund gewußt hätte, warum sie sich in seiner Gegenwart so unwohl, so befangen fühlte! Vielleicht hätte sie dann besser mit ihrer Furcht umgehen können.

Die Zeit vergeht

Morgen habe ich Geburtstag, stellte Damaris fest, als sie den Kalender in Frau Stacys Küche betrachtete.

Sie verspürte weder Kummer noch Vorfreude. Nur Staunen, daß schon über ein Jahr vergangen war, seit sie von zu Hause fortgelaufen war.

Meistens schob sie alle Gedanken an ihr Zuhause von sich. Als sie jedoch jetzt vor dem Kalender stand, ließ sie es zu, daß ihre Gedanken zu ihrer Mama wanderten. Wie es ihr wohl gehen mochte? Sie wußte, daß Mama an ihrem Geburtstag besonders an sie denken würde.

„Morgen werde ich sechzehn", flüsterte sie. „Sechzehn", wiederholte sie. „Nur noch ein Jahr, und ich werde siebzehn. Mama hat gesagt, daß ein Mädchen mit siebzehn auf eigenen Füßen stehen kann."

Wenn Mama doch nur wüßte, daß es ihr gut ging, dachte sie. „Ich wünschte, sie könnte meine neuen Kleider und Schuhe sehen", murmelte sie, „und mein Guthaben drüben im Laden. Vielleicht wird's sogar für ein paar Winterstiefel reichen." Damaris hatte die Stiefel beim Auspacken und Einräumen bewundert.

„Oder vielleicht einen Mantel. Mein Schultertuch ist an windigen Tagen furchtbar unpraktisch."

Damaris hörte Schritte auf der Veranda und verstummte. Frau Stacy kam gerade von einer Besorgung zurück. Damaris wandte sich von dem Kalender ab. Morgen würde ein ganz gewöhnlicher Tag werden, ein Tag wie alle anderen.

*

An einem frühen Herbsttag hob Damaris den Blick und sah Herrn Brown vor der Theke stehen. Sie hatte nicht damit gerechnet, die Browns jemals wiederzusehen.

Bei seinem Anblick spürte Damaris, wie ihr Herz einen Sprung machte. Eddie! Es war ja schon so lange her, daß sie ihn zuletzt gesehen hatte!

Freudig ging sie auf den Mann zu, um ihn zu begrüßen.

„Guten Tag, Damaris", sagte auch er, und seine Augen erhellten sich. „Gesund siehst du aus. Hast du ein gutes erstes Jahr hinter dir?"

Damaris nickte. Seltsam, wie befangen sie sich plötzlich fühlte.

„Und Sie?" erkundigte sie sich.

„Teils, teils", antwortete er, doch sein Blick verdunkelte sich vor Kummer, bevor er den Kopf senken konnte.

Angst schnürte Damaris die Kehle zusammen. Etwas Furchtbares mußte geschehen sein. War es etwa Eddie? Sie wagte nicht zu fragen.

„Wie geht es Ihrer Frau?" erkundigte sie sich dann.

„Eigentlich ganz gut. Sie bekommt bald wieder ein Kind."

Damaris dachte an die zerbrechlich wirkende Frau, deren Arme schon mit schreienden Kleinkindern gefüllt waren. Wie würde sie ein weiteres Neugeborenes verkraften?

„Hat … hat sie jemanden, der ihr hilft?" fragte Damaris zögernd.

„Eine Nachbarin hat versprochen, zu ihr zu kommen. Sie hat schon bei unzähligen Geburten geholfen. Es wird schon alles glattgehen. Meine Frau hat noch nie Schwierigkeiten bei der Niederkunft gehabt."

Damaris bezweifelte, daß ihm so zuversichtlich zumute war, wie seine Worte klingen sollten.

„Und … und die Kinder?" sagte sie endlich.

Wieder wurde ihm der Blick kummerschwer. Ach, sie hatte es doch geahnt. Sie hatte es geahnt! Sie hätte Eddie mitnehmen sollen. Irgendwie. Sie hätte ihn nicht zurücklassen dürfen. Sie hätte dafür sorgen müssen, daß er nie von ihr getrennt wurde.

„Eddie redet immer noch von dir", sagte Herr Brown dann.

Damaris sah blitzschnell auf. Ihr Herz pochte wie wild.

„Wie geht's ihm denn?" brachte sie hervor. Ihr Mund war trocken.

„Schießt wie Unkraut in die Höhe", sagte Herr Brown. Zum ersten Mal lächelte er jetzt. „Bevor wir's uns versehen, kutschiert er unser Gespann."

Vor Erleichterung wurden Damaris die Knie weich.

„Und die anderen?" erkundigte sie sich.

„Den Kleinsten haben wir begraben", antwortete Herr Brown. Das war also der Grund für den Schmerz in seinem Blick.

„Das ... das tut mir leid", flüsterte sie hilflos.

„Mit ihm hat von Anfang an etwas nicht gestimmt", fuhr Herr Brown fort, als sei er froh, jemanden gefunden zu haben, der seinen Kummer verstand. „Immerzu geschrien hat er. Wollte einfach nicht zunehmen, wie's normal gewesen wäre. Meine Frau war fast am Ende. Wir dachten immer, wenn wir erst am Ziel sind, dann wird's schon bergauf gehen mit ihm, aber dann ist's immer nur schlimmer geworden."

„Wann ist er denn gestorben?" fragte Damaris.

„Kurz vor Weihnachten."

Damaris fand keine Antwort. Sie war erleichtert, als Herr Brown das Thema wechselte und auf den Grund seines Kommens zu sprechen kam.

„Von uns aus ist's kaum weiter nach Dixen als nach Casey", erklärte er. „Ich hab' unsere Lebensmittel immer in Casey gekauft, aber dann sagte mir ein Nachbar, daß man hier bei euch manchmal billiger einkaufen kann. Dachte, ich probier's mal selbst."

Damaris nickte.

„Wenn ich mir die Preise anschaue, glaube ich fast, er hat recht. Vielleicht komme ich von jetzt an immer hierher."

Damaris verspürte eine unbändige Freude. Womöglich würde sie Eddie wiedersehen. Als sie die gewünschten

Lebensmittel auf der Theke aufgebaut hatte, zählte sie eine Handvoll saure Drops in eine kleine Papiertüte und reichte diese Herrn Brown.

„Für die Kinder“, sagte sie. „Von mir. Sagen Sie ihnen, daß ich sie nicht vergessen habe. Und ... und grüßen Sie bitte Frau Brown von mir.“

Der Mann dankte ihr mit einem Lächeln. Dann hievte er die Lebensmittel auf seine Schulter und verließ den Laden. Damaris hob eine Hand zum Abschied und holte dann ihre Kundenkarte hervor, um die Süßigkeiten darauf aufzuschreiben.

*

Von jetzt an kam Herr Brown etwa einmal im Monat zum Einkaufen, doch Eddie nahm er nie mit. Statt dessen brachte er jedoch die Nachricht von der Ankunft eines kleinen Mädchens mit.

„Hatte eigentlich gehofft, es würde wieder ein Junge“, gestand er. „’n Farmer kann immer ’n zusätzliches Paar Hände bei der Arbeit gebrauchen.“

Damaris mußte an Frau Brown denken. Gewiß konnte auch sie mehr helfende Hände gebrauchen. Doch dann fielen ihr die unbekümmerten, verdorbenen Töchter der Familie ein. Vielleicht würde Frau Brown niemals Hilfe im Haushalt haben, ganz gleichgültig, wie viele Töchter sie auch hatte.

Damaris legte ein kleines Geschenk für den Säugling zu den Süßigkeiten, die sie Herrn Brown für die Kinder mitgab. Die Gaben rissen zwar ein Loch in ihr Warenguthaben, doch das kümmerte sie wenig.

„Bitte richten Sie Frau Brown doch meine herzlichsten Glückwünsche aus“, trug sie dem Familienvater auf.

Herr Brown nickte zum Abschied und versprach, die guten Wünsche auszurichten.

*

Hin und wieder sah Damaris auch Gil. Er kam nicht sehr oft in die Stadt, und wenn er kam, dann schien er immer sehr in Eile zu sein. Damaris ging ihm aus dem Weg, so gut ihr das möglich war, indem sie vorgab, im Laden oder in der Pension alle Hände voll zu tun zu haben. Bei Fräulein Dover dagegen war es schon schwieriger, seiner Aufmerksamkeit zu entkommen. Für die Schneiderin nahm er sich bei jedem Besuch in Dixen Zeit, obwohl er keinerlei Näh- oder Flickarbeiten in Auftrag zu geben hatte. Wenn Damaris gerade dort war, begrüßte er sie, doch er versuchte nie, sie in eine längere Unterhaltung zu verwickeln, worüber Damaris froh war.

*

Mit eisigen Böen brach der Winter herein und griff mit klirrend kalten Fingern nach Händen und Gesichtern. Damaris mußte sich zwischen den Stiefeln und dem Mantel entscheiden und entschloß sich letzten Endes für die Stiefel. Ihr Schultertuch würde noch einen Winter lang ausreichen müssen. Sie hatte ja ohnehin keine weiten Wege zurückzulegen, und die hohen Schnürstiefel würden ihr gute Dienste leisten, wenn sie durch die Schneewehen von einem Arbeitsplatz zum nächsten hastete.

Eines Wintertages schob Damaris die Tür zu Fräulein Dovers Schneiderladen auf. Die Ladenklingel läutete wild. Damaris schloß die Tür hastig und schüttelte sich den Schnee aus den Haaren und dem Schultertuch.

„Heiliger Strohsack!“ sagte Fräulein Dover. „Ich habe gar nicht geahnt, wie arg es draußen stürmt. Hättest lieber daheim bleiben sollen.“

„So schlimm ist's gar nicht“, antwortete Damaris. Im stillen dachte sie, daß sie sich sogar durch viel stürmischeres Wetter und über eine viel längere Strecke gewagt hätte, nur um in den Genuß von Fräulein Dovers Gesellschaft zu kommen.

„Ich glaube fast, wir brauchen die Lampe“, sagte Fräulein Dover. „Es ist ja schon recht dunkel.“

Damaris nickte und schickte sich an, die Lampe anzuzünden. Am liebsten hätte sie eine Weile dagestanden, um sich die Finger an dem Kolben zu wärmen. Wie kalt ihre Hände auf dem kurzen Weg geworden waren! Sie hatte sie nicht unter ihr Schultertuch zu stecken gewagt, denn der Wind hätte ihr das Tuch womöglich fortgezerrt, wenn sie es nicht mit beiden Händen festgehalten hätte.

„Ich meine, es ist an der Zeit, daß du den Umgang mit der Maschine lernst“, sagte Fräulein Dover.

Damaris merkte auf.

„Natürlich nur, wenn du möchtest.“

Damaris hatte davon geträumt, eines Tages mit der Nähmaschine nähen zu dürfen. Oft hatte sie von ihrer Flickarbeit aufgeschaut, um Fräulein Dover dabei zuzuschauen, wie sie den Stoff geschickt unter der ratternden Nadel vorangleiten ließ.

„Ja, sehr ... wenn Sie glauben, daß ...“

„Du lernst es bestimmt im Handumdrehen“, versicherte Fräulein Dover ihr.

Damaris vergaß ihre kalten Finger und folgte Fräulein Dover zur Nähmaschine.

Der Tag verging wie im Flug. Damaris war eine gute Schülerin. Es dauerte nicht lange, bis unter ihren Händen glatte Nähte entstanden. Ihre Augen, Hände und Füße arbeiteten harmonisch zusammen und stellten ebenmäßige Stiche her.

„Genau, wie ich gedacht hatte“, sagte Fräulein Dover zufrieden. „Du bist einfach zu einer tüchtigen Schneiderin geboren.“

Das Lob trieb Damaris die Röte in die Wangen. Fräulein Dover war ihr größtes Vorbild. Eifrig arbeitete sie weiter, den Blick fest auf den Stoff geheftet.

Viel zu bald war es Zeit für sie, ihre Näharbeit für diesen Tag beiseite zu legen und über die Straße zu laufen, um sich wieder bei Frau Stacy zur Arbeit zu melden. Sie faltete das halbfertige Kleidungsstück zusammen und hüllte sich in ihr Schultertuch.

„Wie kommst du denn mit dem Lesen voran?" erkundigte sich Fräulein Dover, als Damaris gerade gehen wollte. „Was liest du zur Zeit?"

„Ich lese gerade die ... die Geschichte von ... also, eine Geschichte ist's wohl eigentlich nicht. Ich bin beim Buch Hesekiel."

„Ach so", sagte Fräulein Dover nachdenklich. „Und gefällt es dir?"

Damaris wußte kaum, was sie antworten sollte. Sie sah auf ihre neuen Schnürstiefel hinab. Die eine Stiefelspitze war schon von einer häßlichen Schramme verunziert. Am liebsten hätte sie sich gebückt, um sie mit einer Ecke ihres Schultertuchs zu polieren, doch damit wartete sie wohl am besten, bis sie allein in ihrem Zimmer war.

„Ich ... also, ehrlich gesagt, verstehe ich's nicht so recht", gab sie zu. „Diese ... diese vielen düsteren Unheilsankündigungen und ... und all die Märchen."

„Märchen? Ach, du meinst die Visionen? Nun, ich muß dir gestehen, daß mir vieles davon auch ein Rätsel ist."

Damaris drehte den Türknauf. Sie mußte gehen. Frau Stacy würde ungehalten sein, wenn sie zu spät kam.

„Dann lies doch erst einmal das Neue Testament", schlug Fräulein Dover vor.

„Aber ... aber ich bin doch noch gar nicht mit dem Alten Testament fertig, und ... und ich habe meinen Namen noch nicht gefunden."

Fräulein Dover machte ein überraschtes Gesicht. Gewiß hatte sie die Sache mit dem Namen ganz vergessen.

„Dein Name? Ach, richtig. Wir wollten ja deinen Namen suchen." Sie zog die Stirn kraus und dachte nach.

„Sonderbar", sagte sie dann kopfschüttelnd, ein Lächeln um die Lippen, „ich dachte immer, ich kenne mich recht gut in der Bibel aus, aber an die Geschichte einer Damaris kann ich mich gar nicht erinnern."

Enttäuschung breitete sich in Damaris' tiefster Seele aus.

Dann erhellte sich Fräulein Dovers Miene.

„Du, ich helfe dir bei der Suche“, versprach sie, „und diesmal werde ich’s nicht vergessen.“ Beim Anblick der Erleichterung in Damaris’ Gesicht fuhr sie fort: „Aber fang du nur ruhig mit dem Neuen Testament an. Ich denke, das wirst du besser verstehen. Ich suche derweil für dich im Alten Testament weiter. Du bist bei Hesekiel, sagst du?“

Damaris nickte.

„Also gut, dann lese ich von dort an weiter.“

Damaris dankte ihr und ging in das Schneegestöber hinaus. Wenn sie zu zweit suchten, dann würden sie gewiß bald auf die Geschichte der biblischen Frau namens Damaris stoßen.

Einladung zum Essen

Damaris hatte die Geschichten des Alten Testaments mit brennendem Interesse gelesen, doch vieles von dem, was sie das „Drumherum“ nannte, war ihr unverständlich. Die Bücher Matthäus, Markus, Lukas und Johannes dagegen waren voller spannender Begebenheiten. Anstatt zur Apostelgeschichte überzugehen, schlug sie die Bibel wieder bei Matthäus auf und las die Evangelien ein zweites Mal. Die Lektüre der Bibel war ihr noch so neu, daß sie die Geschichten immer wieder lesen mußte, um sie zu verstehen. Jeden Tag konnte sie es kaum erwarten, von der Arbeit in ihr Zimmer zu kommen und sich in ihrem warmen Bett zurechtzusetzen; den Kopf lehnte sie an ihre Kissen, und die Bibel schlug sie auf ihren angezogenen Knien auf.

Viele der Gestalten in den Geschichten bewunderte sie sehr, doch niemand imponierte ihr so wie dieser Mann namens Jesus. Er war so anders als alle Männer, die sie je gekannt hatte. Mit Tränen in den Augen las sie von seiner Geburt in einem Stall, wo es nicht einmal ein Bettchen für ihn gab, sondern nur eine Futterkrippe. Mit dem Bild der elterlichen Farm vor Augen konnte sie sich alles genau vorstellen. Gebannt und froh sah sie ihn dann auf den staubigen Straßen von einem Ort zum andern gehen, um den Menschen Worte des Friedens und Heilung von ihren Krankheiten zu bringen. Sie lachte voller Schadenfreude, wenn er den stolzen Pharisäern, die ihn mit ihren Fragen in eine Falle locken wollten, wieder einmal den Wind aus den Segeln nahm. Voller Bestürzung las sie, wie er zum Tode verurteilt wurde und sein Kreuz durch die Straßen der Stadt bis nach Golgatha schleppen mußte.

Als sie endlich den Bericht des leeren Grabes erreichte, umschlang sie ihre Knie und schluckte den Jubelruf hinunter, der ihr auf der Zunge lag. Es war alles so spannend, so vollkommen. Eine solche Geschichte hatte sie noch nie gelesen.

„Ich wünschte, er hätte wirklich gelebt. Ich wünschte, er hätte hier in Dixen gelebt!“

Endlich hatte Damaris einen Mann entdeckt, dem sie vertraut hätte. Zwar war Herr Brown ihr gegenüber niemals grob geworden, doch sie wußte nicht, was geschehen würde, wenn er eine Flasche in die Finger bekam. Der Captain hatte ihr zwar einen großen Gefallen getan, indem er ihr Arbeit besorgt hatte, doch andererseits hatte sie sich die größte Mühe gegeben, um ihn nicht zu verärgern. Herr MacKenzie war zwar recht nett, doch ein paarmal hatte sie Whisky an ihm gerochen; wer konnte sagen, was er tun würde, wenn ihm einmal das Geld in den Taschen brannte? Und es stimmte zwar, daß Fräulein Dovers Gil stets nett war, doch er schenkte Damaris kaum mehr Beachtung als sie ihm. Dieser Mann in dem Buch dagegen, dieser Jesus ... Damaris wußte keinen Grund, weshalb sie ihm nicht ihr volles Vertrauen geschenkt hätte.

*

Wieder begann Frau Stacy, von einer Weihnachtsfeier zu sprechen. Bei dem Gedanken verkrampfte sich alles in Damaris. Sie würde es einfach so wie letztes Jahr machen, überlegte sie sich. Frau Stacy hatte sie nicht zur Rede gestellt, und sie hatte sich ja tatsächlich nicht wohl gefühlt. Ihr Vorwand war keine Lüge gewesen.

Zwei Tage vor Weihnachten kam Fräulein Dover, um Frau Stacy einen Besuch abzustatten. Die beiden unterhielten sich eine Weile bei einer Tasse Tee, während Damaris in der Stube zu tun hatte. Plötzlich hörte sie, wie Fräulein Dover sich in aller Seelenruhe erkundigte: „Ich hätte gern gefragt, ob Damaris am Weihnachtstag freibekommen könnte. Ich hätte sie nämlich gern zum Essen bei mir."

Frau Stacy rutschte ein wenig auf ihrem Stuhl herum, bevor sie antwortete, und Damaris hielt die Luft an. Sie wußte, daß die Pensionsbesitzerin auf ihre Mitarbeit zählte.

„Den ganzen Tag?" fragte Frau Stacy, als sei ein Tag beinahe eine Ewigkeit.

„Sie hat ja schon lange keinen Tag mehr freigehabt", fuhr Fräulein Dover fort, und Frau Stacy nickte recht zögernd. Um ehrlich zu sein, hatte Damaris noch keinen einzigen Tag freigehabt, seit sie in dem kleinen Ort angekommen war.

Damaris wußte weder, was „einen Tag freihaben" bedeutete, noch, was sie damit anfangen würde, falls ihr so etwas einmal vergönnt sein sollte; doch wenn sie dadurch mehr Zeit bei Fräulein Dover verbringen konnte, dann sollte es ihr mehr als recht sein.

„Möchtest du das gern, Damaris?" fragte Frau Stacy, die sich zu ihr umgewandt hatte.

Damaris bemühte sich, nur keinen übereifrigen Eindruck zu machen.

„Ja, ich denke schon", sagte sie, und das Herz klopfte ihr dabei bis zum Hals. Sie fragte sich, welche besondere Arbeit Fräulein Dover ihr wohl auftragen würde, doch im Grunde genommen war ihr das nicht so wichtig. Egal, ob es sich um Nähen, Flicken, Scheuern oder sonstiges handeln mochte, sie würde alles bereitwillig ausführen.

„Dann sind wir uns also einig", freute sich Fräulein Dover. „Das Essen soll um ein Uhr stattfinden, doch du kannst gern früher kommen, wenn du magst."

Damaris glaubte, sie verstanden zu haben. Fräulein Dover hatte Gäste eingeladen und brauchte jemanden, der ihr beim Kochen und Servieren half. Das sollte Damaris nur recht sein. Sie nickte und bemühte sich, ihre Vorfreude zu verbergen.

*

Am Weihnachtstag war Damaris schon früh auf den Beinen. Sie hatte sich vorgenommen, erst zu Fräulein Dover zu gehen, nachdem sie Frau Stacy mit dem Frühstück geholfen und das Geschirr gespült hatte, doch niemand schien es heute eilig mit dem Aufstehen zu haben. Erst nach und nach stellten sich die Gäste in der Speisestube ein, was eine arge Geduldsprobe für Damaris war.

„Warum bummeln sie alle heute nur so schrecklich?" fragte sie Frau Stacy.

„Weißt du, am Weihnachtstag faulenzt halt jeder gern ein wenig", antwortete die Pensionsbesitzerin leichthin.

„Sie werden allesamt zu spät zur Arbeit kommen", sagte Damaris.

„Aber an Weihnachten arbeitet doch niemand", antwortete Frau Stacy. „Die Geschäfte bleiben alle geschlossen."

Das war Damaris neu. In ihrem ersten Jahr in Dixen hatte sie darauf überhaupt nicht geachtet.

„Nun lauf schon", sagte Frau Stacy gutmütig. „Halt, bevor du gehst, habe ich noch ein kleines Geschenk für dich."

Frau Stacy verließ den Raum und kehrte mit einem kleinen Päckchen zurück.

„Hier", sagte sie. „Hoffentlich gefällt es dir. Fröhliche Weihnachten!"

Damaris öffnete das Päckchen. Zum Vorschein kam ein Spitzentaschentuch. Ihre Augen weiteten sich. Sie begriff nicht, warum Frau Stacy es ihr geschenkt hatte.

„Aber warum ...?"

„Es ist doch Weihnachten", sagte die Frau. „Da schenkt man sich halt etwas Schönes."

Damaris hatte ihr letztes Weihnachtsgeschenk bekommen, als sie sieben Jahre alt gewesen war. Seitdem hatte ihre Mama ihr nie wieder etwas zu Weihnachten geschenkt. Damaris hatte angenommen, daß Weihnachtsgeschenke nicht mehr üblich waren, zumindest nicht für jemanden, der kein kleines Kind mehr war.

„Voriges Jahr hab' ich einfach nicht daran gedacht", gestand die Frau. „Keiner von uns hat daran gedacht. Später haben wir darüber gesprochen. Es hat uns schrecklich leid getan, aber da war es zu spät, um es zu ändern."

Damaris hatte keine Ahnung, wovon Frau Stacy redete.

„Aber ich ... schenkt denn jeder etwas zu Weihnachten?"

„Ja, den Verwandten – und den besonderen Freunden", antwortete Frau Stacy.

„Aber ich habe ja überhaupt keine Geschenke", sagte Damaris. „Für niemanden." In ihrem Kopf überstürzten sich die Gedanken. Wer zählte denn zu ihren besonderen Freunden? Ganz gewiß Fräulein Dover. Und jetzt, wo sie mit dem hübschen Taschentuch in der Hand dastand, zählte Frau Stacy wohl auch dazu. Eddie war einer, aber der wohnte ja meilenweit entfernt. Und dann der Captain; der hatte sich auch besonders um sie gekümmert, aber wo er zur Zeit steckte, wußte sie nicht.

„Ich ... ich danke Ihnen", stammelte Damaris endlich. „Das Taschentuch ist wirklich wunderhübsch. Viel zu hübsch zum Benutzen – nicht mal die Stirn möchte man sich damit abwischen."

Frau Stacy lächelte.

„Nun lauf aber los", sagte sie. „Ich werde schon ohne dich zurechtkommen!"

Damaris ging in ihr Zimmer und legte das Taschentuch liebevoll in die kleine Schublade ihrer Nachtkommode. Dann nahm sie sich ihr Schultertuch und schnürte sich die Stiefel zu. Dabei faßte sie einen Entschluß: Sie würde schnell zu Herrn MacKenzies Laden laufen. Obwohl heute Weihnachten war, würde er ihr bestimmt erlauben, einen Teil ihres Warenguthabens einzulösen und ein paar Kleinigkeiten aus den Regalen auszusuchen. Sie brauchte ein Geschenk für Frau Stacy und Fräulein Dover. Unbedingt! Sie hatte ihr Guthaben aufgespart, um sich eine neue Sommerhaube davon zu kaufen. Sie hatte neulich eine ganze Reihe hübscher Hauben aus der Kiste gepackt und sie ins Regal geräumt. Jetzt, wo sie älter war, konnte sie sich kaum noch ohne Haube auf der Straße sehen lassen. Zuerst zögerte sie, sich von ihren Ersparnissen zu trennen, doch dann streckte sie das Kinn in die Luft. „Die Haube kann warten“, sagte sie sich und lief durch den kalten Dezembermorgen, um bei Herrn MacKenzie anzuklopfen.

*

Als Damaris mit einer Karte nagelneuer Näh- und Stopfnadeln bei Fräulein Dover eintraf, führte diese sie zu ihrer großen Überraschung in die Wohnstube hinter dem Laden.

„Frohe Weihnachten, Damaris!“ wünschte Fräulein Dover ihr.

Damaris streckte ihr das kleine Geschenk entgegen.

„Für Sie“, sagte sie. „Zu Weihnachten.“

Fräulein Dover bedankte sich so überschwenglich, daß Damaris vor Verlegenheit errötete.

Dann ging Fräulein Dover an einen kleinen Schrank und holte ein Päckchen hervor.

„Ich habe auch ein Geschenk für dich“, sagte sie. „Es ist zwar nicht nagelneu – ganz im Gegenteil! –, aber ich habe es ein wenig geändert. Es ist etwas sommerlich, fürchte ich, aber vielleicht hast du bis zum nächsten Winter etwas Neues aus dem ...“

Fräulein Dover wurde von Damaris’ Jubelruf unterbrochen. Es war eine Haube, eine viel hübschere Haube als die, die Damaris im Laden ausgepackt hatte. Das junge Mädchen, das seine Gedanken und Gefühle immer so sorgfältig vor anderen verborgen hatte, konnte nun vor Begeisterung kaum an sich halten.

„Oh, Fräulein Dover, wie hübsch! Wie hübsch!“ brachte sie hervor, und ihre Augen leuchteten.

„Freut mich, daß sie dir gefällt“, sagte Fräulein Dover. „Die Farbe wird dir wunderbar stehen.“

Damaris sah wieder auf den cremefarbenen Stoff. Mehrere Schleifen zierten den ausladenden Rand, und eine große Feder neigte sich anmutig von der einen Seite über das Kappenteil.

„Wir müssen dir ein passendes Kleid dazu nähen“, sagte

Fräulein Dover und fügte hinzu: „Du kannst es dir selbst auf der Maschine nähen, vielleicht abends, wenn du mit deiner übrigen Arbeit fertig bist."

Damaris konnte sich kein Kleid vorstellen, das hübsch genug wäre, um zu der zauberhaften Haube zu passen. Plötzlich fiel ihr ein, daß sie sich an ihre Arbeit zu machen hatte, statt einfach mit ihrer neuen Haube dazustehen. Sie legte die Haube behutsam in die Schachtel zurück und wandte sich zu Fräulein Dover um.

„Womit soll ich denn anfangen?" erkundigte sie sich. Im ganzen Haus lag schon ein köstlicher Essensduft.

„Alles ist soweit fertig", sagte Fräulein Dover. „Komm, setzen wir uns doch und plaudern ein wenig, bis unser anderer Gast eintrifft."

Damaris sah sie überrascht an, und Fräulein Dover erklärte: „Gil kommt auch zum Essen. Aber er wird erst etwas später hier sein. Er hatte am Vormittag zu tun, und der Weg ist doch recht weit. Er hat mir aber versprochen, sich zu beeilen."

Damaris brach in Panik aus. Sie hatte nicht geahnt, daß es ihre Aufgabe sein würde, Gil das Essen zu servieren.

„Nun lauf aber schnell nach Hause und zieh dir dein hübschestes Kleid an, weißt du, das Kleid, das wir letzten Sommer für dich genäht haben. Ich habe dich ja so gut wie noch nie darin gesehen!"

Damaris zögerte. Das Kleid hielt sie in hohen Ehren. Sie wollte es auf keinen Fall durch Fettflecken verderben.

„Falls wir später gemeinsam aufwaschen", fuhr Fräulein Dover fort, als hätte sie ihre Gedanken erraten, „gebe ich dir eine große, dicke Schürze zum Schutz. Aber als mein Gast sollst du dich einmal nach Herzenslust damenhaft zurechtmachen dürfen."

„Als Ihr Gast?" rutschte es Damaris heraus.

„Hast du denn nicht gewußt, daß du heute mein Gast sein sollst? Aber ja doch! Du und Gil. Die beiden Menschen, die mir am meisten bedeuten."

Damaris stand wie angewurzelt da. Sie war noch nie bei

jemandem zu Gast gewesen. Sie wußte zwar, wie man anderen das Essen serviert, doch wie man sich als Gast verhält, das war ihr unklar.

„Nun lauf schon los!“ drängte Fräulein Dover. „Wir haben uns noch so viel zu erzählen, bevor Gil kommt!“

Endlich löste Damaris sich aus der Erstarrung und ging los. Ihr Schultertuch zog sie fest um sich. Als sie ihr einfaches Kleid abstreifte und in ihr „bestes Stück“ schlüpfte, kam ihr eine gewagte Idee: Die Brosche! Sie würde sich die Brosche anstecken, die Brosche von ihrer Mama. Wenn sie schon zu Gast war, dann wollte sie sich auch so fein machen, wie sie nur konnte. Vielleicht würde ihr die Brosche auf dem Spitzenkragen das nötige Selbstvertrauen verleihen.

Sie holte die Brosche aus der Schublade hervor und hielt sie ans Licht, um das Glitzern der Steine zu bewundern. Dann hob sie die Taschenuhr an der Kette hoch. Sie hatte weder blauen Samt noch eine Glaskuppel dafür. Die Uhr mußte vorläufig in ihrem Versteck bleiben. Sie legte sie in die Schublade zurück, tief unter ihre Unterwäsche.

Als sie sich, gekleidet wie gewünscht, wieder im Haus gegenüber meldete, sparte Fräulein Dover nicht mit den Komplimenten.

„Und die Brosche ist ja ein Prachtstück“, staunte sie. „Sie ist bestimmt ein Familienerbstück.“

„Ja“, sagte Damaris und senkte den Blick. „Das ist sie auch.“

Dann mußte Damaris sich auf einen Stuhl in Fräulein Dovers Schlafzimmer setzen, und die Gastgeberin steckte ihr die seidenweichen, langen Haare zu einer hübschen Frisur hoch. Beim Kämmen unterwies sie Damaris in der feinen Kunst der Tischmanieren. Das Zuhören fiel Damaris nicht schwer. Ihr war klar, daß der Unterricht aus Liebe erteilt wurde, damit ihr peinliche Szenen erspart blieben. Immer wieder sagte sie sich die „Regeln“ auf.

„Und wenn du plötzlich nicht weiterweißt“, sagte Fräulein Dover, „dann schaust du einfach mich an. Ich gebe dir ein Zeichen – vielleicht ein Augenzwinkern, oder ich nicke dir zu."

Damaris war erleichtert. Es gab ja unendlich viele Einzelheiten! Wie sollte sie sich nur alle merken?

„Und jetzt möchte ich dir von Gil erzählen, bevor er kommt."

Damaris fragte sich zwar, was in aller Welt sie nur dazu bewegte, doch sie hütete sich, etwas zu sagen.

„Gil kam nach Dixen, als er etwa dreizehn war", begann Fräulein Dover. „Meine Güte, das ist jetzt schon vierzehn Jahre her! Nein, wie die Zeit vergeht!" Einen Moment lang schwieg Fräulein Dover, als sei sie tief in Gedanken versunken, doch dann fuhr sie mit ihrer Geschichte fort. „Klapperdürr war er, eingeschüchtert und voller Mißtrauen – was ich ihm nicht einmal verübeln kann. Als er ganze drei Jahre alt war, verlor er seine Eltern und kam in ein Waisenhaus. Er hat mir niemals erzählt, wo. Er spricht nicht gern darüber, und ich mag ihn nicht drängen. Mit dreizehn hatte er jedenfalls genug und lief davon. Irgendwie verschlug es ihn hierher. Er sah aus, als hätte er tagelang nichts mehr gegessen, und seine Kleidung bestand aus Lumpen. Ich verliebte mich auf der Stelle in ihn. Weißt du, ich ... ich hatte mir doch immer einen Sohn gewünscht."

Fräulein Dover hielt inne. Damaris wußte nicht, ob sie die Kraft hatte, um weiterzusprechen, doch die Frau zögerte nicht lange.

„Glaub mir, es war unendlich mühsam, aber endlich schaffte ich es, sein Vertrauen zu gewinnen. Ich besorgte ihm eine Arbeit bei einem Viehzüchter in der Nähe, einem Bekannten von mir, und Gil schuftete schwer und sparte jeden Penny, den er verdiente, weil er es sich in den Kopf gesetzt hatte, eines Tages selbst ein Stück Land zu kaufen. Und dann arbeitete er sein System der Tierpacht aus. Er übernahm die Kälber, die ohne besondere Pflege eingegangen wären; wie's genau funktionierte, weiß ich nicht, aber beide Seiten waren mit der Abmachung mehr als zufrieden.

Der Mann hätte Gil gern auf Lebenszeit bei sich eingestellt. Gil machte seine Sache ganz ausgezeichnet. Ich glaube sogar, daß er ihm die Ranch dann in seinem Testament hinterlassen hätte. Er hat mir gegenüber einmal eine solche Andeutung gemacht. Aber Gil wollte nicht. Er war fest dazu entschlossen, einen eigenen Betrieb aufzubauen. So kaufte er sich also ein kleines Stück Land, brachte ein paar Stück Vieh dorthin – die Rinder aus seiner Tierpacht-Abmachung, die inzwischen selbst wieder gekalbt hatten –, und im Winter schlug er Holz zum Verkauf in der Stadt. Kurz und gut, nach ein paar Jahren harter Arbeit hat er also nun einen einträglichen Betrieb auf seinem eigenen Grund und Boden. Die Viehzucht ist zwar noch klein, aber sie wird mit der Zeit schon wachsen. Gil scheint mit seinen Erfolgen recht zufrieden zu sein."

Sie steckte die letzte Haarsträhne fest.

„Für mich ist er mein Junge. Nicht, daß ich ihn je richtiggehend adoptiert hätte – ich habe ihn halt nur unter meine Fittiche genommen. Trotzdem ist er mein Junge." Sie lachte leise und fügte dann hinzu: „So, und was du jetzt noch über ihn wissen willst, das mußt du ihn schon selbst fragen."

Damaris hatte zwar mit großer Anteilnahme zugehört, doch warum Fräulein Dover von ihr erwartete, sich weiterhin so brennend für Gil zu interessieren, das konnte sie sich nicht erklären.

Weihnachtstag

Damaris konnte ihre Nervosität kaum verbergen, als sie mit ihrer Gastgeberin und Gil am Tisch saß. Damaris hatte noch nie mit jemandem an einem festlich gedeckten Tisch gesessen. Sie war sich ihrer ungeübten Tischmanieren so deutlich bewußt, daß sie befürchtete, vor Anstrengung in Schweiß auszubrechen.

Doch Damaris lernte schnell. Sie hatte Fräulein Dovers Ausführungen aufmerksam zugehört. Jetzt beobachtete sie ihre Gastgeberin genau. Hin und wieder warf diese ihr ein ermutigendes Lächeln oder ein anerkennendes Kopfnikken zu. Dennoch fiel es Damaris unendlich schwer, die Mahlzeit in gelöster Stimmung zu genießen. Sie beteiligte sich kaum an der Unterhaltung. Fräulein Dover und Gil dagegen sprachen wie zwei alte Freunde miteinander. Damaris vermutete, daß die beiden sich in der Vergangenheit schon über viele Dinge ausgetauscht hatten, und heute hatten sie einander allerhand an jüngsten Erlebnissen zu berichten.

Beide bemühten sich, auch Damaris in die Unterhaltung einzubeziehen. Auf direkte Fragen gab sie eine aufrichtige, wenn auch kurze Antwort, doch es wollte ihr nicht gelingen, sich aus ihrer Anspannung zu lösen und sich von selbst an der Unterhaltung zu beteiligen.

Im Grunde genommen wollte sie das auch gar nicht. Um keinen Preis wollte sie etwas von sich preisgeben: weder ihre Vergangenheit noch ihre gegenwärtigen Ansichten, und schon gar nicht ihre Zukunftspläne und -sorgen.

Sie war erleichtert, als die gemächliche Mahlzeit beendet war. Jetzt konnte sie sich in die Küche flüchten, um das Geschirr aufzuwaschen, während die beiden anderen ihre Unterhaltung am Kaminfeuer fortsetzten.

Doch so sollte es nicht kommen. Nach Gils aufrichtigem Lob, daß das Essen, auf das er sich schon seit Wochen gefreut hatte, alle Erwartungen übertroffen habe, stand Fräulein Dover auf, lächelte ihren beiden jungen Gästen zu und sagte zu Gil: „Dann ist es jetzt aber Zeit, daß du dich zum Dank ein bißchen nützlich machst."

Damaris wußte nicht, was sie damit nur gemeint haben konnte. Zu ihrer Überraschung zog Gil seine Jacke aus und legte sie beiseite. Anschließend schlug er sich die Hemdsärmel hoch und verzog das Gesicht aus Scherz zu einer übertriebenen Grimasse.

Fräulein Dover lachte amüsiert und wandte sich dann zu Damaris, um ihr zu erklären: „An Weihnachten besorgt Gil immer den Aufwasch."

Damaris glaubte, sich verhört zu haben. Sie hatte noch nie im Leben einen Mann beim Geschirrspülen gesehen.

„Aber ... aber heute wasche ich auf", stotterte sie.

„Kommt nicht in Frage", widersprach Fräulein Dover. „So halten wir's schon seit Jahren."

„Aber ... aber da war ich ja noch nicht hier", antwortete Damaris.

„Na schön, dann trockne du ab", gab Fräulein Dover nach. „Das ist eigentlich immer meine Aufgabe gewesen, aber dieses Jahr, wo wir zu dritt sind, räume ich eben derweil die Essensreste weg und stelle das Geschirr ins Regal zurück."

„Aber ... aber das kann ich doch alles allein. Das macht mir gar nichts aus, wirklich nicht", beteuerte Damaris hastig.

„Hören Sie mal, Fräulein Damaris", sagte Gil in seinem charmanten Südstaaten-Dialekt, „wenn Sie zu dieser kleinen Familie hier gehören wollen, dann müssen Sie sich schon den Anweisungen fügen, und zwar ohne Wenn und Aber. Sonst müssen Sie die Folgen selbst tragen. Diese Lektion ist mir schon vor Jahren erteilt worden." Er warf Fräulein Dover ein Lächeln und Damaris ein Augenzwinkern zu, was ihr die Röte in die Wangen trieb.

Vor Befangenheit setzte Damaris sich nicht weiter zur Wehr. Hastig wandte sie sich zum Tisch um und begann, die Teller und das Besteck abzuräumen.

Der Aufwasch nahm seinen Lauf, wenn es auch dabei recht eng in der Küche wurde. Gil, der vor der dampfenden Spülschüssel stand, nahm weitaus mehr Platz ein als die beiden Frauen. Damaris hörte dem Plaudern und spontanen Gelächter stumm zu. Er hatte von ihr als Teil der Familie gesprochen. Damaris war von diesem Gedanken so bewegt, daß sie mit den Tränen kämpfen mußte. Einerseits sehnte sie sich danach, zu der kleinen Gemeinschaft zu gehören. Andererseits galt es, sich zu beherrschen. Sie durfte es nicht zulassen, daß ihr das Herz vor dem Kopf davonlief. Wenn man sich zu große Hoffnungen machte, dann wurde man womöglich eines Tages bitter enttäuscht.

„War das schon alles?“ fragte Gil und sah sich in der Stube um.

„Ja, wir sind fertig“, bestätigte Fräulein Dover.

„Du kochst wirklich von Jahr zu Jahr klüger“, spaßte er. „Als ich noch ein junger Steppke war, da hast du dreimal soviel Geschirr gebraucht – und das nur für uns zwei.“

Fräulein Dover lachte, und ihre gute Laune erfüllte die ganze Stube.

„Ach, Gil“, antwortete sie munter, „du warst schließlich derjenige, der hier die ‚Spielregeln‘ erfunden hat. Du hast gemeint, es wäre netter, zu Weihnachten alles gemeinsam zu machen.“

Er nickte und wurde ernster.

„Damit hatte ich auch recht“, sagte er und goß das Spülwasser in den Eimer bei der Tür, um die Schüssel dann auszuwischen und an den Haken zurückzuhängen. „Außerdem“, fügte er augenzwinkernd hinzu, „habe ich als Junggeselle nur davon profitiert. Ich lasse mein Geschirr nie länger als drei Tage lang stehen; andere Männer spülen es höchstens einmal die Woche – oder sogar nur alle zwei!“

Wieder lachte Fräulein Dover herzlich, und Gil schmunzelte, als er das Entsetzen in Damaris' Gesicht sah.

„Er macht doch nur Spaß", verteidigte Fräulein Dover ihn. „Ich bin schon mehrmals bei ihm daheim gewesen, und ich bin noch nie über Stapel von schmutzigem Geschirr gestolpert."

„Scherz beiseite", sagte er und knöpfte sich die Manschetten wieder zu. „Spielen wir jetzt eine Runde Dame?"

Fräulein Dover stellte die letzte Schüssel wieder in den Schrank und drehte sich zu ihm um. Eine kleine Falte stand ihr dabei auf der Stirn.

„Daran habe ich auch schon gedacht", antwortete sie. „Dame spielt man eigentlich zu zweit, aber heute sind wir zu dritt."

Damaris merkte, daß sie als Mitglied der Gruppe betrachtet wurde, und bei Fräulein Dovers Bemerkung hämmerte ihr das Herz. Sie wollte sich auf keinen Fall zu eng an die beiden binden. Mit Fräulein Dover befreundet zu sein war ein Gewinn, doch als Mitglied einer Gemeinschaft zu gelten, die auch einen Mann einschloß, dabei war ihr nicht ganz wohl.

„Ich ... ich weiß gar nicht, wie man Dame spielt", erklärte sie. „Spielen Sie nur allein. Ich ... ich schaue lieber zu."

Damaris wünschte, die letzte Behauptung zurücknehmen zu können. In Wirklichkeit mochte sie nicht einmal zuschauen.

„Also gut, dann spielen wir die erste Runde", sagte Fräulein Dover.

„Wir könnten ein Turnier daraus machen", schlug Gil vor.

„Aber ich kann gar nicht Dame spielen. Wirklich nicht", wehrte Damaris erneut ab.

„Dann bringen wir's Ihnen einfach bei", sagte Gil und ging an eine Schublade, um das Brett und die Spielsteine zu holen, während Fräulein Dover einen dritten Stuhl an den kleinen Tisch rückte.

Damaris fühlte sich wie ein Tier in der Falle. Sie setzte sich auf den Stuhl und strich sich das Kleid umständlich glatt.

Zuerst hielt sie sich zurück. Sie war dazu entschlossen, weder dem Spiel noch den Spielern jegliche Beachtung zu schenken, doch trotz dieses Vorsatzes wuchs ihr Interesse. Sie war überrascht von dem Eifer, den Fräulein Dover an den Tag legte. Die beiden lieferten sich ein gekonntes Spiel. Jeder kämpfte verbissen um den Sieg, doch letzten Endes war es Fräulein Dover, die das Spiel gewann.

„Kluger Zug", kapitulierte Gil. „Damit hast du mich geschlagen. Den muß ich mir fürs nächste Mal merken."

„So, und jetzt spielst du gegen mich", forderte Fräulein Dover Damaris auf. Offensichtlich wollte sie sich die nächste Runde am Spielbrett nicht nehmen lassen.

„Aber das geht doch nicht. Ich meine ... ich habe das Spiel doch gerade zum erstenmal gesehen. Da kann ich doch nicht ..."

„Gil wird dir helfen. Wir werden dir beide ein wenig Schützenhilfe geben."

Damaris fiel kein höflicher Einwand mehr ein. Sie nahm den Platz des Herausforderers ein, und Gil setzte sich neben sie. Damaris' Nerven waren aufs äußerste angespannt. Sie spürte, wie ihre Hand zitterte, als sie den Spielstein zu ihrem ersten Zug vom Brett nahm.

Sie war selbst darüber erstaunt, wieviel sie beim Zuschauen gelernt hatte. Oft kommentierte Gil ihre Spielzüge mit einem „Gut!" oder „Goldrichtig!". Wenn sie sich einmal nicht sicher war, sah sie sich zu ihm um, damit er ihr entweder zunickte oder ihr flüsternd einen anderen Spielzug vorschlug. Selbst Fräulein Dover auf der anderen Seite des Damebretts kam ihr mit Anerkennung oder Ratschlägen zu Hilfe. Das Spiel machte Damaris immer mehr Spaß.

Damaris und Gil gewannen diese Runde. Damaris hatte zwar gemerkt, daß Fräulein Dover diesmal nicht mit der gleichen Verbissenheit wie vorhin gegen Gil gespielt hatte, aber dennoch raste ihr das Herz vor Freude über ihren Sieg.

„Jetzt spiele ich gegen Damaris, und du hilfst ihr", sagte Gil und stand auf, um mit Fräulein Dover die Plätze zu tauschen.

Damaris atmete erleichtert auf. Mit seiner Nähe und seinen geflüsterten Anweisungen hatte er sie schrecklich nervös gemacht. Bestimmt würde sie mit Fräulein Dover neben sich viel konzentrierter spielen können.

Als sie ihm aber dann gegenübersaß und ständig in seine eindringlichen blauen Augen schauen mußte, empfand sie das als ebenso unerträglich. Trotz Fräulein Dovers Unterstützung verlor sie diese Runde gegen Gil.

„Ach, du liebe Güte! Seht nur, wie spät es schon ist!" rief Fräulein Dover, als die dritte Runde vorbei war. „Du mußt unbedingt noch eine Kleinigkeit essen, bevor du den langen Heimweg antrittst!"

Gil fuhr sich mit der Hand über den Magen.

„Ich bin noch satt vom Mittagessen", protestierte er, doch er hatte nichts dagegen, daß Fräulein Dover in die Küche lief, um Kaffeewasser aufzusetzen.

Damaris stand schnell auf, um ihr zu folgen. Sie hatte keineswegs die Absicht, mit diesem Gil mit seinen blauen Augen allein in der Stube zu bleiben.

Sie belegten ein paar Brotschnitten mit kaltem Putenfleisch und machten einen Teller mit Plätzchen zurecht, und dann setzten sie sich dichter an das Kaminfeuer. Bei dieser Platzverteilung fühlte Damaris sich schon wesentlich wohler. Die Stube war warm und gemütlich, obwohl das Fenster voller Eisblumen war.

Sie unterhielten sich über dies und jenes. Das Wetter, Nachbarn, Arbeit. Das Feuer knisterte im Kamin und verströmte seine Wärme in der Stube. Einen unbeherrschten Augenblick lang sehnte Damaris sich plötzlich danach, wirklich und wahrhaftig zu dieser „Familie" zu gehören. Tiefe Einsamkeit überkam sie. Nein, es war kein Heimweh. Sie vermißte ihre Mama zwar in jenen Momenten, in denen sie ihre Gedanken zu ihr wandern ließ, doch Heimweh hatte sie nicht. Ihr lag nichts daran, je wieder zu ihrem früheren Leben zurückzukehren.

Während sie der Unterhaltung der beiden anderen mit halbem Ohr zuhörte, geriet sie erneut ins Nachdenken. Erinnerungen tauchten vor ihrem inneren Auge auf, kleine Fetzen von einzelnen Begebenheiten, die sich miteinander verquirlten und sich zu einem bedrohlichen Ganzen verwoben. Vergangene Weihnachtsfeste. Für Damaris waren sie alles andere als fröhlich gewesen. Und für ihre Mama würde auch dieses Fest nur Kummer mit sich bringen.

Daheim war es jetzt sogar noch später. Vielleicht war ihre Mama inzwischen schon zu Bett gegangen. Jeden Anlaß zum Feiern nutzte ihr Pa, um den Saloon in der Stadt aufzusuchen und sich dort nach soviel Gesellschaft und Whisky umzusehen, wie er nur bezahlen konnte. So arm er auch war, so hatte er doch stets genug Geld für zuviel Schnaps.

Ihre Mama würde sich dann vor seinem Heimkommen fürchten und hoffen, daß alles möglichst friedlich abgehen würde, doch sonderbar: davor, daß er einmal *nicht* nach Hause kommen könnte, fürchtete sie sich noch mehr.

Damaris zwang ihre Gedanken zur Gegenwart zurück. Sie mochte nicht länger über ihr Zuhause nachdenken. Hier, in dieser Stube, in der Gesellschaft dieser beiden Menschen, war es viel schöner.

Sie sah Gil verstohlen an. Er war ein Mann. Dennoch hatte er im Zusammenhang mit Weihnachten kein einziges Mal von Whisky gesprochen. Auch den Saloon am Ort hatte er nicht besucht. Das erstaunte Damaris. Dann dachte sie wieder an Captain Reilly und Herrn Brown. Auch sie hatten nicht jede Gelegenheit zum Trinken beim Schopf ergriffen.

Vielleicht gibt es tatsächlich Männer, die nicht trinken, überlegte sie. Diese Vorstellung erschien ihr sonderbar, obwohl sie sie schon einmal erwogen hatte. Wie viele nüchterne Männer würde sie kennenlernen müssen, um endlich einem von ihnen völlig vertrauen zu können? In letzter Zeit hatte sie mehrmals die Vermutung gehegt, daß nicht alle Männer so wie ihr Vater waren. Doch dann war sie stets wieder in ihre alten Gefühle und Ängste zurückverfallen. Rastlos rutschte sie auf ihrem Stuhl umher und zog damit zwei Augenpaare auf sich. Sie errötete.

„Bist du schon müde?“ erkundigte sich Fräulein Dover teilnahmsvoll. „Du bist immerhin eine Frühaufsteherin. Ich dagegen bin eine Schlafmütze und stehe erst um acht Uhr auf. Da vergesse ich leicht, daß andere schon seit sechs auf den Beinen sein müssen.“

Damaris schüttelte den Kopf. Nein, sie war nicht müde. Sie fragte sich sogar, ob sie heute abend überhaupt einschlafen würde, wenn sie erst in ihrem Bett in der Pension lag.

„Also, ich muß gehen“, kündigte Gil an. „So leid es mir auch tut, aber es wird höchste Zeit.“ Er stellte seine Tasse auf einem Tisch ab. „Es war wirklich schön bei dir, aber jetzt müssen wir unsere Abschiedsandacht halten.“

Fräulein Dover stand auf und holte ihre Bibel von einem Regal. Damaris spürte ihr Herz schneller klopfen, wie immer beim Anblick dieses Buches.

Fräulein Dover reichte es Gil, der es aufschlug und darin blätterte, bis er die gesuchte Stelle gefunden hatte. Die Geschichte, die er vorlas, handelte von dem allerersten Weihnachten und der Geburt des Christuskindes. Damaris beugte sich vor und sog jedes Wort in sich auf. Die Geschichte erschien ihr so machterfüllt, so voller überirdischer Wunder. Sie sehnte sich danach, sie zu glauben, sie als die reine Wahrheit anzunehmen.

Nachdem Gil die Geschichte vorgelesen hatte, legte er die Bibel beiseite und schloß die Augen. Damaris starrte ihn an, während er Worte der Freude und des Dankes für die Liebe sprach, der das Ereignis vor so vielen Jahren entsprungen war. Plötzlich merkte Damaris, daß Gils Worte ein Gebet waren, und sie senkte den Kopf hastig und kniff die Augen fest zu. Sie hatte noch nie jemanden beten gehört. Etwas in ihr erahnte die Heiligkeit dieses Momentes. Ihr war zumute wie einem Kind, das mit schmutzigen Schuhen über einen blitzblanken Fußboden geht. Sie wand sich vor Verlegenheit auf ihrem Stuhl, aber dennoch war sie machtlos gegen ihr Bestreben, sich kein einziges Wort des Gebets entgehen zu lassen.

Gil sprach so, als redete er mit Gott persönlich. So etwas hatte Damaris in ihrem ganzen Leben noch nie gehört. Es klang so, als sei Gil eng mit seinem Gegenüber befreundet. Zugleich lag tiefer Ernst und demütiger Respekt in seiner Stimme. Damaris konnte es nicht verstehen. Dieser Gil war wirklich ein sonderbarer Zeitgenosse. In ihrer Verständnislosigkeit beschloß Damaris, in Zukunft einen weiten Bogen um ihn zu machen. Sie konnte sich einfach keinen Reim auf ihn machen. Obwohl sie diesen Tag als „Familienmitglied“ eigentlich sehr genossen hatte, wollte sie keineswegs, daß er ihr seine sonderbare Denkweise aufzuzwingen versuchte. Sie wünschte sich, daß das Gebet endlich aufhörte, damit sie wieder leichter atmen konnte.

Es war kein langes Gebet, und Damaris' Wunsch ging bald in Erfüllung, doch selbst nach dem Amen blieb das Gefühl der Rastlosigkeit an ihr haften.

Gil stand auf und legte die Bibel behutsam auf den Tisch.

„Das war ein schöner Tag“, sagte er, „aber ich habe noch einen langen Heimweg vor mir.“

„Ich wünschte, du könntest in der Pension übernachten und dich erst morgen früh auf den Weg machen“, sagte Fräulein Dover besorgt. „Mir ist gar nicht wohl dabei, dich bei dieser Kälte loszuschicken – und noch dazu im Dunkeln!“

Er strich ihr mit der Hand über die Wange.

„Du machst dir zu viele Sorgen, Mutter“, schalt er sanft. „Ich komme schon heil nach Hause!“

Zum ersten Mal hatte Damaris gehört, wie er sie Mutter nannte. Mutter, nicht etwa Ma oder Mama. Es klang schön. Das Wort war ihm so natürlich über die Lippen gekommen, und dennoch hatte ein tiefes Empfinden darin gelegen. Damaris war irgendwie davon bewegt. Sie stand auf, um das Gefühl schnell zu überwinden.

„Ich hole dir deine Sachen“, sagte Fräulein Dover und ging seinen Mantel holen.

Er schlüpfte in seinen Mantel. Dann nahm er seine Lederhandschuhe. Bevor er sie jedoch anzog, langte er mit der Hand in eine Tasche und zog ein kleines Päckchen hervor.

„Hier, für dich", sagte er, reichte es Fräulein Dover und gab ihr einen Kuß auf die Wange.

„Oh, ein Geschenk?" rief sie so aufgeregt wie ein Kind. Mit glühenden Wangen packte sie es aus. „Kämme!" jubelte sie. „Neue Kämme! Wunderschön sind sie. Schau nur, Damaris. Sind sie nicht zauberhaft?" Sie umschloß sein Gesicht mit beiden Händen und drückte ihm einen Kuß auf die glattrasierte Wange. „Danke, mein Lieber. Herzlichen Dank!"

Einen Moment lang ruhte seine Hand auf ihrem Haar, und er sah ihr tief in die tränenfeuchten Augen; dann wandte er sich zu Damaris um.

„Und das hier ist für Sie", sagte er und griff in seine andere Tasche.

Damaris stockte der Atem. Mit so etwas hatte sie nicht gerechnet. Es war ihr nicht einmal in den Sinn gekommen, ein Geschenk für ihn zu besorgen. Sie brachte es nicht fertig, die Hand nach dem Geschenk auszustrecken.

„Aber ich ..." begann sie.

„Bei meinem ersten Weihnachten hier habe ich auch kein Geschenk mitgebracht", beruhigte er sie. „Mutter schafft es immer, einen mit dem Gefühl des Zuhauseseins zu umgeben – ob man nun etwas schenkt oder nicht."

Nun streckte Damaris doch die Hand aus. Trotz ihrer Befangenheit war sie sehr auf das Geschenk gespannt.

Ein Stück Spitze fiel aus dem kleinen Päckchen, das ihre Hände voller Aufregung öffneten. Damaris war so überwältigt, daß sie kein Wort hervorbrachte.

„Die ist ja wie geschaffen für das Kleid, das du dir nähen wirst!" freute sich Fräulein Dover.

Damaris hob den Blick und nickte. Sie fand zwar keine Worte, doch es gelang ihr, ihn einen Moment lang anzusehen. In seinen blauen Augen las sie Verständnis. Schnell senkte sie den Blick wieder.

Vor Verwirrung drehte sich alles in ihrem Kopf. Gerade vorhin hatte sie sich noch vorgenommen, ihm aus dem Weg zu gehen. Damit war die Sache für sie erledigt gewesen. Und dann hatte er ihr ein Geschenk gemacht, ein wunderschönes Geschenk. Wenn sie es annahm, hatte sie keine andere Wahl, als sich dieser ... dieser sonderbaren, doch irgendwie sehr netten „Familie“ anzuschließen.

Wenn er doch nur kein Geschenk für sie gekauft hätte! Wenn es doch nur eine Möglichkeit gäbe, es ihm zurückzugeben! Wenn sie bloß vor den beiden fliehen könnte, die nun dastanden und sie anschauten. Sie bei sich aufnahmen. Sie bei sich willkommen hießen.

Es war einfach ... einfach zuviel. Damaris wußte nicht, ob sie lachen oder weinen sollte. So von Gefühlen überwältigt war sie noch nie gewesen. Sie wollte jetzt nicht alles so ... so tief empfinden. Am liebsten wäre sie nach Hause in ihr kleines Zimmer gelaufen, um dort den Kopf in ihrem Kissen zu vergraben und sich vor den seltsamen, verstörenden Gedanken und Gefühlen zu verschließen, die wie eine Welle über ihr zusammenzuschlagen drohten.

Während Damaris noch ratlos dastand, ging der Mann in die Kälte und Dunkelheit des Winterabends hinaus. Wie aus weiter Ferne spürte Damaris den eisigen Wind, der durch die Tür in die Stube wehte; sie spürte, wie die Fräulein Dover eine Bewegung machte, hörte sie von ihrer Sorge wegen seines langen Heimwegs sprechen und hörte dann, wie die Tür fest gegen die Winternacht geschlossen wurde.

Endlich löste Damaris sich wieder aus der Erstarrung. Das Geschenk hielt sie noch in der Hand. Sie ließ das zarte Muster durch ihre Finger gleiten und malte sich aus, wie die Spitze wohl auf dem Oberteil ihres neuen Kleides aussehen würde, das sie sich nähen durfte. Wunderschön würde es werden. Vielleicht würde das Kleid ja tatsächlich ein passendes Gegenstück zu der neuen Haube von Fräulein Dover werden, dachte sie.

„Dir brennt es sicherlich auch unter den Nägeln, bald nach Hause zu kommen“, sagte Fräulein Dover gerade zu ihr.

„Ja. Ja, das stimmt", antwortete Damaris. Ihre Stimme hörte sich sonderbar fremd an.

„Liebe Güte!" rief Fräulein Dover so stürmisch, daß Damaris den Kopf hob und die Frau mit weit aufgerissenen Augen anstarrte.

„Vor lauter Weihnachten habe ich ja ganz vergessen", sagte Fräulein Dover aufgeregt, „daß ich den Vers gefunden habe!"

Damaris sah sie verständnislos an.

„Den Vers", wiederholte Fräulein Dover. „Den Bibelvers mit deinem Namen. Ich habe ihn gefunden! Hier habe ich ihn aufgeschrieben. Du kannst ihn zu Hause nachschlagen."

Damaris spürte, wie ihr Herz loshämmerte. Fräulein Dover hatte ihren Namen gefunden, ihren Bibelnamen! Den Namen, nach dem sie schon so lange gesucht hatte. Damaris konnte nicht begreifen, wie die Frau diese Neuigkeit nur vergessen haben konnte. Mit Feuereifer nahm sie den Zettel entgegen und starrte die Buchstaben und Ziffern darauf an. Apostelgeschichte 17,34. Apostelgeschichte 17,34. Jetzt konnte sie es kaum erwarten, nach Hause zu kommen und die Geschichte nachzuschlagen. Eigentlich seltsam, daß sie nur aus einem einzigen Vers bestand. Die Geschichte von Daniel hatte gleich mehrere Kapitel in Anspruch genommen. Das gleiche galt für die Geschichten von Joseph, Noah und Mose.

Bestimmt hat sie mir nur aufgeschrieben, wo die Geschichte anfängt, überlegte Damaris sich, während sie den Zettel sorgsam in ihre Kleidertasche steckte. Sie wußte genau, daß sie sich die Bibelstelle merken würde, selbst wenn sie den Zettel verlieren sollte. Die Buchstaben und Ziffern hatten sich in ihrem Gedächtnis eingebrannt. Apostelgeschichte 17,34. Diese Angabe würde sie niemals vergessen.

Sie bedankte sich bei ihrer Gastgeberin für den schönen Tag, hüllte sich in ihr Schultertuch und lief in die kalte Dunkelheit hinein, überquerte die Straße und hastete zur Pension.

Sie hoffte, daß niemand in der Nähe war, wenn sie jetzt das Haus durch die Hintertür betrat und in ihr Zimmer ging. Sie wollte auf keinen Fall aufgehalten werden. Sie konnte es ja kaum erwarten, endlich die Verse zu lesen, auf die sie so lange gewartet hatte: die Geschichte der Frau, deren Namen sie trug.

Der Name

„Er bleibt nicht über Nacht in meinem Haus, und damit basta!“ rief Frau Stacy zornig.

Damaris schloß die Tür so leise wie möglich und hielt den Atem an, damit sie von niemandem bemerkt würde.

Eine Männerstimme antwortete etwas. Sie klang wie die Stimme des Sheriffs. Damaris konnte zwar kein Wort verstehen, doch dem Ton nach versuchte er, die aufgebrachte Frau zu besänftigen.

„Ich dulde keine faulen Ausreden!“ gab Frau Stacy lautstark zurück, und ihre Stimme klang noch eine Spur schriller. „Er ist gewarnt worden. Er hat uns das ganze Fest verdorben. Meine Geduld ist am Ende. Habe ich mich klar genug ausgedrückt? Am Ende!“

Wieder sagte der Sheriff etwas. Damaris fing die letzten paar Worte auf: „... ins Gefängnis zur Ausnüchterung ... aber dort ist es nicht geheizt ... barbarisch kalt.“

Damaris lief ein Schaudern den Rücken hinunter. Irgend jemand in der Herberge schien an Weihnachten eine Flasche in die Finger bekommen zu haben. Damaris ging einen Schritt weiter, um sich möglichst unbemerkt in ihr Zimmer zu flüchten. Dort war sie bestimmt in Sicherheit.

„Wie kalt es im Gefängnis ist, kümmert mich nicht. Er hat sich die Suppe selbst eingebrockt. Nun soll er sie auch auslöffeln. Vielleicht bringt ihn die Kälte wieder zur Vernunft.“

Damaris blieb stehen. Womöglich brauchte Frau Stacy sie, um sich vor den Angriffen des Betrunkenen zu retten, wie sie es bei ihrer Mama oft erlebt hatte. Reglos stand sie da, während sie Wut und Angst zugleich empfand. Am liebsten wäre sie losgelaufen, um sich zu verstecken, doch sie konnte sich einfach nicht vom Fleck rühren.

Eine neue Stimme machte sich bemerkbar. Jemand stöhnte – oder war es mißglückter Gesang?

„Ruhe da, zum Donnerwetter!“ befahl Frau Stacy resolut. „Sie wecken mir noch das ganze Haus auf!“

Es war Damaris ein Rätsel, wie Frau Stacy nur glauben konnte, daß auch nur ein einziger Hausgast bei dem Lärm schlafen konnte, den sie mit ihrem lautstarken Schimpfen veranstaltete.

„Ich kann ihn in meinem Zimmer auf dem Fußboden unterbringen“, sagte der Sheriff. „Da kann er bleiben, bis ...“

„Nicht mit meiner Bettwäsche und auf meinem Teppich!“ fiel Frau Stacy ihm ins Wort. „Ich dulde ihn nicht hier in ...“

„Schon gut“, gab sich der Sheriff geschlagen. Seine Stimme klang abgespannt. „Einer von den Männern kann mir helfen, ihn rüber ins Gefängnis zu schaffen.“

„Und je eher, desto besser“, forderte die Frau. „Sehen Sie sich doch nur an, was er angerichtet hat. Da, sehen Sie mal. Und Damaris ist noch zum Feiern aus. Wenn sie nur hier gewesen wäre, dann ...“

„Das hätte überhaupt nichts an der Sache geändert. Das wissen Sie so gut wie ich“, wies der Sheriff sie ärgerlich zurecht. „Der Kerl hatte nichts als Randalieren im Kopf, und das hätte er auch getan, wenn die ganze Welt hier in der Stube gesessen hätte.“

Damaris spürte einen Knoten in der Magengrube. Was war nur in der großen Stube vorgefallen? War es etwa nicht richtig von ihr gewesen, sich den Tag freizunehmen? Sie machte einen weiteren geräuschlosen Schritt in die Richtung ihres Zimmers, doch gerade in diesem Moment wurde die Küchentür geöffnet, und Frau Stacy kam heraus. Ihre Frisur war ruiniert, ihre Augen waren tränenverquollen, und ihr Gesicht war vor Zorn und Ratlosigkeit verfinstert.

„Ach, da bist du ja!“ sagte sie beim unvermuteten Anblick des Mädchens. „Ich wollte schon gerade jemanden losschicken, um dich zu holen. Wir haben ein furchtbares Durcheinander im Speiseraum. Dieser ... dieser widerwärtige Goldgräber ..." Doch weiter kam Frau Stacy nicht. Sie schlug sich die Schürze vor das Gesicht und brach erneut in Tränen aus.

Bevor Damaris auch nur einen weiteren Schritt machen konnte, steckte der Sheriff schon den Kopf zur Tür heraus.

„Frau Stacy könnte eine Tasse guten Tee gebrauchen", sagte er zu Damaris. „In ihrer Stube sieht's ziemlich wüst aus."

Damaris brachte ein Kopfnicken zustande. Sie nahm sich das Schultertuch ab und hängte es an einen Haken neben der Tür. Dann ging sie an den Herd, um nach dem Wasserkessel zu sehen. Das Wasser dampfte noch. Sie holte die Teekanne und den Tee aus dem Schrank.

Blitzschnell fuhr sie sich mit der Hand in die Tasche und langte nach dem Zettel. „Apostelgeschichte siebzehn, Vers vierunddreißig", murmelte sie.

Während sie den Tee kochte, hörte sie Stimmen aus dem Speisezimmer. Der Sheriff und ein anderer Mann schafften den betrunkenen Goldgräber gerade aus dem Raum. Damaris mochte die Stube nicht betreten, bis die Männer aus dem Haus waren.

„Bitte schön, Frau Stacy, hier ist Ihr Tee", sagte Damaris und reichte der Frau die Tasse mit dem heißen Getränk. Sie wußte nicht, ob Frau Stacy sie überhaupt gehört hatte; sie hörte nicht auf, laut in ihre Schürze zu schluchzen.

Damaris musterte die Wirtin. Soweit sie sehen konnte, wies die Frau weder Platzwunden noch blaue Flecken auf, doch aus eigener Erfahrung wußte Damaris, daß die schmerzhaftesten Verletzungen oft unsichtbar waren.

Endlich nahm Frau Stacy die Schürze vom Gesicht, tupfte sich die Augen trocken und schluckte die letzten Tränen hinunter.

„Er hat sich heute noch ärger aufgeführt als beim letzten Mal", schäumte sie. „Ich hatte ihm schon gesagt, daß er bei mir Hausverbot hat, aber er hat mir hoch und heilig versprochen, nie wieder eine Flasche anzurühren. ‚Von Grund auf geändert', hat er behauptet. Pah!"

„Wo ... wo sind Sie denn verletzt?" erkundigte sich Damaris. Diese Frage hatte sie nicht einmal ihrer Mutter je gestellt. Kein einziges Mal in all den Jahren, in denen sie gemeinsam ihr Leid stumm ertragen hatten.

„Ach, er hat mich ja gar nicht angerührt", beeilte sich die Frau zu erklären. „Der Sheriff war hier. Aber niemand hat verhindern können, daß er den Tisch umgeworfen und mein bestes Porzellan auf dem Boden zerschlagen hat."

Wieder brach sie in Tränen aus, und Damaris wich zurück. Das Mitgefühl, das sie gerade noch empfunden hatte, war schlagartig verflogen. Warum machte die Frau nur so ein Aufhebens um zerbrochenes Porzellan? Ihre Mutter hätte weniger Regung bei einem gebrochenen Arm gezeigt.

„Ich kehre die Scherben zusammen", sagte Damaris hölzern und ging in den Speiseraum.

Dort bot sich ihr in der Tat ein trauriger Anblick. Zwei Tische waren umgestoßen worden. Porzellanscherben lagen im ganzen Zimmer verstreut, und der Inhalt der Schüsseln hatte sich über den Teppich ergossen. Der Zipfel einer Tischdecke hing in einer Pfütze aus Preiselbeersoße. Die Vorhänge am Fenster waren zur Hälfte aus ihrer Halterung gezerrt worden. Eine rote Geranie war aus ihrem Blumentopf gerissen, und eine Spur aus Erde führte quer durch die Stube zu der Stelle, wo die Pflanze jetzt mit bloßen, zertretenen Wurzeln lag.

Damaris langte noch einmal mit der Hand in ihre Tasche, bevor sie Besen und Mop holte, um das Durcheinander zu beseitigen. Es würde keine leichte Aufgabe sein, und sie wußte, daß es eine Weile dauern würde, bis sie sich in ihr Zimmer zurückziehen konnte, um endlich die Bibel aufzuschlagen. Wenn sie doch nur die Geschichte lesen könnte, bevor sie sich an die Arbeit machen mußte!

Plötzlich wurde sie von einem ohnmächtigen Zorn gepackt. Dieser entsetzliche Whisky war an allem schuld. Nein, nicht der Whisky, sondern Leute, die so dumm und eigensüchtig waren, dieses ekelhafte Zeug zu trinken. Eigensüchtig, jawohl. Kein Funke von Rücksicht auf andere. Nur an sich selbst denken. Solche Leute verdienten keinen Respekt. Sie verdienten es nicht einmal, am Leben zu sein. Denen würde nur recht geschehen, wenn sie sich in ihrer Betrunkenheit den Schädel einschlugen. Frau Stacy hatte recht. Sollte der alte Taugenichts von Goldgräber ruhig im Gefängnis erfrieren. Etwas Besseres hatte er gar nicht verdient.

In all den Jahren als Opfer der Gewalttätigkeit ihres Vaters hatte Damaris keinen solchen Zorn verspürt. Sie war selbst darüber erschrocken, doch sie bereute nichts. Einen entsetzlichen Augenblick lang wünschte sie, nicht von daheim fortgelaufen zu sein, sondern sich zur Wehr gesetzt zu haben. Sie war jetzt älter. Stärker. Bestimmt hätten ihre Mama und sie gemeinsam energischen Widerstand leisten können. Vielleicht hätten sie ihren Vater nicht besiegt, aber sie hätten ihm seine Brutalität einmal gründlich heimgezahlt. In diesem furchtbaren Moment lechzte Damaris nach einer Gelegenheit, einmal Hieb um Hieb, Platzwunde um Platzwunde, Grausamkeit um Grausamkeit zu vergelten.

Und dann war der Zorn so schnell verflogen, wie er über sie gekommen war, und Damaris stand zitternd und verstört da. Sollte sie sich schämen? Gewissensbisse empfinden? Es gelang ihr nicht, ihre aufgewühlten Gedanken zu entwirren. Sie beeilte sich, die Stube zu säubern, damit sie sich endlich in die Stille ihres Zimmers zurückziehen konnte.

*

Es war schon spät, als Damaris mit den Reinigungsarbeiten fertig war und wieder für Ordnung gesorgt hatte. Die zerbrochenen Teller und Schüsseln hatte sie fortgeworfen. Die Gardinen hingen wieder an der Stange, wenn auch ein wenig schräg. Den Teppich hatte sie mit feuchten Tüchern abgerieben, wenn sich auch nicht alle Flecken hatten entfernen lassen. Die Tische standen wieder, und frische Tischdecken lagen darauf. Das verschmutzte Tischtuch lag zum Einweichen in Seifenlauge. Damaris hatte alles getan, was in ihrer Macht stand. Sie seufzte und blies die Lampe aus.

Frau Stacy war schon vor Stunden zu Bett gegangen; sie hatte über „schreckliche Kopfschmerzen" geklagt. Damaris verspürte längst keinen Zorn mehr auf die Wirtin. Sie verspürte überhaupt keinen Zorn mehr, auf niemanden. Das einzige, was sie noch verspürte, war eine lähmende Leere. Sie goß das schmutzige Wasser aus und hängte den Mop wieder an seinen Platz.

Ich lese es trotzdem noch, nahm sie sich vor. *Egal, wie früh ich wieder aufstehen muß.*

Sie wollte gerade zu ihrem Zimmer gehen, als ihr die Türen einfielen. Der Sheriff war nicht zurückgekehrt. Herr Starsky, der Mann, der ihm geholfen hatte, den betrunkenen Goldgräber ins Gefängnis zu schaffen, hatte Damaris gesagt, daß der Sheriff im Gefängnis übernachten würde, um das Feuer in dem großen Eisenofen in Gang zu halten. Bestimmt würde er in dieser kalten Nacht nicht viel Schlaf bekommen.

Damaris ging zur vorderen Haustür und schob den Riegel vor. Dann vergewisserte sie sich, daß die hintere Tür abgeschlossen war. Erneut seufzte Damaris und warf einen letzten Blick durch die Küche, bevor sie zu ihrem Zimmer ging.

Sie stellte die Lampe auf ihre kleine Kommode und schob den Riegel ihrer Zimmertür vor. Sie verriegelte selten ihre eigene Zimmertür, doch die Ereignisse dieses Abends hatten ihr einen gehörigen Schrecken eingejagt. Der Fluch des Whiskys war ihr bis in den Westen gefolgt. Gab es denn keinen Ort auf der Welt, an dem sie vor dem Zeug in Sicherheit war?

Damaris sah an sich hinunter. Sie trug noch immer ihr bestes Kleid. In ihrer Verstörtheit und ihrem Zorn hatte sie vergessen, sich umzuziehen. Beim Anblick des Kleides wäre sie am liebsten in Tränen ausgebrochen. Es war so verschmutzt und voller Flecken, daß sie bezweifelte, es je wieder sauber zu bekommen.

Sie zog es behutsam aus und schlüpfte in ihr abgetragenes Nachthemd, das sie gebraucht geschenkt bekommen hatte. Dann nahm sie die Lampe und ging noch einmal in die Küche, um das Kleid zu der Tischdecke in die Seifenlauge zu legen. Von ganzem Herzen hoffte sie, daß sich die Flecken entfernen lassen würden.

Draußen war ein heftiger Wind aufgekommen. Damaris hörte die Böen an den Fensterläden reißen, während sie sich zum Schlafengehen fertig machte. Die Temperatur draußen würde rasch absinken. *Ob Gil wohlbehalten nach Hause gekommen ist?* fragte sie sich und warf einen Blick auf die Uhr neben ihrem Bett. Es war fast ein Uhr. Sie nickte. „Bestimmt. Schon längst", murmelte sie zufrieden und wunderte sich dabei über die Erleichterung, die sie empfand.

Dann stieg sie in ihr Bett und zog die Decke so hoch, daß sie gerade noch die Seiten ihrer Bibel umblättern konnte.

Apostelgeschichte siebzehn, Vers vierunddreißig. Sie blätterte, bis sie die Apostelgeschichte gefunden hatte. Sie hatte in letzter Zeit in den ersten Kapiteln dieses Buches gelesen.

„Schau an!" murmelte sie. „Bald wäre ich ganz von allein darauf gestoßen. War ja schon dicht davor."

Voller Spannung schlug sie das siebzehnte Kapitel auf und fuhr mit dem Finger über die Seite, bis sie Vers vierunddreißig gefunden hatte.

Was für eine Frau war diese Damaris gewesen, nach der sie benannt worden war? Welche Heldentat, welche aufopfernde Handlung hatte sie berühmt gemacht? Damaris brannte darauf, alles zu erfahren.

„Einige Männer aber schlossen sich ihm an und wurden gläubig; unter ihnen auch war Dionysius, einer aus dem Rat, und eine Frau mit Namen Damaris und andere mit ihnen."

Damaris' Blick sprang hastig zu Kapitel achtzehn weiter. Jetzt würde sie gleich die ganze Geschichte lesen.

„Danach verließ Paulus Athen und kam nach Korinth und fand einen Juden mit Namen Aquila, aus Pontus gebürtig; der war mit seiner Frau Priscilla kürzlich aus Italien gekommen, weil Kaiser Claudius allen Juden geboten hatte, Rom zu verlassen. Zu denen ging Paulus. Und weil er das gleiche Handwerk hatte, blieb er bei ihnen und arbeitete mit ihnen; sie waren nämlich von Beruf Zeltmacher."

Über diese Wendung der Ereignisse war Damaris enttäuscht. Sie las fieberhaft weiter in der Hoffnung, der Frau namens Damaris gleich wieder zu begegnen. Doch je mehr sie las, desto stärker vermutete sie, daß diese Damaris wohl nicht weiter in der Apostelgeschichte vorkommen würde. Ihre Geschichte fehlte anscheinend in der Bibel. Sie wurde einfach nicht mehr erwähnt. Mit keinem Wort. Die nächsten drei Kapitel berichteten von anderen Gestalten und deren Taten.

Ach, sie mußte etwas Wichtiges übersehen haben. Schnell schlug sie die Stelle im siebzehnten Kapitel wieder auf und las den Vers noch einmal. Immer wieder las sie ihn. Endlich begriff ihr Herz, was ihr Verstand ihr schon längst sagen wollte: Es gab keine Geschichte über Damaris. Kein Wort über ihre mächtigen Taten, über ihre Großherzigkeit, über ihre Tapferkeit. Diese Damaris hatte nichts Bedeutendes vollbracht. Nichts gesagt. Sie hatte nur einfach gelebt. Damaris spürte, wie eine Welle der Enttäuschung sie überflutete.

Wütend schob sie die Bibel von sich und hörte, wie sie mit einem dumpfen Krachen auf dem Fußboden aufschlug. Damaris beugte sich nicht einmal vor, um ihre Lampe auszublasen. Sie zog sich die Decke über den Kopf und ließ ihren Tränen freien Lauf.

Noch nie im Leben hatte Damaris sich so vollkommen betrogen gefühlt, so einsam und so elend. Nicht einmal die Bibel hatte etwas über Damaris zu sagen. Weder Himmel noch Erde scherten sich um sie.

Die Wahrheit

Ein Gefühl der Schwere lastete auf Damaris, als sie aufstand und sich für einen arbeitsreichen Tag anzog, eine Schwere, die nicht allein die Folge von versäumtem Schlaf war.

Sie fand keine Worte für den tiefen Kummer, der sich in der vergangenen Nacht über sie ergossen hatte. Es gab keine Geschichte über die biblische Damaris. Nichts. Kein Wunder, daß Fräulein Dover sie so verständnislos angeschaut hatte, als sie erwähnt hatte, daß ihr Name aus der Bibel stammte. Niemand, nicht einmal Fräulein Dover, die so treu die Bibel las, hatte dieser einen Zeile Beachtung geschenkt.

Damaris spürte, wie ihre Wangen vor Beschämung heiß wurden. Wie sollte sie der freundlichen Frau je wieder unter die Augen treten? Der Frau, die ihr Geheimnis kannte. Damaris hatte geglaubt, der biblische Name verleihe ihr eine besondere Würde; nun wußte sie, daß auch die Frau in der Bibel völlig bedeutungslos gewesen war. Mit einem schweren Herzen verließ Damaris ihr Zimmer und machte sich an ihre Arbeit.

Arbeit war ihr eigentlich immer eine gute Ablenkung gewesen, doch an diesem Morgen gab es kein Entrinnen: Die bleischwere Enttäuschung blieb an ihr haften.

Frau Stacy erschien in der Küche, als Damaris sich gerade anschickte, den wenigen Gästen, die sich eingestellt hatten, das Frühstück zu servieren. Die Frau war noch immer schlecht gelaunt und beklagte sich, daß die Kopfschmerzen kein bißchen nachgelassen hätten. Damaris hatte ihr gerade vorgeschlagen, sich mit einer Tasse Tee in den Speiseraum zu setzen, als die Tür aufging und der Sheriff hereinkam. Er habe einen Bärenhunger, sagte er zu Damaris, und außerdem brauche er heißen, schwarzen Kaffee für den Mann im Gefängnis. Damaris beeilte sich, ihm das Bestellte zu bringen; sie wollte den Sheriff in seiner reizbaren Stimmung auf keinen Fall verärgern.

„Der verrückte Kerl hat die ganze Nacht abwechselnd gejammert und geschnarcht, daß die Wände wackelten“, fuhr der Sheriff fort, während Damaris ihm Kaffee einschenkte und einen Teller mit Rührei und Speck auf den Küchentisch stellte. „Hätte nicht viel gefehlt, und ich hätte Frau Stacys Ratschlag befolgt und ihn einfach zu ’nem Eisblock erfrieren lassen.“

Damaris sagte nichts.

„Hab’ die ganze Nacht kaum ’n Auge zugemacht“, knurrte der Sheriff und rieb sich das unrasierte Kinn.

Damaris stellte den Toast und ein kleines Glas Marmelade auf den Tisch und wandte sich dann zu dem Waschfaß mit der Seifenlauge um, weil ihre Hände etwas zu tun brauchten. Sie hob die Tischdecke aus der Lauge. Der Preiselbeerfleck war unverändert sichtbar.

„Ist der von gestern abend?“ fragte der Sheriff.

Es überraschte Damaris, daß er sie beobachtet hatte.

Sie nickte und wrang das Tischtuch aus. Es noch länger in der Lauge zu lassen, war wohl zwecklos.

Sie legte das Tischtuch in eine andere Schüssel und sah sich ihr Kleid an. Zu ihrer großen Erleichterung hatten sich die meisten Flecken in der Lauge gelöst. Sie hob das Kleid in die Höhe, um einen Teil des Wassers abtropfen zu lassen, bevor sie es auswrang.

„Ist das deins?“ wollte der Sheriff wissen.

Wieder nickte Damaris.

„Ist wohl ziemlich arg zugerichtet?“ fragte der Sheriff.

„Ich ... ich hatte total vergessen, daß ich es anhatte“, gestand Damaris mit einem Hauch von Röte auf den Wangen. „Als ich reinkam und ... und alles so verwüstet war, da habe ich einfach mit Aufräumen angefangen.“

Der Sheriff nickte, als habe er Verständnis.

„Haste schon ausgerechnet, was der Schaden kostet?“ fragte er sie.

Damaris sah ihn verwundert an.

„N-nein“, sagte sie und schüttelte den Kopf.

„Dann tu das mal, so bald du kannst. Ich werd’ ihn ausnüchtern und nach Hause schicken. Daß er aber so wüst gefeiert hat, wird ihn teuer zu stehen kommen. Weiß anscheinend nichts Besseres mit seinen Goldstücken anzufangen. Stell mir eine Liste auf, was alles kostet: das Geschirr, der Teppich, das Essen, die Tischdecke da, dein Kleid – und deine Arbeitszeit auch. Führ jeden Posten getrennt auf, und die Liste geb’ ich ihm dann.“

Damaris nickte verwirrt. Woher sollte sie nur wissen, wie man die Kosten schätzte?

„Ach, weißt du“, sagte der Sheriff, „schreib mir nur einfach alles auf, was beschädigt ist. Die Preise setze ich dann selbst ein.“

„Ja, sofort“, sagte Damaris. „Sobald ich hier mit dem Servieren fertig bin.“

*

Später am Vormittag kam der Sheriff mit dem Eimer zurück, in dem er den Kaffee zum Gefängnis getragen hatte. Nun diente der Eimer als Gefäß für mehrere Goldstücke. Ein paar davon reichte er Frau Stacy, deren Kopfschmerzen auf der Stelle verflogen waren. Dann drehte er sich zu Damaris um.

„Hier, die sind für dich“, sagte er. „Für dein Kleid und deine Arbeit.“

Damaris starrte die Münzen an. Sie hatte keine Ahnung, welchen Wert sie darstellten, doch bestimmt waren sie wesentlich kostbarer als ihr einfaches Kleid und ihre Arbeitszeit.

„Aber ...“ begann sie.

„Komm, nimm sie schon“, sagte der Sheriff und schob sie ihr in die Hand. „Ich hätte ihm auch das Doppelte abverlangen können, und er hätte nichts zu klagen gehabt. Man zerschlägt halt nicht anderen Leuten die Bude und erwartet dann auch noch von ihnen, daß sie alles aufräumen.“

Frau Stacy nickte dabei und machte ein selbstzufriedenes Gesicht.

„Haargenau!“ meinte sie. „So ist es. Schließlich muß ich extra wegen des Geschirrs und eines neuen Teppichs in die Großstadt fahren. Und neue Gardinen müssen auch her. Und meine Tischdecken. Sogar mein Kleid. Alles war vollkommen von Flecken übersät.“

Damaris bekam den Eindruck, daß Frau Stacy da ein wenig übertrieben hatte.

Sie steckte sich die Goldmünzen in die Schürzentasche. Was würde ihre Mama nur sagen, wenn sie sie jetzt mit dem Geld sehen könnte? Obwohl ihre Gedanken unwillkürlich zu ihrer Mutter geflogen waren, ließ sie nicht zu, daß sie dort verweilten. Es war Zeitverschwendung, ständig an Zuhause zu denken.

Statt dessen dachte Damaris an Herrn MacKenzies Laden und die Stoffballen dort. Vielleicht konnte sie sich nun einen passenden Stoff zu der Spitze aussuchen, die sie in einer Ecke ihrer Schublade aufbewahrte. Schon bei dem Gedanken daran röteten sich ihre Wangen, und ihr Atem ging ein wenig schneller.

Und dann dachte sie noch ein Stück weiter. Um das Kleid zu nähen, war sie auf Fräulein Dovers Nähmaschine angewiesen. Ihr graute schon vor der nächsten Begegnung. Zweifellos würde die Frau sie nach dem Vers aus der Apostelgeschichte fragen.

*

Am nächsten Tag zeigte sie Herrn MacKenzie ihre Goldstücke und fragte ihn, was sie damit kaufen konnte. Er hob die Augenbrauen und stieß einen Pfiff aus.

„Das muß aber ein prächtiges Kleid gewesen sein, das du dir da ruiniert hast!“ meinte er.

Damaris verspürte leichte Gewissensbisse.

„Aber das Kleid ist doch gar nicht ruiniert“, erklärte sie hastig. „Es hat zwar ein paar Flecken abbekommen – aber die kann man kaum noch sehen.“

Herr MacKenzie nickte.

„Na, irgendwie beschädigt wird's schon sein, sonst hätte der Sheriff dem Mann doch nicht so viel Geld abgeknöpft.“

„Ein Teil von dem Geld ist für meine Arbeit“, erklärte Damaris weiter.

„Hast wohl stundenlang putzen müssen, was?“ fragte der Mann. „Bestimmt die ganze Nacht.“

Wieder errötete Damaris.

„Eigentlich ... eigentlich war ich um eins fertig“, gestand sie.

Herr MacKenzie nickte.

„Und das obendrein noch an Weihnachten“, sagte er, als koste ihre Arbeit dadurch um so mehr.

Zu ihrer Überraschung erfuhr Damaris, daß sie mit ihrem Geld ein Stück des besten Stoffes im Laden kaufen konnte und außerdem noch eine nette Summe für zukünftige Anschaffungen übrig behielt. Den hübschen Stoff trug sie behutsam in den Händen, als sie später am Tag den Laden verließ. So sehr ihr auch vor dem Gespräch mit Fräulein Dover graute, sie konnte doch nicht der Versuchung widerstehen, sie schnell aufzusuchen, um ihr den Stoff zu zeigen.

Fräulein Dover bestaunte und bewunderte den Stoff gebührlich. Damaris hatte ihre Beklommenheit schon völlig vergessen, als die Frau unvermittelt das gefürchtete Thema zur Sprache brachte.

„Hast du schon eine Gelegenheit gehabt, Apostelgeschichte 17,34 nachzuschlagen?“ erkundigte sie sich freudig.

Damaris sah nicht auf. Mit heißen Wangen nickte sie nur.

„War das nicht wunderbar?“ fuhr Fräulein Dover fort.

„Auf einmal habe ich mir gewünscht, daß ich meinen Namen dort einsetzen könnte. Stell dir nur vor: ‚Eine Frau mit Namen Katherine'. Du warst sicher ganz aus dem Häuschen vor Freude."

Noch immer hielt Damaris den Blick gesenkt.

„Sonderbar. Der Vers war mir noch nie aufgefallen", erzählte Fräulein Dover. „Aber wenn dort ‚Katherine' gestanden hätte, dann hätte ich bestimmt besser aufgepaßt."

Jetzt sah Damaris doch auf. Noch immer sagte sie nichts, doch mit ernsten Augen sah sie geradewegs in die vor Freude tanzenden Augen der Schneiderin.

„Was ist denn?" fragte Fräulein Dover geradeheraus. „Du freust dich ja gar nicht!"

„Ich ... ich war wohl ... etwas enttäuscht", stammelte Damaris. Ihr war bewußt, daß diese Worte ihre Gefühle nur unzureichend beschrieben.

„Aber warum denn nur?" fragte ihre Gesprächspartnerin.

„Sie ... sie hat ja gar nichts gesagt. Nichts getan", brach es aus Damaris hervor, und ihre Augen wollten sich mit Tränen füllen; doch sie zwang sich, die Beherrschung zu behalten. Sie weigerte sich, vor den Tränen zu kapitulieren.

„Aber doch! Das hat sie wohl", widersprach Fräulein Dover erschrocken. „Wirklich!"

Damaris sah sie verwirrt an. „Was?" fragte sie verständnislos. „Was denn?"

„Sie hat das Wichtigste getan, das man nur tun kann", sagte Fräulein Dover. „Hast du's denn nicht gelesen?"

„Ich ... ich habe den Vers gelesen. Mehr habe ich nicht gefunden. Nur den einen Vers. Haben Sie etwa mehr gefunden ... irgendwo anders?"

„Nein", gestand Fräulein Dover. „Ich habe auch nur den einen Vers gefunden, aber darin ist ja so viel enthalten!"

„Aber sie hat doch gar nichts getan", beharrte Damaris. „Gleich danach fängt eine andere Geschichte an, über jemand anderen."

„Aber der Vers sagt ja schon alles, was gesagt werden

muß“, erwiderte Fräulein Dover. „Hier, ich will's dir zeigen“, sagte sie und hastete in ihre Wohnräume, um mit ihrer Bibel in der Hand zurückzukehren.

Damaris fühlte sich unendlich erleichtert. In Fräulein Dovers Bibel stand mehr als in ihrer. Bald würde alles geklärt sein. Sie würde die ganze Geschichte mit eigenen Augen sehen können.

Ihre Gastgeberin setzte sich auf die kleine Bank und bedeutete Damaris, sich neben sie zu setzen. Dann schlug sie die Bibel beim siebzehnten Kapitel der Apostelgeschichte auf und begann, den Vers vorzulesen, den Damaris fast auswendig kannte:

„Einige Männer schlossen sich ihm an und wurden gläubig; unter ihnen war auch Dionysius, einer aus dem Rat, und eine Frau mit Namen Damaris und andere mit ihnen.“

Fräulein Dover sah von der Bibel auf und strahlte Damaris an, als hätte auch sie Grund, sich zu freuen. Damaris' Verwirrung wuchs. Diese Worte waren doch dieselben, die sie schon gelesen hatte. Über Damaris stand nichts darin.

„Aber ...“ wollte sie widersprechen, doch sie ließ den Satz ungesagt.

„Siehst du es denn nicht?“ fragte die Frau sie.

Damaris schüttelte den Kopf. Es fiel ihr schwer, die Tränen zurückzuhalten. „Sie hat gar nichts getan“, wiederholte sie beharrlich.

„Oh doch! Sie wurde gläubig! Sie glaubte! Ach, Damaris! Das ist doch das Wunderbarste, das Wichtigste, was ein Mensch nur tun kann! Damals wie heute.“

Es war Fräulein Dover, der die Tränen nun über die Wangen rannen.

„Sie glaubte! Sie glaubte!“ wiederholte sie. „Das ist wunderbar. Einfach wunderbar.“

„Sie glaubte? Was glaubte sie denn?“ fragte Damaris verständnislos.

„Nun, die Botschaft, die Paulus den Athenern brachte. Die Botschaft von Jesus. Daß er der Sohn Gottes ist. Der Erlöser. Daß wir Freiheit und Vergebung erfahren können, wenn wir ihm vertrauen. Du mußt dich noch einmal damit beschäftigen. Du mußt das ganze Kapitel lesen. Lies es immer wieder, bis du es verstehst. Sieh mal, hier in Vers drei heißt es: ‚daß Christus leiden mußte und auferstehen von den Toten und daß dieser Jesus, den ich – so sprach er – euch verkündige, der Christus ist.‘ Und hier, in Vers siebenundzwanzig und achtundzwanzig, ‚damit sie Gott suchen sollten, ob sie ihn wohl fühlen und finden könnten; und fürwahr, er ist nicht ferne von einem jeden unter uns. Denn in ihm leben, weben und sind wir.‘

Lies weiter, Damaris. Lies alles noch einmal, langsam und aufmerksam. Warum war es denn so wichtig, daß Damaris glaubte? Ich werde für dich beten, während du dich auf die Suche nach der Wahrheit machst. Du sollst sie selbst für dich entdecken.“

Damaris nickte benommen. Ja, sie würde das Kapitel lesen, und zwar so oft, bis sie begriffen hatte, warum Fräulein Dover ein solches Aufhebens um die Tatsache machte, daß die Damaris der Bibel die Botschaft dieses Mannes namens Paulus geglaubt hatte.

*

Damaris brauchte viele Tage, und sie las das Kapitel viele Male, bis sie begann, die Bedeutung der Bibelworte zu erfassen. Auch die Evangelien las sie mehrere Male durch. Endlich war sie in der Lage, die Berichte von dem Leben und der Kreuzigung Jesu mit der Lehre des Apostels Paulus zu verbinden.

„Es ist alles wahr“, flüsterte sie eines Abends, als sie in ihrem Bett lag. „Alles, was über ihn in der Bibel steht, ist wahr. Er hat wirklich gelebt – und ist wirklich gestorben – und er ist wirklich auferstanden. Und ich kann ihn kennen. Tief in meiner Seele. Mit meinem Herzen. Mit meinem Verstand. Ach, ich weiß nicht genau, mit welchem Teil von mir, aber ich weiß, daß er bei mir sein kann … in mir … wie es in der Bibel steht.“

An diesem Abend, von ihrer warmen Bettdecke gegen die Kälte ihres Zimmers geschützt, wurde Damaris gläubig. Eine unbeschreibliche Wärme durchflutete sie, als sie diesen wichtigen Glaubensschritt tat. Noch immer verstand sie nicht alles. Noch immer hatte sie viel zu lernen. Noch immer trug sie viele Wunden aus der Vergangenheit mit sich herum, die darauf warteten, geheilt zu werden. Eines jedoch wußte sie ganz sicher: Sie glaubte. Genau wie die Damaris aus der Bibel. Sie hatte aus freien Stücken eine überlegte Entscheidung getroffen, sie hatte aufrichtige Reue empfunden und ein Gebet des Glaubens gesprochen.

An diesem Abend konnte sie kaum einschlafen, weil sie so sehr darauf brannte, Fräulein Dover von ihrer Entdekkung zu erzählen. Sie wußte schon jetzt, wie glücklich die Frau darüber sein würde, daß ihre Gebete erhört worden waren.

Alte Wunden

Zwei Jahre lang lebte Damaris in der Freude und dem Frieden ihres Glaubens, bevor ihre Vergangenheit sie wieder zu quälen begann. Allmählich wurden ihr die brennenden Gefühle gegen ihren Vater immer bewußter. Sie hatte versucht, sie beiseite zu schieben und nicht an den Zorn zu denken, der jede Erinnerung an ihn begleitete. Er war einfach nur eine ungeliebte Gestalt aus ihrer Vergangenheit. Sie hatte nichts mehr mit ihm zu tun. Wie konnte er ihr jetzt noch wehtun?

Doch während Damaris mit wachsendem Verständnis in der Bibel las, stieß sie immer wieder auf beunruhigende Abschnitte, in denen von Vergebung die Rede war, von Liebe. Sie begann sich zu fragen, ob der Jesus, dem sie nun diente, womöglich von ihr erwartete, dem einen Menschen zu verzeihen, der sie so oft und so grausam mißhandelt hatte.

So sehr sie sich auch bemühte, Damaris konnte sich diesen drängenden Fragen nicht mehr so leicht entziehen wie früher. Doch genausowenig war sie zur Vergebung fähig. Dieses Dilemma bereitete ihr großes Kopfzerbrechen, doch sie sprach mit niemandem darüber. Nicht einmal mit Fräulein Dover. Damaris tat so, als habe sie alle Verbitterung abgelegt, und meistens gelang es ihr, sie zu verbergen.

Ihre drei Arbeitsstellen hatte sie beibehalten. Von den Tischen und Kochtöpfen in Frau Stacys Pension lief sie zu Herrn MacKenzies Laden, um dort die Regale aufzufüllen oder die Kunden zu bedienen. Danach hastete sie zu Fräulein Dover und nähte dort so schnell, wie die Maschine laufen konnte, bis sie wieder zur Pension mußte, um beim Kochen des Abendessens zu helfen.

Wenn sie in der Küche fertig war, lief sie nicht selten noch einmal zu Fräulein Dover zurück, um dort eine Weile an ihren eigenen Kleidungsstücken zu nähen, bevor sie zu Bett ging und ihre Bibel aufschlug.

Sie besaß nun selbst eine Bibel. Dafür hatte Fräulein Dover gesorgt. Ein so kostbares Gut hatte Damaris noch nie selber besessen; sie konnte ihr Glück kaum fassen. Sie las in ihrer Bibel, bevor sie morgens in die Küche ging, und dann wieder abends vor dem Schlafengehen. Bibelverse, die ihr besonders auffielen, lernte sie auswendig, und bei der Arbeit dachte sie im stillen über diese Bibelworte nach. Mit jedem Tag lernte sie dazu, und ihr Glaube wuchs, doch ihre Verbitterung blieb tief in ihrem Inneren verwurzelt. Sie bemühte sich einfach nur, sie unter all den guten Lektionen, die sie lernte, zu begraben.

Es gab oft Tage, an denen es ihr gut ging und sie beinahe vergaß, daß sie jemals unter Zorn, Verbitterung und Einsamkeit gelitten hatte. Sie hatte ihren Gott. Sie konnte mit ihm wie mit einem Freund reden, so wie Gil es damals an ihrem ersten Weihnachten bei Fräulein Dover getan hatte. Sie hatte ihre Bibel, auf deren Seiten sie Kraft und Weisung finden konnte. Sie hatte sogar Freunde gewonnen; „eine Familie" nannte Gil sie, doch während dies für Gil beinahe selbstverständlich war, fiel es Damaris noch immer schwer, sich selbst als Mitglied der Familie zu betrachten.

Ja, das Leben war gut zu ihr. Damaris war dankbar, daß ihre Zeit mit Beschäftigung ausgefüllt war. Zu ihrer Freude wuchsen mit der Zeit sowohl ihr kleines Warenguthaben als auch ihre Garderobe. Sie war auf sich selbst gestellt und kam dabei recht gut zurecht. An ihr Elternhaus in der Ferne, wo ihre Mama womöglich noch immer unter ihrem alkoholsüchtigen, brutalen Pa leiden mußte, wollte sie möglichst wenig denken.

Wieder verstrichen ein Frühling, ein Sommer und ein Herbst. Wieder verging ein Geburtstag für Damaris, doch wieder sagte sie niemandem etwas davon. Mit dem Hauch eines Lächelns dachte sie über ihre Lebensumstände nach.

Sie war jetzt neunzehn, also längst über das Alter hinaus, in dem ein junges Mädchen, wie ihre Mama gesagt hatte, auf eigenen Füßen stehen konnte. Damaris fühlte sich nun regelrecht erwachsen.

Mit der Zeit wurde sie zugänglicher, wenn man sie auch kaum als gesellig oder mitteilsam bezeichnen konnte. Doch sie war stets freundlich und rücksichtsvoll, besonders Kindern gegenüber. Noch immer dachte sie oft an den kleinen Eddie. Herr Brown war schon seit Monaten nicht mehr im Laden gewesen, und Damaris hätte für ihr Leben gern gewußt, wie es dem Jungen eigentlich ging.

Er ist immerhin kein Säugling mehr, dachte sie. *Aus ihm ist ein richtiger Junge geworden; er würde sich schämen, am Schürzenzipfel einer Frau zu hängen. Wahrscheinlich kann er sich gar nicht mehr an mich erinnern*, sagte sie sich eines Tages, als sie wieder einmal an ihn dachte. Auf den Schmerz, den ihr diese Erkenntnis verursachte, war sie nicht gefaßt gewesen. Doch dann tat Damaris das, was sie schon so unzählige Male getan hatte: Sie schob den Gedanken an den kleinen Jungen und damit auch den Schmerz von sich. Sie nahm sich vor, ihn zu vergessen, so gut ihr das möglich war. Das Leben würde schon irgendwie weitergehen.

Eines Tages, als Damaris die Regale in Herrn MacKenzies Laden abstaubte und aufräumte, hörte sie ein leises Rascheln hinter sich. Sie drehte sich um, konnte aber niemanden entdecken. Sie kniete sich wieder hin, um mit ihrer Arbeit fortzufahren.

Dann hörte sie eine leise, schüchterne Stimme flüstern: „Fräulein? Fräulein? Ich brauch' was."

Damaris stand auf und sah sich suchend um. Dann entdeckte sie plötzlich ein kleines Mädchen, das noch nicht einmal über die Theke schauen konnte.

Damaris lächelte.

Die Furcht wich aus dem blaugrünen Augenpaar, doch das Mädchen erwiderte das Lächeln nicht.

„Was möchtest du denn?" erkundigte sich Damaris.

Das Kind reckte sich, um ein paar Münzen mit einer klebrigen, feuchten Hand auf die Theke zu legen.

„Mama braucht Salz und Zucker", sagte die Kleine schüchtern.

Ihr Gesicht und ihr Kleid waren von Schmutzspuren übersät. *Sie könnte richtig hübsch sein, wenn sie nur nicht so schmutzig wäre*, dachte Damaris.

Sie holte das Salz und den Zucker und reichte beides dem kleinen Mädchen.

„Magst du einen Lutscher?" fragte Damaris.

Das kleine Mädchen schüttelte den Kopf.

„Was? Du magst keinen Lutscher?" wunderte Damaris sich.

„Hab' kein Geld", antwortete das Kind.

„Weißt du, ich ... ich darf meinen Freunden gern mal etwas schenken", sagte Damaris. „Ich habe nämlich ein Warenguthaben hier." Sie holte ihre Kundenkarte aus dem Fach auf der Theke. „Hier, sieh nur", sagte sie und zeigte dem kleinen Mädchen die Karte. „Ich schreibe den Lutscher einfach hier auf, und damit ist er bezahlt."

Damaris notierte den Lutscher und dessen Preis auf der Karte und holte dann einen Lutscher aus dem Glas.

Erneut schüttelte das Kind den Kopf.

„Magst du etwa keine Süßigkeiten?"

„Pa sagt, daß man nix umsonst nehmen darf. Das ist ... das sind Almeisen."

„Almosen? Aber nein! Nicht, wenn man etwas von einem Freund geschenkt bekommt", widersprach Damaris. Sie wartete ab, während das Kind überlegte. „Du weißt doch, was Teilen unter Freunden ist, oder?" fragte Damaris.

Der kleine Kopf nickte, und die Augen weiteten sich.

„Das isses ja gerade", seufzte das Mädchen.

„Na, wo drückt denn der Schuh?" fragte Damaris.

„Willi und Tuttel wollen bestimmt auch was abkriegen", klagte die Kleine.

„Willi und Tuttel?"

„Eigentlich heißt sie gar nicht Tuttel“, erklärte die Kleine, und zum ersten Mal gestattete sie sich ein verhaltenes Lächeln. „Das is' doch bloß ihr Spitzname.“

„Wie heißt sie denn richtig?“ erkundigte sich Damaris und freute sich, auf ein Thema gestoßen zu sein, das ein Lächeln auf das ernste Gesicht des Kindes gezaubert hatte.

„Florence heißt sie“, antwortete das Mädchen. „Florence Ann.“

„Das ist aber ein hübscher Name“, sagte Damaris. „Der gefällt mir aber. Und du? Wie heißt du?“

„Abigail. Abigail Prudence, aber Mama nennt mich immer Abbie.“

„Das klingt auch sehr hübsch“, sagte Damaris.

Die Kleine hielt den Kopf schräg und sah Damaris an.

„Und wie heißen Sie?“ wollte sie plötzlich wissen.

„Ich heiße Damaris.“

„Da-ma-ris. Den Namen hab' ich noch nie gehört.“

„Wohl kaum. Er ist nicht sehr verbreitet“, sagte Damaris.

„Aber hübsch“, sagte Abbie, um das Kompliment zu erwidern.

„Ja, ich mag ihn“, sagte Damaris. „Er stammt aus der Bibel.“

Seitdem sie gläubig war, trug sie ihren Namen mit Stolz. Wenn sie doch dem kleinen Mädchen nur alles erklären könnte! Ob die Kleine wohl je eine der biblischen Geschichten erzählt bekommen hatte? Ob sie überhaupt wußte, was die Bibel war? Oder war sie womöglich so unwissend, wie Damaris selbst einmal gewesen war?

Damaris hielt den Lutscher noch in der Hand. Erneut streckte sie ihn dem Kind entgegen.

„Ich gebe dir auch einen für Willi und Tuttel“, versprach sie.

„Nee, lieber nicht“, sagte das Kind und machte einen Schritt zurück. „Sonst krieg' ich Schimpfe von Pa.“

Damaris mochte die Kleine nicht weiter bedrängen und steckte den Lutscher in das Glas zurück. Sie wollte nicht, daß das Mädchen ihretwegen Schwierigkeiten bekam.

Abbie verließ den Laden mit ihrem Salz und Zucker. Damaris schaute ihr nach.

Das arme Ding! dachte sie, als die Tür hinter der kleinen Gestalt in dem abgetragenen Kleid ins Schloß fiel. *Darf sich nicht einmal einen Lutscher schenken lassen!*

Dann kam Damaris ein Gedanke.

„Was unsere Stadt braucht, das ist ein ... ein Lehrer oder eine Lehrerin!" sagte sie laut. „Wir haben niemanden, der den Jungen und Mädchen die biblischen Geschichten erzählt. Ob ... ob ihre Eltern sie wohl kommen ließen, wenn jemand wie ... wie Fräulein Dover ... oder ... oder ich sonntags morgens anstatt Gottesdienst eine ... eine Unterrichtsstunde abhielten?"

Der Gedanke war so spontan – so spontan und so aufregend, daß Damaris gar nicht wußte, warum sie nicht eher darauf gekommen war.

Ich spreche gleich heute nachmittag mit Fräulein Dover, wenn ich zum Nähen zu ihr gehe, nahm sie sich vor.

Die verbleibenden Stunden im Laden erschienen ihr endlos. Voller Ungeduld tat sie ihre Arbeit und wünschte sich dabei nichts sehnlicher, als auf der Stelle loslaufen zu können, um Fräulein Dover von ihrer Idee zu erzählen.

*

Damaris brachte das Thema behutsam zur Sprache. Sie wußte nicht, ob es anmaßend von ihr war, sich eine solche Aufgabe zuzutrauen.

„Fräulein Dover, Sie und Gil, Sie sagen doch immer, daß diese Stadt eine ... eine Kirche braucht und ... einen Pastor, nicht wahr?" begann sie.

Fräulein Dover sah von dem Kleid auf, das sie für Frau MacKenzie nähte. Waches Interesse lag in ihrem Blick.

„Also, was würden Sie davon halten, wenn ... wenn jemand eine ... na, halt eine Art Unterricht für die Kinder veranstalten würde?"

„Du meinst eine Sonntagsschule?"

Damaris sah sie überrascht an.

„Nennt man das so?" fragte sie.

Fräulein Dover nickte.

„Eine Schule, in der die Kinder biblische Geschichten lernen? Ja, das nennt man Sonntagsschule, weil der Unterricht gewöhnlich sonntags morgens stattfindet, in regelrechten Lektionen."

Damaris nickte begeistert. Genau so hatte sie es sich vorgestellt, obwohl sie noch nie von einer Sonntagsschule gehört hatte.

„Das wäre herrlich. Ich habe schon so sehr darum gebetet, daß jemand eine solche Arbeit hier beginnen würde", sagte Fräulein Dover.

„Warum tun wir's dann nicht?" fragte Damaris.

„Wir? Du meinst uns beide?"

Den Blick auf das Gesicht der Frau geheftet, nickte Damaris. Sie sah, wie sich Fräulein Dovers Wangen ein wenig röteten.

„Ja, also ... ich habe eigentlich noch nie daran gedacht, es selbst zu tun", stotterte die Frau.

„Aber warum denn nicht?" fragte Damaris.

„Ach, ich ... ich ..." Fräulein Dover beendete den Satz mit einem Achselzucken und einem verlegenen Lachen. „Andererseits – warum nicht? Ich weiß selbst nicht, warum ich es nie ernsthaft erwogen habe. Da habe ich nun jahrelang um etwas gebetet, und dabei hätte ich bei der Erhörung selbst mithelfen können. Was für ein Dummkopf ich doch gewesen bin!"

„Dann machen Sie also mit?" fragte Damaris.

„Ja. Ja, sehr gern. Das ist doch genau das, was hier so dringend nötig ist – zumindest bis wir eine Kirche bekommen. Wer weiß – wenn wir nur genug Interesse bei den Leuten wecken, dann haben wir eines Tages auch eine richtige Kirche in Dixen. Deine Idee ist glänzend, einfach wunderbar! Ich kann's kaum erwarten, Gil davon zu erzählen."

Damaris dachte an den jungen Mann, der so beschäftigt

war, daß er nur selten in die Stadt kam. Fräulein Dover sagte, er habe sie ein- oder zweimal besucht, doch Damaris selbst hatte ihn schon seit Monaten nicht mehr gesehen.

*

Die nächsten Wochen vergingen mit Vorbereitungen und Einladungen. Als der Tag der ersten Sonntagsschulstunde endlich da war, stellten sich sechs Kinder ein. Damaris und Fräulein Dover freuten sich sehr, auch wenn sie hofften, daß die Zahl bald ansteigen würde.

Es machte Damaris traurig, daß Abbie nicht unter den Sonntagsschulkindern war. Sie hatte in Erfahrung gebracht, wo das Kind wohnte, und sich auf den Weg zu dem Haus gemacht. Ein mißgelaunter Mann hatte ihr die Tür geöffnet und sie barsch zur Rede gestellt. Damaris hatten die Knie gezittert, als sie ihm antwortete.

„Meine Kinder brauchen keine Sonntagsschule“, hatte er geknurrt, während Damaris der Geruch von Alkohol entgegenschlug. Die hilflosen Kinder des Mannes hatten Damaris unendlich leid getan. Bekümmert hatte sie sich wieder auf den Rückweg gemacht.

So fand die Sonntagsschule ohne die Rudding-Kinder statt, doch Damaris betete, daß der Tag nicht mehr fern war, an dem auch diese Kinder kommen durften.

Hin und wieder kam Abbie in den Laden, um Mehl oder Salz zu kaufen, und einmal begegnete sie Damaris auch auf der staubigen Straße. Die beiden hatten stets ein Lächeln füreinander, doch Damaris wagte es nicht, die Einladung auszusprechen, die ihr so sehr auf dem Herzen lag.

*

Damaris faltete gerade Meterware zusammen, um sie dann später ins Regal zu räumen, als die Tür geöffnet wurde und eine junge Frau den Laden betrat. Sie hatte drei Kinder bei sich: einen Säugling, den sie auf dem Arm trug, ein kleines

Mädchen, das sich an ihrem Rock festklammerte, und ein Junge, der hinter ihr hertrottete.

„Ich brauche Mehl ... und Hefe“, sagte die Frau mit leiser Stimme.

Damaris ging, um das Gewünschte zu holen. Als sie wieder an die Theke trat, wurde die Tür erneut geöffnet, und Abbie kam herein. Das kleine Mädchen warf Damaris ein schüchternes Lächeln zu.

„Das is' Willi, und das hier is' Tuttel“, stellte sie vor.

Als Damaris begriff, daß sie gerade Abbies Familie bediente, wurde ihr Lächeln noch herzlicher.

„Dann sind Sie also Abbies Mutter?“ fragte sie. „Frau Rudding? Nett, Sie kennenzulernen. Ich bin Damaris Withers.“

Die junge Frau senkte den Blick und nickte.

„Abbie ist ein Schatz“, fuhr Damaris fort. „Immer so lieb und höflich!“

Sie hoffte, daß sich die junge Mutter über dieses Lob freuen würde, doch die Frau brachte weder ein Lächeln noch einen dankbaren Blick zustande. Sie machte einen äußerst nervösen, befangenen Eindruck.

„Hätten Sie Ihre Einkäufe gern in einer Tüte, damit Sie sie besser tragen können?“ bot Damaris an.

Die Frau nickte mühsam.

Damaris packte das Mehl und die Hefe in eine braune Papiertüte und reichte sie gerade der Frau, als ein Mann zur Tür hereingestürmt kam und diese dann mit einem solchen Krachen ins Schloß warf, daß alles im Umkreis schepperte und wackelte. Er schien von einer rasenden Wut gepackt zu sein. Damaris erkannte ihn auf der Stelle als Herrn Rudding.

Mit schweren Schritten kam er auf die Theke zu und riß der Frau die braune Tüte aus den Händen. Wortlos schleuderte er sie über die Theke hinweg auf Damaris zu.

„Das haben Sie fein hingekriegt!“ beschuldigte er sie dann. „Meine Frau zu beschwatzen, mein sauer verdientes Geld für Ihren Kram auszugeben!“

Wieder konnte Damaris den Whisky riechen. Ohne, daß sie es wollte, fing sie an, am ganzen Leib zu zittern. Die Frau sank in sich zusammen, als rechnete sie damit, geschlagen zu werden. Das kleine Mädchen versteckte sich hinter ihrer Mutter, und der Junge suchte weinend hinter einem Holzfaß Zuflucht. Abbie jedoch blieb stumm an ihrem Platz stehen, weder flüchtend noch Widerstand leistend, sondern einfach darauf gefaßt, die brutalen Hiebe über sich ergehen zu lassen.

Das Bild war Damaris nur allzu vertraut. Einmal war sie das weinende Kind gewesen. Später war sie dann wie Abbie geworden: stumm, regungslos und auf grundlose Prügel gefaßt.

Damaris zitterte nur einen Moment lang. Dann verlieh eine rasende Wut ihr ungekannte Kühnheit. Sie richtete sich zu ihrer vollen Größe auf, um dem Mann gründlich die Meinung zu sagen und sich, wenn nötig, mit den Fäusten zu verteidigen. Doch das blanke Entsetzen in den Augen der Frau hielt sie zurück. Niemandem würde geholfen sein, indem man den Mann herausforderte. Die Familie würde um so schlimmer unter ihm zu leiden haben. Damaris wandte sich mit hängenden Schultern ab. Wieder war sie die Unterlegene. Anscheinend war sie machtlos im Kampf gegen den Alkohol. Sie wandte sich ab und spürte ihren Zorn langsam abebben. Mit ihm verließen sie auch ihre Kraft und ihre Würde.

Sie hörte, wie der Mann die Münzen von der Theke nahm, wie die Mutter ihre Kinder rief und sie aus dem Laden schob, hörte die Flüche und die krachende Tür, und dann war alles wieder still.

Damaris sank gegen die Theke. Die Anspannung der letzten Minuten hatte sie völlig erschöpft. Nun wußte sie, daß sie ihren alten Haß, ihre alte Wut nicht abgelegt hatte; sie lagen nur tiefer in ihrem Inneren vergraben.

Damaris schlug die Hände vor das Gesicht und fing an zu weinen, während ihr ganzer Körper vor Schluchzen bebte.

Rasende Flammen

Damaris saß an der Nähmaschine, und Fräulein Dover auf dem Sessel neben ihr säumte ein Säuglingskleidchen, als die Tür aufging und Gil hereinkam. Fräulein Dover sprang auf die Füße. Die Näharbeit legte sie flink beiseite, um die Arme nach dem jungen Mann auszustrecken.

„Gil! Das war aber höchste Zeit, daß du dich mal wieder blicken läßt! Ich habe ja schon geglaubt, du hättest mich – ich meine: uns ganz und gar vergessen!"

Gil lächelte und nahm ihre ausgestreckten Hände in seine.

„Das glaubst du doch wohl selbst nicht!" scherzte er und beugte sich vor, um der Frau einen Kuß auf die Stirn zu geben. Dann hob er den Kopf, richtete seinen Blick auf Damaris und begrüßte sie mit einem Lächeln: „Tag, Damaris!" Er nannte sie schon lange nicht mehr „Fräulein Damaris". Förmliche Anreden, so hatte er gemeint, paßten nicht in eine „Familiengemeinschaft", und Damaris gehörte seiner Ansicht nach voll und ganz dazu.

Sie erwiderte sein Lächeln. Inzwischen fühlte sie sich in seiner Gegenwart schon weniger befangen. Er war ihr gegenüber niemals aufdringlich und stellte ihr keine persönlichen Fragen.

„Was gibt's denn Neues auf der Ranch?" erkundigte sich Fräulein Dover.

„Na, paß auf: Ich komme gerade von meinem allerersten Viehverkauf! Vierzig Stück habe ich zu den Frachtweiden getrieben. Hab' einen netten Preis damit erzielt."

„Dann kannst du ja endlich dein Haus ein wenig aufmöbeln", sagte Fräulein Dover begeistert.

Gil schüttelte lachend den Kopf.

„Das Geld habe ich schon ausgegeben“, schmunzelte er, „nur leider nicht für Vorhänge und Teppiche. Ich habe mir wertvollere Rinder davon gekauft – und Lebensmittel für den Winter.“

„Ach, Gil!“ sagte Fräulein Dover zutiefst enttäuscht. Gil und Damaris mußten lachen.

Die Frau zuckte mit den Achseln und warf Damaris ein Augenzwinkern zu, während sie zu Gil sagte: „Was dir fehlt, mein Junge, ist eine Frau. Die würde dir schon alles etwas wohnlicher herrichten, und zwar im Handumdrehen.“

„Eine Frau?“ sagte Gil. „Wer würde sich schon auf so ein schweres Unterfangen einlassen?“

Damaris wandte sich wieder der Nähmaschine zu und trieb sie so schnell an, wie ihre Füße das Pedal nur treten konnten. Ihr volles Augenmerk galt dem Stoff, der unter der Nadel voranglitt.

„Komm, ich koche uns einen Kaffee, und dann unterhalten wir uns erst einmal gemütlich. Damaris, du könntest auch eine Pause vertragen. Komm doch auch mit in die Küche!“

Gil zögerte.

„Weißt du, ich komme gerade von Herrn MacKenzies Laden. Er hat von einer Frau hier in Dixen gehört, die in Not ist. Ich ... ich habe ein paar Lebensmittel gekauft, und ich wollte fragen, ob eine von euch mit mir zu ihr fahren würde, um die Sachen abzugeben. Es ... es würde vielleicht sonderbar aussehen, wenn ich sie allein besuchte. Besonders, weil ich sie überhaupt nicht kenne. Womöglich würde sie nicht verstehen, daß ich ihr und den Kindern nur helfen will.“

Bei dem Wort „Kindern“ hob Damaris den Blick von ihrer Arbeit.

„Ach, wie traurig“, sagte Fräulein Dover. „Da leiden Menschen Not, und wir haben nichts davon gewußt? So eine Schande. Wer ist es denn, Gil?“

„Eine Familie namens Rudding. Der Mann ist seit einiger Zeit über alle Berge. Niemand weiß, wo er steckt."

Damaris atmete tief durch. Große Erleichterung durchflutete sie. Herr Rudding war fort. Jetzt brauchten die Frau und die Kinder sich nicht mehr ständig vor ihm zu fürchten. Endlich konnten Leute wie Gil, Herr MacKenzie und sie selbst der Familie ihre Hilfe anbieten.

Bevor sie sich auch nur besinnen konnte, war sie schon aufgesprungen.

„Ich gehe mit", erbot sie sich. „Ich kenne die Familie." Dann trat sie verlegen einen Schritt zurück und fügte kleinlaut hinzu: „Natürlich nur, wenn dir das recht ist. Vielleicht möchte Fräulein Dover lieber selbst ..."

Fräulein Dover winkte sie mit der Hand näher.

„Nimm dein Schultertuch mit, mein Kind. Der Wind ist kühl", riet sie ihr.

Gil nahm das Schultertuch von dem Haken neben der Tür und legte es Damaris um die Schultern. Dann hielt er ihr die Tür auf und sagte zu Fräulein Dover: „Es wird nicht lange dauern. Danach hätte ich nichts gegen das kleine Schwätzchen und den Kaffee, von dem du gesprochen hast, bevor ich wieder nach Hause muß."

Gil hatte seine offene Kutsche ein Stück weiter an der Straße abgestellt. Er half Damaris über das Rad auf den Kutschbock.

„Du kennst also die Familie, sagst du?" fragte er, sobald sie auf ihren Plätzen saßen.

„Ein wenig", antwortete Damaris. „Das kleine Mädchen, Abbie, war ein paarmal bei uns im Laden. Die Mutter ist einmal mit den anderen Kindern gekommen."

„Wie viele hat sie denn?" erkundigte Gil sich.

„Vier. Und Abbie ist die Älteste. Fünf oder sechs wird sie wohl sein."

Gil schüttelte den Kopf.

„Da hat sie aber alle Hände voll zu tun."

Damaris nickte und dachte an das kleine Mädchen mit den großen blaugrünen Augen.

„Schade, daß der Vater ..." begann Gil.

„Nein, gar nicht!" unterbrach Damaris ihn. „Gar nicht schade. Eher ..."

Sie spürte, wie Gil seinen Blick auf sie richtete, und sie errötete. Sie hatte zu hitzig, zu vorlaut gesprochen.

„Kennst du ihn etwa?" fragte Gil.

Damaris biß sich auf die Zunge, um nur nicht mehr von ihren Gefühlen zu zeigen.

„Ich bin ihm ein paarmal begegnet", antwortete sie bedächtig.

„Und was du gesehen hast, hat dir nicht gefallen", sagte Gil. Es war eher eine Feststellung als eine Frage.

„Nein", sagte Damaris und schüttelte den Kopf. „Nein, ganz und gar nicht."

„Und was hast du gesehen?" Es war eine direkte Frage.

„Ich ... ich bin einmal zu den Ruddings gegangen, als Fräulein Dover und ich unsere Sonntagsschule gründen wollten. Er ... er war furchtbar schlecht gelaunt. Sagte, seine Kinder brauchten so etwas nicht. Er ... er war betrunken. Er roch nach Alkohol. Dann war Frau Rudding einmal bei uns im Laden. Sie wollte ein paar Lebensmittel kaufen. Nur ... nur Mehl ... und Hefe. Sie hatte das Geld, aber er ist ihr hinterhergekommen. Hat ihr die Tüte aus der Hand gerissen und sie durch den Laden geschubst und ... und mich beschuldigt, ich hätte sie dazu überredet, sein Geld zu vergeuden. Er hatte wieder zuviel getrunken."

Damaris zitterte plötzlich. Sie zog das Schultertuch fester um sich und tat so, als käme das Zittern von der Kälte, nicht von den Erinnerungen an ihre grauenvolle Kindheit.

„Du frierst ja", bemerkte Gil. „Hier, nimm meine Jacke."

„Nein. Nein, danke. Wirklich. Es ... es ist nicht der Wind. Es ist nur ..."

Aber wie sollte sie ihm erklären, was für eine Vergangenheit hinter ihr lag und was für Auswirkungen diese bis zum heutigen Tag auf sie hatte? Sie begriff ja selbst nicht alles, und sie brachte es einfach nicht fertig, über diese Dinge zu sprechen. Niemand konnte die Angst verstehen, die Qual der Ungewißheit, den brennenden Zorn tief in der Seele, den Verlust jeglichen Selbstwertgefühls, die völlige Unterlegenheit. Wieder erschauderte sie.

„Wenn du meine Jacke nicht willst, dann setz dich dichter zu mir“, beharrte Gil. „Ich schütze dich vor dem Wind.“

Vor Verlegenheit glühten ihr die Wangen, als Gil sie ein wenig zurechtschob, damit sie von seinem breiten Oberkörper vor dem Wind geschützt wurde. Am liebsten wäre sie im Boden versunken, doch bald stellte sie fest, daß er recht gehabt hatte. Nahe bei ihm, wo der Wind nicht an ihrem dünnen Schultertuch zerren konnte, war es tatsächlich viel wärmer.

Bald hatten sie die einfache Hütte am Stadtrand erreicht, und Gil half Damaris aus der Kutsche.

„Am besten klopfst du an“, sagte Gil. „Dich kennt sie ja. Ich komme dann später mit einem Teil der Lebensmittel.“

Damaris nickte und ging auf die Tür zu. Auf dem Pfad lag allerhand Dreck, durch den sie sich einen Weg bahnen mußte.

Als sie vor der Tür stand, sah sie, wie sich etwas hinter dem Fenster bewegte. Eine kleine Hand schob den zerrissenen, ausgebleichten Vorhang zur Seite, und hinter der zerbrochenen Fensterscheibe erkannte Damaris Abbies blasses, schmales Gesicht.

Damaris klopfte an, doch niemand öffnete die Tür. Sie wandte sich wieder zu dem Fenster. Das Mädchen starrte sie noch immer an. Damaris deutete bittend auf die Tür, doch das Kind schüttelte nur den Kopf. Einen Moment lang stand Damaris ratlos da; dann drückte sie die Türklinke herunter. Zu ihrer Erleichterung ließ sich die Tür öffnen. Damaris schob sie auf, daß die Angeln nur so quietschten, und betrat das verwahrloste Haus.

„Mama hat gesagt, ich soll keinen reinlassen“, erklärte Abbie, doch sie wirkte erleichtert darüber, daß Damaris gekommen war.

„Wo ist denn deine Mama?“ fragte Damaris.

„Im Bett. Sie is' krank", antwortete das Mädchen.

Damaris hörte ein raschelndes Geräusch in der Ecke und wandte sich um. Dort saß der kleine Willi auf dem Fußboden, den Daumen im Mund und dunkle Streifen auf den Wangen, die ein Gemisch aus Tränen und Schmutz dort hinterlassen hatten.

„Er hat Hunger", sagte Abbie, „aber wir haben nichts mehr zu essen."

„Und wo ist Tuttel?" fragte Damaris.

„Mit Mama im Bett. Mama schläft, aber Tuttel kommt einfach nicht raus. Sie liegt nur da und heult."

Damaris bekam einen Schrecken. Sie hatte nicht geahnt, daß die Zustände hier so trostlos waren.

„Habt ihr Brennholz?" fragte sie.

Das Kind schüttelte den Kopf.

Damaris machte auf dem Absatz kehrt und ging wieder nach draußen. Das Entsetzen stand ihr in den Augen, und ihr Gesicht war bleich. Nach einem einzigen Blick auf sie kam Gil auf sie zugelaufen und faßte sie bei den Schultern, um ihr Halt zu geben.

„Es ist noch schlimmer, als ich befürchtet hatte", erklärte sie ihm. „Die Mutter liegt krank im Bett, und die Kinder haben tagelang nichts gegessen. Könntest du wohl etwas Brennholz herschaffen?"

„Du siehst aber arg mitgenommen aus. Wirst du mir auch nicht zusammenklappen?" fragte Gil, ohne die Hände von ihren Schultern zu nehmen.

Damaris schüttelte energisch den Kopf. Natürlich würde sie nicht ohnmächtig werden. Für einen Schwächeanfall hatte sie jetzt keine Zeit.

Gil streichelte sanft ihre Schultern und ging dann an seinen Kutschwagen. Ohne ein weiteres Wort hob er eine große Kiste mit Lebensmitteln aus dem Wagen und trug sie in das Haus. Den Schmutz auf dem Pfad trat er unterwegs mit den Füßen beiseite. Dann ging er an den Wagen zurück, nahm eine Axt aus dem Kasten und machte sich auf den Weg zu dem Gestrüpp, das hinter dem Haus wucherte.

Damaris vergeudete keine Zeit. Sie nahm sich den Wassereimer, der neben der Tür stand, und ging damit zu der Pumpe vor dem Haus. Erleichtert stellte sie fest, daß das Wasser ohne Vorpumpen floß. Bald ergoß sich ein kleiner Strom in den Eimer.

„Wenigstens das Wasser ist sauber hier“, murmelte sie.

Bald kehrte Gil mit einem Bündel Holz zurück. Während Damaris das schmutzige Geschirr vom Boden aufsammelte, machte er ein Feuer im Herd. Damaris benutzte einen Kochtopf und eine große Bratpfanne dazu, das Wasser zu erhitzen. Einen Kessel gab es offenbar nicht.

Die Kinder sagten kein Wort. Mit großen Augen verfolgten sie das Geschehen.

Damaris überlegte fieberhaft, welche Mahlzeit sich wohl am schnellsten zubereiten ließ und dabei zugleich am nahrhaftesten war.

„In der Kiste sind Kekse“, flüsterte Gil ihr zu.

Damaris sah sich nach den Kindern um.

„Daran würden sie sich nur den Appetit verderben“, meinte sie.

„Das stimmt, aber sie brauchen dringend etwas zu essen, und zwar sofort.“

Damaris gab ihm recht und suchte zwischen den Lebensmitteln nach ein paar Keksen. Die Kinder nahmen sie gierig entgegen, und Damaris mußte sich abwenden, um ihre tiefe Betroffenheit nicht zu zeigen.

„Wie geht es der Mutter?“ flüsterte Gil besorgt.

„Ich war noch nicht im Schlafzimmer. Ich glaube, ich habe mich einfach noch nicht getraut“, antwortete Damaris, und in ihrem Blick stand Furcht.

Gil nickte und ging zu dem Zimmer am hinteren Ende des Hauses.

Damaris hörte ein Kind schreien. Wahrscheinlich hatte die kleine Tuttel sich vor dem Fremden erschrocken. Dann war alles still. Damaris wartete ein paar Minuten, bis sie es nicht mehr aushielt.

Als sie das Zimmer betrat, sah sie Gil mit dem kleinen

Mädchen in den Armen. Er wiegte die Kleine sanft hin und her. Damaris brauchte einen Moment, bis sich ihre Augen an die Dunkelheit in dem Zimmer gewöhnt hatten, doch dann sah sie zwei Gestalten in dem Bett. Sehr still lagen sie da, die Frau mit dem Säugling in der Armbeuge. Damaris' Herz pochte laut.

„Wir brauchen einen Arzt", flüsterte Gil.

„Aber ..." Damaris wollte ihn daran erinnern, daß es keinen Arzt in Dixen gab.

„Ich weiß", sagte Gil. „Der nächste Doktor wohnt dreißig Meilen entfernt."

„Vielleicht kann ich ihr etwas heiße Brühe einflößen", sagte Damaris.

„Brühe? Ich weiß nicht ... Hast du denn welche?" fragte Gil mit leiser Stimme.

„Nein", antwortete Damaris, „ich nicht, aber Frau Stacy wird Brühe haben. Sie hat immer einen Topf mit Brühe in der Vorratskammer, für Suppen und dergleichen."

„Ich hole sie schnell", sagte Gil. Er reichte Damaris die kleine Tuttel. Das Kind fing wieder an zu wimmern, doch Damaris tröstete es und wiegte es sanft.

Sie verließ das Schlafzimmer, weil sie den faulen, üblen Geruch dort nicht mehr ertragen konnte. Abbie und Willi hockten noch immer auf dem Küchenfußboden und verschlangen Kekse. Damaris gab auch Tuttel eine Handvoll von den Keksen.

Ihre Augen füllten sich mit Tränen. Sie hatte geglaubt, ein schweres Leben hinter sich zu haben, doch so ein Schicksal wie das der Kinder hier war ihr erspart geblieben. Unfaßbar, daß diese Familie, eine Mutter und ihre kleinen Kinder, krank waren und kurz vor dem Verhungern standen – und das in unmittelbarer Nähe von einer Stadt voller Menschen.

Damaris war überrascht, wie wenig Zeit Gil für den Hin- und Rückweg brauchte. Bei seiner Rückkehr von der Pension hatte er nicht nur einen Topf mit Brühe bei sich, sondern auch den Sheriff von Dixen.

Der breitschultrige Mann schob sich an Damaris vorbei und ging geradewegs zu dem dunklen Zimmer im hinteren Teil des Hauses. Dort blieb er mehrere Minuten, während Damaris die Brühe auf dem Herd aufwärmte.

Als er endlich wieder in die Küche kam, war sein Gesicht blaß. Ernst schüttelte er den Kopf und betrachtete die drei Kinder, die auf dem Küchenfußboden kauerten.

„Es sieht gar nicht gut aus", flüsterte er heiser.

„Wie schlimm ist es denn?" fragte Gil, während Damaris kein Wort hervorbrachte.

„Sie atmet noch, aber nur schwach."

„Die Brühe ist gleich fertig", sagte Gil.

Damaris rührte in der Brühe, um zu verhindern, daß sie zu heiß wurde. Sie wollte der Frau nicht den Mund verbrennen.

„Das Baby lebt nicht mehr", sagte die heisere Stimme.

Damaris riß den Kopf in die Höhe. Sie wollte nicht glauben, was sie gehört hatte.

„Sind Sie ganz sicher?" fragte sie entsetzt.

„Ja", antwortete der Sheriff. „Es ist schon steif, und ..."

Ein seltsamer Schrei entfuhr Damaris. Sie fuhr auf dem Absatz herum und flüchtete aus dem Haus. Vor Tränen konnte sie kaum sehen, wohin sie lief. Sie stürzte, stand wieder auf, stürzte wieder und hastete weiter, ohne zu wissen, wohin; es war ihr gleichgültig. Keuchend und weinend lief sie tiefer in das Dickicht hinter dem Haus hinein, bis sie über totes Geäst stolperte und schwer zu Boden stürzte. Dort blieb sie liegen, und heftiges Schluchzen schüttelte sie am ganzen Leib. Sie versuchte nicht einmal, gegen ihre Tränen anzukämpfen. Eine ohnmächtige Wut, ein grenzenloser Zorn war über sie gekommen und brannte wie ein loderndes Feuer in ihr. Dieser Mann namens Rudding und ihr Vater verschmolzen in ihrem Denken, und das Band, das sie zusammenhielt, war der starke Geruch von Whisky.

Neue Anfänge

Damaris spürte, wie jemand sie sanft bei den Schultern faßte und sie dann in etwas Warmes hüllte. Sie hatte nicht gewußt, wie kalt ihr gewesen war, bis sie die Wärme spürte.

„Damaris, ist alles in Ordnung? Du bist ja völlig durchfroren! Ich bringe dich zu Mutter."

Damaris wollte widersprechen, doch ihre Zähne schlugen so heftig aufeinander, daß sie kein Wort hervorbrachte. Sie mußte doch wieder zu den Kindern! Sie wußte nicht einmal, wie lange sie hier draußen in der Kälte gelegen hatte.

Doch sie war zu schwach, um Widerstand zu leisten, als Gil sie in seinen Armen durch das Dickicht zu dem Haus und dem Gespann trug. In dem Kutschwagen lag eine Felldecke ausgebreitet, auf die er Damaris behutsam hinlegte.

„Die ... die Kinder ..." brachte sie mühsam hervor.

„Für die kommt gleich Hilfe. Jede Menge Hilfe sogar. Der Sheriff ist losgegangen, um Verstärkung aus der Stadt zu holen. Mehrere Familien werden sich um die Ruddings kümmern", beruhigte Gil sie.

Damaris fühlte sich erleichtert. Sie schloß die Augen und wollte nur noch schlafen.

Die Fahrt in der Kutsche war kurz, und bevor Damaris sich auch nur aufrecht hinsetzen konnte, war Gil schon von seinem Platz gesprungen, hob sie vom Wagen und trug sie ins Haus. Damaris zitterte noch immer vor Kälte.

Damaris hörte, wie Fräulein Dover zu Gil sagte: „Bring sie hierher, in mein Bett." Sie wollte erneut protestieren. Fräulein Dover hatte nur das eine Bett.

Doch Gil befolgte die Anweisung. Er legte Damaris auf das weiche Nachtlager und verließ das Zimmer. Die Tür schloß er hinter sich. Fräulein Dover blieb bei Damaris, um ihr die hohen Schnürschuhe auszuziehen und sie mit der warmen Steppdecke zuzudecken.

„Ich komme gleich wieder“, sagte sie dann leise. „Ruh dich schön aus, ja?“

Kaum hatte Fräulein Dover das Zimmer verlassen, als Gil zurückkam.

„Mutter kocht dir einen Tee“, teilte er Damaris mit. Er nahm ihre Hand und rieb sie zwischen seinen Händen, um wieder Wärme und Beweglichkeit in die Finger zu bringen.

„Sag mir …“ begann Damaris.

„Still! Du mußt dich ausruhen“, mahnte Gil.

„Sag mir, wie es der Familie geht“, beharrte Damaris.

Gil ließ sich erweichen.

„Frau Rudding und die kleine Tuttel sind bei den MakKenzies untergebracht. Willi – eigentlich heißt er William – wird von den Taylors versorgt.“

„Und Abbie?“ fragte Damaris erschöpft.

„Abbie ist bei den Jaspers.“

„Allein?“

„Die Jaspers sind eine fünfköpfige Familie. Sie haben drei fast erwachsene Töchter.“

„Aber ist sie allein dort?“

„Ich … ich glaube schon. Niemand aus ihrer Familie ist bei ihr.“

Diese Regelung gefiel Damaris gar nicht, doch sie konnte vorerst nichts dagegen unternehmen. Einige Minuten lang hing ein bleischweres Schweigen im Raum, bis Damaris fragte: „Was ist mit dem Baby?“

„Morgen soll es beerdigt werden. Der Sheriff kümmert sich um die Einzelheiten.“

„Weiß die Mutter schon davon?“

„Nein“, sagte Gil.

Ein heftiges Zittern durchfuhr Damaris, und Gil legte ihr seine Hand auf die Schulter.

„Man versucht zur Zeit, den Vater ausfindig zu machen“, sagte er.

Erneut wurde Damaris von einem Schaudern gepackt.

Wieder lastete ein Schweigen auf ihnen. Dann beugte Gil sich vor.

„Da steckt doch mehr dahinter, nicht wahr?“ fragte er.

Ihr Gesicht wurde noch bleicher, und sie hielt die Augen fest geschlossen.

Er wartete einen Moment. Dann fragte er: „Willst du darüber reden?“

Damaris wollte den Kopf schütteln, doch dann verzerrte sich ihr Gesicht, als ob sie gleich in Tränen ausbrechen würde. Um Fassung ringend biß sie sich auf die Lippe und schluckte mehrmals.

Gil strich ihr eine Haarsträhne aus der Stirn.

„Es ist ... diese Trinkerei“, brach es aus Damaris hervor. „Ich ... ich weiß, wie es ist. Ich kenne es. Ich habe selbst erlebt, wie furchtbar so etwas ist. Mein ... mein Vater ...“

Mehr konnte sie nicht sagen. Sie wandte sich von der Hand ab, die ihr so sanft über den Kopf strich, und vergrub ihr Gesicht in dem Kissen.

„Das tut mir leid für dich. Sehr leid“, versuchte Gil sie zu trösten. „Das habe ich nicht gewußt. Ich ... ich hätte dir keine Fragen stellen sollen. Ich werde dich nie wieder darauf ansprechen – es sei denn, du möchtest es dir von der Seele reden.“

Sie weinte nicht lange. Als Fräulein Dover mit dem Teetablett in das Zimmer kam, hatte Damaris sich die Tränen abgewischt und die Nase geputzt.

*

Am nächsten Tag konnte Damaris nichts davon abhalten, aufzustehen und wieder voll am Leben teilzunehmen. Die ganze Stadt redete von nichts anderem als der Familie, die am Stadtrand von Dixen in unsägliche Not geraten war.

Wo Damaris auch hinging, überall hörte sie Geschichten, einige davon maßlos übertrieben.

Sie versuchte, einfach nicht mehr hinzuhören. Die Wahrheit war schon schlimm genug.

Der Säugling wurde in einen kleinen Sarg aus Holz gelegt und auf dem Friedhof an dem Hügel über der Stadt begraben. Fast alle Dixener wohnten der schlichten Beerdigung bei, die der Sheriff hielt. Ob sie aus aufrichtiger Anteilnahme oder aus Neugier gekommen waren, war Ansichtssache.

Die Frau kämpfte verzweifelt um ihr Leben. Frau MacKenzie konnte nur bekümmert den Kopf schütteln, wenn sie Damaris im Laden begrüßte. Am dritten Tag erreichte den Sheriff ein Telegramm aus einem Ort in der Nähe. Ein Mann, auf den Sam Ruddings Beschreibung paßte, war vor einigen Wochen bei einer Schlägerei ums Leben gekommen. Nun hatten die Kinder allem Anschein nach keinen Vater mehr.

Damaris verspürte keinerlei Trauer, als sie von dem Tod des Mannes erfuhr, doch dann ließ ihr das Gewissen keine Ruhe mehr.

„Er ist für alle Zeiten verloren und muß die Ewigkeit in der Hölle zubringen", sagte eine Stimme.

„Geschieht ihm recht!" antwortete ihre eigene verbitterte Stimme.

„Ist das die richtige Einstellung für einen Christen? Hätte Jesus so geurteilt?" fragte die erste Stimme.

Damaris antwortete nicht, obwohl sie die Antwort sehr wohl wußte.

Mit einem kummerschweren Herzen kniete Damaris an diesem Abend zum Gebet neben ihrem Bett.

„Gott, ich brauche deine Hilfe", flüsterte sie, und Tränen rannen ihr über das Gesicht. „Ich kann diese Last nicht mehr tragen. Ich schaffe es einfach nicht. Meine Verbitterung macht mir das Leben zur Qual. Sie wird mich noch zerstören, wenn nicht bald etwas geschieht. Aber ich kann sie einfach nicht loslassen. Ich kann's nicht. Ich habe es versucht. Ich komme nicht von meiner Verbitterung los."

Wieder vergrub Damaris das Gesicht in ihrem Kissen und weinte, doch die Last wich nicht von ihr.

*

Gil hatte eine traurige Nachricht für Damaris und Fräulein Dover. Frau Rudding war gestorben.

„Was soll nun aus den Kindern werden?" fragte Damaris tonlos.

Gil trat auf den anderen Fuß. Sein Gesicht wirkte mitgenommen.

„Nächste Woche soll eine Versammlung stattfinden. Dort soll darüber entschieden werden", antwortete er.

Fräulein Dover tupfte sich die Augen mit einem Spitzentaschentuch ab und putzte sich die Nase.

„Die armen kleinen Würmchen", sagte sie mit tiefem Mitleid.

Damaris nahm sich ihr Schultertuch. Ihre Hand zitterte dabei. „Ich glaube, ich brauche einfach einen Spaziergang."

„Geh nur, liebes Kind", antwortete die Frau und nickte ihr verständnisvoll zu.

Damaris ging an Gil vorüber, ohne ihn anzusehen. Sie wußte nicht einmal, wohin sie gehen sollte; sie mußte einfach ins Freie. Sie mußte in Ruhe nachdenken. Mit zügigen Schritten ging sie die Straße entlang. Etwas mußte unternommen werden, doch was? Vor sich sah sie das Gesicht der kleinen Abbie, die Augen weit vor Kummer. Und dann William, schmal und für sein Alter zu klein, weil es ihm an nahrhaftem Essen gefehlt hatte. Und die kleine Tuttel, die nicht verstand, was geschehen war, und immerzu nach ihrer Mama rief.

Das Leben schien furchtbar ungerecht zu sein. Die ganze Grausamkeit hätte Damaris hoffnungslos in die Tiefe gerissen, wenn sie nicht in den vergangenen zwei Jahren die

Liebe Gottes kennengelernt hätte. Und dennoch war sie sehr bekümmert.

„Was bedeutet das nur alles, Gott?“ fragte sie und hob das Gesicht zum Himmel. „Warum ist die Welt so herzlos? So trostlos?“

Damaris sah sich um und merkte, daß sie nur wenige Meter vor der verwahrlosten Hütte stand, die einmal von den Ruddings bewohnt gewesen war. Sie zögerte. Eigentlich wollte sie nicht weitergehen, doch etwas in ihr drängte sie, sich langsam zu nähern.

Soviel Unrat. So ein heilloses Durcheinander. Ja, das war das richtige Wort. Das ganze Haus war ein heilloses Durcheinander, innen wie außen. Genau wie das Leben der Leute, die hier gewohnt hatten.

Damaris hob ihre Rocksäume etwas an, um sie nicht durch den Unrat zu schleifen. Am hinteren Ende des Grundstücks fand sie einen großen Felsbrocken. Dort setzte sie sich und betrachtete das Bild, das sich ihr bot. Noch immer konnte sie keinen klaren Gedanken fassen. Sie konnte nur in Satzfetzen und Stichworten beten. Bleischwer lag ihr die eine Sorge auf dem Herzen: Was sollte aus den Kindern werden?

Die Mutter, der Vater und der kleine Bruder lebten nicht mehr. Welch tiefe, schmerzende Wunden dies in ihren jungen Seelen zurücklassen würde!

Damaris betete, ohne sich einer Antwort zu nähern.

„Darf ich?“ fragte eine Männerstimme hinter ihr.

Damaris fuhr zusammen und sprang auf.

„Tut mir leid. Ich wollte dich nicht erschrecken“, entschuldigte sich Gil.

„Schon gut. Ich habe nicht gewußt, daß du hier bist“, erklärte sie.

Gil setzte sich auf den Boden neben sie. Er sagte nichts, sondern ließ seinen Blick über das verfallene Holzhaus wandern.

„Wer mag wohl dort gewohnt haben?“ fragte Damaris nach einer längeren Stille.

Gil sah sie an. Seine Augen forschten nach der Antwort auf die Frage, die er nicht zu stellen wagte: Hatte der Kummer der vergangenen Tage sie so schwer belastet, daß sie die Ruddings völlig aus ihrem Denken ausgeklammert hatte?

Damaris las die Frage in seinem Blick und sagte: „Ich ... ich meine, vorher. Vor den Ruddings. So lange hatten sie doch noch gar nicht hier gewohnt, glaube ich. Und niemand scheint zu wissen, woher sie stammen."

Gil nickte.

„Also, ich erinnere mich, daß eine Witwe hier gewohnt hat. Sie hatte ungefähr zehn Kinder – oder jedenfalls war es mir so vorgekommen. Und einen großen Garten. Völlig anders hat es damals hier ausgesehen. Sauber und ordentlich mit einem kleinen Zaun davor. Und Hühnern. Ja, an die Hühner erinnere ich mich noch genau. Eine besondere Züchtung war es, kleiner als gewöhnliche Hühner; überall liefen sie herum und veranstalteten ständig ein lautes Gegacker."

„Bantamhühner vielleicht?"

„Ja, richtig, Bantamhühner."

Damaris mußte trotz ihres Kummers lachen.

„Zehn Kinder?" fragte sie dann. „Wie hat sie die denn nur alle untergebracht?"

„Ach, es hat wohl eher nur wie zehn Kinder ausgesehen. In Wirklichkeit waren es wahrscheinlich nur drei – oder höchstens vier", berichtigte sich Gil.

Wieder lachte Damaris.

Ihr Blick wanderte über das verfallene Haus und das Grundstück.

„War es hübsch hier?" fragte sie verträumt.

Gil studierte ihr Gesicht einen Moment lang.

„Ja, ich denke schon", antwortete er dann. „Ich habe mir nie Gedanken darüber gemacht, ob es hübsch war oder nicht. Aber ordentlich war es. Die kleinen Knirpse mußten tüchtig bei der Arbeit helfen, sag' ich dir."

Damaris lächelte, doch ein volles Lachen kam nicht zustande. Als sie dann sprach, war sie über ihre eigene Frage erstaunt. Eigentlich hatte sie kein Recht, eine solch persönliche Frage zu stellen.

„Fräulein Dover hat mir erzählt, daß du in einem Waisenhaus aufgewachsen bist. Wie ist es dir eigentlich dort ergangen?“

Ein dunkler Schatten überflog Gils Augen; dann wandte er sich zu ihr um und gab ihr eine offene Antwort.

„Nicht besonders gut. Jeder von uns hatte ein eigenes kleines Bett, ein eigenes Regalfach für die Kleidung zum Wechseln, einen eigenen Teller bei Tisch, ein eigenes Paar Schuhe aus der Spendenkiste.“

Er machte eine Pause.

„Aber das war alles nicht so schlimm“, fuhr er fort. „Das Schlimmste war, daß man niemanden auf seiner Seite hatte. Wir Kinder kämpften jeder für sich, als hätten wir Angst, uns zusammenzutun. Jeder für sich gegen die ganze Übermacht von ... Respektspersonen.“ Die nächste Pause fiel länger aus.

Damaris hing ihren eigenen Gedanken nach, bis Gil weitersprach. Die Worte schienen ihm nur mühsam über die Lippen zu kommen.

„Ich ... ich habe mich immer im stillen gefragt, ob ich vielleicht noch irgendwo Geschwister habe.“

Damaris sah ihn an. In seinen Augen stand eine unausgesprochene Qual, und seine Kinnmuskeln waren angespannt. Er nahm einen kleinen Stein vom Boden und zielte damit auf einen alten Blechkanister, der zur Hälfte aus dem Boden ragte. Dann redete er weiter. „‚Kinderheimat‘ haben sie es genannt. Aber eine Heimat war es nicht. In keiner Weise. Die Vorschriften waren streng. Die Strafen hart. Wir durften nicht einmal weinen.“

Damaris schauderte. Was für eine entsetzliche Vorstellung!

„Da bin ich halt davongelaufen“, sagte er offen. „Ich habe die erstbeste Gelegenheit beim Schopf ergriffen.“

Wieder entstand eine Stille, bis Gil einen Zweig zwischen seinen Fingern zerbrach.

„Ich bin auch fortgelaufen", gestand Damaris.

Gil sah nicht einmal auf. Er brach ein weiteres Stück von dem Zweig ab und nickte verständnisvoll.

„Aber nicht von einem Waisenhaus, sondern von einem ... einem Zuhause. Und ich war auch nicht auf mich selbst angewiesen. Nein, ich habe ja meine ... meine Mama gehabt. Wir haben immer zueinander gehalten, obwohl wir nie darüber geredet haben. Nie."

Wieder nickte Gil und wartete darauf, daß sie weitersprach.

„Wenn ich jetzt zurückschaue, dann ist mir klar, daß ... daß Mama mich sozusagen dazu gedrängt hat, von zu Hause wegzulaufen. Nicht direkt mit Worten, aber sie hat mich ganz gezielt auf den Gedanken gebracht. Ich ... ich glaube, sie wollte, daß ich dem ganzen Elend entkam. Sie wollte nicht, daß ich noch länger unter dem leiden mußte, was sie so viele Jahre lang erduldet hatte."

„Hast du je wieder von ihr gehört?" fragte Gil.

„Nein", sagte Damaris bekümmert. „Ich habe es nicht gewagt, ihr zu schreiben, weil ich befürchtete, daß Pa ihr deshalb das Leben nur noch schwerer machen würde."

„Der Whisky?"

Damaris nickte mit Tränen in den Augen.

Die beiden saßen eine Zeitlang still da. Dann brach Damaris das Schweigen.

„Bist du verbittert?"

Gils Kopf fuhr in die Höhe, und er sah ihr geradewegs in die braunen Augen. „Verbittert? Wie kommst du darauf?" fragte er.

„Vom Leben enttäuscht? Von deiner Kindheit? Ich meine ... Es war schließlich nicht deine Schuld, daß deine Eltern starben. Genau wie die Trunksucht meines Vaters nicht meine Schuld war."

Gil antwortete nicht gleich. Als er dann sprach, geschah es leise und bedächtig.

„Vielleicht war ich das einmal. Bevor ich Fräulein Dover kennenlernte. Als sie es endlich geschafft hatte, die ... die

Mauer zu durchbrechen, hinter der ich mich verschanzt hatte; als ich durch sie die Bibel kennenlernte – nun ja, als ich Gottes Wort als Wahrheit akzeptiert und um Vergebung für meine Sünden gebetet hatte, da konnte ich endlich auch anderen verzeihen."

„Ich kann es nicht", gestand Damaris. „Ich kann es noch immer nicht. Ich habe es versucht, aber ich kann es einfach nicht."

„Aus uns selbst heraus können wir es wohl nie. Nur Gott kann dieses Wunder bewirken."

„Aber wie? Wie schafft man es, das loszulassen?"

„Ich denke, das muß wohl jeder für sich selbst entdekken", sagte Gil langsam. „Bei mir war es ... nun, die Erkenntnis, daß alles im Leben einen Sinn hat, daß aus allem etwas Gutes erwachsen kann. Vielleicht nicht direkt aus dem Waisenhaus oder aus dem Alkohol. Das alles war nicht so von Gott vorgesehen. Aber selbst das Schlimme in einem Menschenleben hat seinen Zweck, glaube ich."

„Seinen Zweck? Wie kann je aus Schlechtem etwas Gutes entstehen?"

„Ich weiß nicht genau, wie ich's erklären soll. Aber dieser Gedanke hat mir geholfen, meine ... meine Verbitterung zu überwinden. Ich ... nun, ich habe mir halt gesagt, wenn ich meine Vergangenheit akzeptieren und sie in mein Leben einbringen kann, dann ist sie keine verlorene Zeit. Damit will ich sagen ... ich denke halt einfach, daß die schmerzlichen Dinge im Leben einen Nutzen haben, indem sie uns nämlich besser auf den Himmel vorbereiten. Weißt du, wenn wir nur wollen, kann selbst großer Kummer einen positiven Einfluß auf uns ausüben und uns zu besseren Menschen machen; auf diese Weise verlieren wir etwas von den häßlichen Seiten unseres Wesens."

„Bei mir hat es die häßlichen Seiten nur noch häßlicher gemacht", gestand Damaris.

„Aber so muß es nicht unbedingt kommen", beharrte Gil. „Ertragenes Leid kann uns innerlich stärker machen, mitfühlender, verständnisvoller, so daß wir Jesus ähnlicher werden – wenn wir nur dazu bereit sind. Je mehr Lasten wir hier auf der Erde loswerden, desto schöner werden wir es eines Tages im Himmel haben. Leid kann also durchaus seinen Zweck haben."

Damaris konnte ihm noch immer nicht folgen.

„Ich weiß, ich hab's nicht besonders gut erklärt, aber ... Also, stell dir zwei Leute vor, die eine Reise machen wollen. Der eine bereitet sich vor. Er kauft sich die richtige Kleidung für das Klima. Er liest Berichte über das Gebiet. Er beschafft sich Lektüre über die Menschen dort. Lernt ihre Sprache. Er tut alles, um möglichst gut vorbereitet zu sein. Der andere – na, der fährt halt einfach los. Beide kommen sie an ihrem Zielort an. Wer von beiden wird seinen Aufenthalt aber mehr genießen?"

„Natürlich derjenige, der sich vorbereitet hat", antwortete Damaris.

„Haargenau. Ich glaube, das ist auch der Grund, weshalb Gott es zuläßt, daß wir Schweres erleben: um uns vorzubereiten. Um die harten Kanten unseres Wesens abzuschleifen, den Stolz, die Vorurteile, Neid, Selbstsucht; erst dann sind wir eingestimmt auf den Himmel und können die Schönheit dort mehr genießen. Vielleicht ist das unser Lohn: ein besseres Verständnis, eine tiefere Dankbarkeit für das, was uns gegeben wurde und wovon wir ein Teil sind. Begreifst du, auf was ich hinauswill?"

Damaris nickte langsam.

„Ich ... ich glaube ja", antwortete sie.

„Ich weiß nicht, ob ein anderer es so empfinden kann, aber für mich ... hat das Leid einen besonderen Sinn. Wenn wir lernen, richtig damit umzugehen, wenn wir uns davon prägen und reinigen lassen, dann bereitet es uns besser für den Himmel mit all seiner Herrlichkeit vor."

Damaris saß still da und dachte über Gils Worte nach. Sie hatte sich bisher nicht von ihrem Kummer prägen oder reinigen lassen. Sie war noch voller Verbitterung und Zorn. Wenn sie diese Dinge nicht an Gott abgab, dann würde ihre Persönlichkeit noch davon zerstört werden. Das wollte sie nicht. Sie wollte eine Wendung erleben. Sie wollte, daß der Kummer der Vergangenheit in ihrem Leben etwas hervorbrachte, das von Wert wäre.

„Du hast recht“, sagte sie endlich, und eine Träne rann ihr über die Wange. „Wenn es dir nichts ausmacht, möchte ich jetzt gern allein sein.“

Gil stand auf.

„Aber natürlich“, flüsterte er.

„Ich muß beten“, sagte Damaris.

Gil streckte seine Hand aus, um ihr die Träne von der Wange zu wischen.

„Mutter und ich werden auch beten“, versprach er ihr und ging weg.

*

Damaris betete nicht lange. Sie brauchte nicht viel Zeit. Ihre schwere Last der Verbitterung hatte sie erschöpft. Sie wollte endlich aus ihrer schmerzreichen Vergangenheit voller Enttäuschungen einen Baustein für ein befreites, frohes Morgen machen.

„Nimm die Verbitterung, Herr“, betete sie. „Bitte nimm sie von mir. Reinige mein Herz und hilf mir, anderen zu verzeihen. Ich wünsche mir so sehr, daß meine Vergangenheit mich verständnisvoller, mitfühlender, liebender macht. Ich wünsche mir, daß sie einen anderen Menschen aus mir macht, damit ... damit ich den Himmel mehr zu schätzen weiß, wenn ich ankomme. Mach mich dir ähnlicher, Herr Jesus.“

Nachdem sie ihren Tränen freien Lauf gelassen und in aller Ernsthaftigkeit gebetet hatte, hob sich die schwere Last endlich von ihr.

„Mama, ich habe dich lieb“, flüsterte Damaris leise, obwohl sie wußte, daß sie allein war. „Wenn ich dir das doch je einmal gesagt hätte! Ich ... ich hoffe, du weißt es auch so.“

Und dann kam ihr ein neuer Gedanke. Sie hatte es sich noch nie klargemacht, aber jetzt mußte sie erkennen: Ihre Mama liebte sie! Ihre Mama liebte sie, doch auch sie hatte noch niemals davon gesprochen.

„Das war der Grund. Genau darum ... darum hast du mich so sanft dazu gedrängt, von daheim fortzulaufen. Du hattest mich lieb. Du wolltest nicht, daß ich weiterhin das Opfer blieb. Du ... du warst bereit, alles ganz allein auf dich zu nehmen."

Damaris vergrub das Gesicht in den Händen und weinte heftiger.

„Wenn Pa doch nur nicht ..." begann Damaris, um sich gleich darauf zu unterbrechen. „Nein, er war ja selbst vielleicht auch ein Opfer gewesen", sagte sie. „Daran habe ich noch nie gedacht. Ich habe mir noch nie darüber Gedanken gemacht, warum er zu dem Menschen wurde, der er ist. Habe ihn ja noch nie gefragt, was das für ein Elternhaus gewesen ist, in dem er aufwachsen mußte. Ob sein Pa ihn wohl geschlagen hat? Und wie alt mag er gewesen sein, als er dem Alkohol so völlig verfiel?"

Damaris fuhr sich mit einer zitternden Hand über die schweren Haarsträhnen, die sich aus den Klammern gelöst hatten.

„Ach, lieber Gott", betete sie leise, „hilf mir doch, Pa zu lieben. Hilf mir, ihm ... ihm irgendwie die furchtbaren Dinge zu verzeihen, die er mir angetan hat. Hilf mir, für ihn zu beten, wie ich für Mama bete."

Sie trocknete sich die Augen an dem Saum ihres Kleides und steckte sich die widerspenstigen Haarsträhnen wieder hoch, so gut es ging.

Ich muß Mama unbedingt schreiben, nahm sie sich vor. *Sie fragt sich bestimmt, was aus mir geworden ist. Ich muß ihr – und Pa – schreiben, daß es mir gut geht. Muß ihr schreiben, wie lieb ich sie habe.*

Damaris stand auf und strich sich über das Kleid.

Ich sehe ja furchtbar zerzaust aus, dachte sie und fuhr sich mit der Hand über die hastig zurechtgesteckte Frisur, während sie an ihrem zerknitterten Kleid hinabsah. Dann lächelte sie. *Aber innerlich bin ich so aufgeräumt und blitzsauber wie noch nie!*

Sie hob den Blick zu dem klaren Himmel über ihr und schöpfte tief Atem.

„Danke, Vater.“

Dann machte sich Damaris auf den Heimweg. Sie brannte darauf, sich Papier und Stift zu besorgen, damit der Brief an ihre Eltern möglichst bald abgeschickt werden konnte.

Die Kinder

Seit dem Tod der Mutter hatte sie Abbie nicht wieder gesehen. Da kam einige Zeit später Frau Jasper zum Einkaufen in den Laden, das kleine Mädchen an der Hand. Abbie sah sauber aus. Sogar ihre Haare waren frisch gewaschen und geflochten. Doch das abgetragene Kleid war ihr viel zu groß, und die Füße rutschten ihr mit jedem Schritt aus den Schuhen. Sie wirkte bleich und verstört und lief sofort auf Damaris zu.

Damaris umarmte sie fest. Worte fand sie in diesem Moment nicht.

„Sie ist so ein todernstes kleines Ding", sagte Frau Jasper in Anwesenheit des Kindes. „Lacht und spielt nicht, sondern sitzt einfach nur da und zieht ein jämmerliches Gesicht."

Damaris richtete sich auf. Wie konnte Frau Jasper etwas anderes von dem Kind erwarten?

„Also, morgen ist die Versammlung, und dann bin ich sie los", redete die Frau weiter. „Wir haben keinen Platz im Haus für noch eine. Maude mußte ihr Bett teilen; das hat ihr nicht sonderlich gepaßt."

Noch immer sagte Damaris nichts, doch innerlich verspürte sie eine Mischung aus Traurigkeit und Hoffnung. Abbie war bei den Jaspers nicht erwünscht.

*

Die Notlage der Kinder wurde von den Dixenern ausgiebig erörtert. Jeder, der in den Laden kam, schien eine Lösung zu wissen.

„Die Kleinste würde ich wohl ganz gern nehmen", meinte eine Frau. „Aber der Junge – nein, der sieht ja so kränklich aus! Weiß gar nicht, was der mal im Leben werden soll."

„Die Kleinste", sagte jemand anders, „ist eine schreckliche Heulsuse. Ein Kind, das den lieben langen Tag quengelt, kann ich nicht ausstehen. Da wär' mir der Junge schon lieber. Der ist zwar bloß 'n Strich in der Landschaft, aber wenigstens macht er nicht soviel Lärm."

„Die Älteste ist zwar irgendwie nicht häßlich, aber wenn ein Kind erst in dem Alter ist, dann ist es schon vollkommen verdorben. Die schlechten Angewohnheiten aus dem Elternhaus, wissen Sie."

„Die armen kleinen Wesen! Die Ärmsten!" sagte eine andere Frau mit Tränen im Gesicht. „Wenn wir doch nur mehr Platz daheim hätten!"

Am liebsten hätte Damaris gar nicht hingehört, was die Leute sagten, doch das gelang ihr nicht. An diesem Tag wurde ihr das Herz immer schwerer.

„Morgen wird alles geregelt. Vielleicht werden sie dann allesamt auf einen Karren geladen und in die Großstadt gebracht", sagte ein Mann ungerührt. „In dem Haus gibt's doch nichts, was sich zu Geld machen ließe, um ihren Unterhalt damit zu bezahlen."

Damaris ging bekümmert nach Hause, doch bis zum Schlafengehen hatte sie einen Entschluß gefaßt: *Ich werde mich um Abbie bewerben*, nahm sie sich vor.

„Ja, ich bewerbe mich um Abbie", wiederholte sie, als sie in ihr Nachthemd schlüpfte. „Ich weiß zwar nicht, wie ich es schaffen soll, aber es werden sich schon Mittel und Wege finden lassen. Mit Gottes Hilfe wird es irgendwie gehen."

Als Damaris sich dann zum Beten hinkniete, um nach Gottes Willen in dieser Sache zu fragen, sah sie Williams schmales Gesicht und die verstörten Augen der kleinen Tuttel vor sich.

„Ach, lieber Gott", betete sie, „hilf doch, daß sich auch für sie jemand findet."

Sie legte sich in ihr Bett und begann mit ihrer abendlichen Bibellektüre.

„Ausgerechnet diese Seite mußte ich aufschlagen", seufzte sie stirnrunzelnd, als ihr Blick auf die Worte Jesu fiel: „Lasset die Kinder und wehret ihnen nicht, zu mir zu kommen; denn solchen gehört das Himmelreich."

„Das mag zwar sein, Herr", flüsterte Damaris, „aber noch leben wir hier auf der Erde. In unserer kleinen Stadt denken anscheinend nur die wenigsten so."

Als Damaris endlich die Augen schloß, um einzuschlafen, sah sie noch immer die Worte vor sich: „... und wehret ihnen nicht, zu mir zu kommen ..."

*

Kalt und klar dämmerte der Morgen vor der Versammlung. Der erste Winterfrost lag schon spürbar in der Luft und erinnerte jeden daran, wie mühsam es sein würde, auch nur die eigene Familie während der kalten Jahreszeit zu versorgen.

Wenn es Frühling wäre und die Küchengärten und Felder schon die nächste Ernte ankündigten, dann wären die Leute vielleicht nicht so selbstsüchtig, überlegte Damaris auf dem kurzen Weg zur Amtsstube des Sheriffs, wo die Versammlung stattfinden sollte. *Aber so kurz vor dem Winter weiß niemand, wie er durch die nächsten Monate kommen wird. Keiner will sich auf ein Risiko einlassen.*

Damaris öffnete die Tür und stellte zu ihrer Überraschung fest, daß der Raum schon voller Menschen war. Vielleicht erwogen doch mehr Leute, als sie gedacht hatte, die Kinder bei sich aufzunehmen.

Dicht aneinandergedrängt saßen die drei Kinder auf einer Holzbank vorn in der Amtsstube. Alle drei Gesichter waren blaß, alle drei Augenpaare weit vor Angst. William wirkte noch bleicher und schmächtiger als sonst, und Tuttel weinte, daß ihr Augen und Nase nur so liefen. Die kleine Abbie hielt ihre Arme beschützend um beide, einen Ausdruck von Trotz in dem jungen Kindergesicht, als wollte sie sich jedem zur Wehr setzen, der ihr die Geschwister wegzunehmen drohte.

Die drei boten einen kläglichen Anblick, und Damaris hielt nur mit Mühe die eigenen Tränen zurück.

Der Sheriff erhob sich zu seiner vollen Größe und räusperte sich. Er schien sich äußerst unwohl in seiner Haut zu fühlen. Die Kinder direkt anzusehen, vermied er.

„Sie kennen alle die Umstände, die uns heute hierher geführt haben", sagte er. Ein wenig verlegen rieb er sich den Nacken, bevor er fortfahren konnte.

„Wir müssen die drei Steppkes da vorn irgendwo unterbringen, bevor der Winter richtig losbricht – und das könnte ziemlich bald passieren, wenn mich nicht alles täuscht."

Damaris spürte einen Knoten in der Magengegend. Sie hatte Abbie bei sich aufnehmen wollen, war bereit gewesen, für das Mädchen Opfer zu bringen, doch beim Anblick der drei Geschwister, die dort auf der Bank kauerten, wurde ihr klar, daß es so nicht gehen würde. Die drei durften nicht voneinander getrennt werden. Um keinen Preis.

„Weiß gar nicht, mit wem ich anfangen soll. Vielleicht mit der Kleinsten. Ist jemand hier, der das kleine Mädchen bei sich aufnehmen will?"

Damaris hielt die Luft an.

„Oh Gott", betete sie im stillen, „zeig mir, was ich tun soll. Führe mich jetzt!"

Und dann hatte sie auch schon zu ihrem eigenen Erstaunen den Arm gehoben.

Der Sheriff sah sie verdutzt an.

„Wollen Sie die Kleine etwa nehmen, Fräulein?" fragte er ungläubig.

„Ich … ich will sie alle nehmen, Sir … bitte", sagte eine heisere Stimme, die Damaris kaum als ihre eigene erkannte.

„Sie … aber … aber Sie haben ja nicht einmal einen … Haushalt."

Damaris war sicher, daß er eigentlich „Ehemann“ hatte sagen wollen.

„Ich ... ich weiß“, antwortete Damaris mit bebender Stimme, „aber ich dachte, vielleicht würden die Kinder gern in ihrem eigenen Haus bleiben.“

„In ihrem eigenen Haus?“

„Ja, in dem ... dem Haus am Stadtrand.“

„Aber das ist doch bloß 'ne alte Bruchbude“, meldete sich einer aus der Menge zu Wort.

„Das ... das stimmt zwar“, gab Damaris ihm recht, und sie spürte, wie sie beherzter wurde, „aber es ist solide gebaut. Man kann es wieder herrichten. Säubern. Ich habe es von innen gesehen. Ich weiß, daß es sich einigermaßen ... wohnlich einrichten lassen würde.“

Der Sheriff senkte den Blick und räusperte sich erneut. Die ganze Situation schien ihm furchtbar peinlich zu sein.

„Und wer soll für ihren Unterhalt sorgen?“ fragte er.

Damaris wußte, daß er diese Frage aus Sorge um das Wohlergehen der Kinder stellen mußte.

„Ich ... ich habe etwas Geld.“ Ihre Wangen wurden rot. Groß waren ihre Ersparnisse nun gerade nicht. Dann kam ihr eine rettende Idee. „Ich kann nähen – zu Hause. Es gibt viel mehr an Aufträgen, als Fräulein Dover bewältigen kann. Und nähen kann ich.“

Damaris sah, wie jemand in den vorderen Reihen nickte. Sie faßte Mut.

„Wenn wir nur irgendwie durch den ersten Winter kommen – und das werden wir –, dann können wir uns im Frühjahr einen Garten anlegen ... und vielleicht ein paar Hühner anschaffen. Wir werden schon zurechtkommen.“

Sheriff Gordon trat unbehaglich von einem Fuß auf den anderen. Vermutlich hatte er zwar gewußt, daß die Verhandlung nicht einfach sein würde, doch daß alles so kompliziert kommen würde, das hatte er wohl nicht geahnt.

„Fräulein, ich ... äh, ich bewundere die Selbstlosigkeit, mit der sie drei Kinder bei sich aufnehmen wollen, aber ich ... äh, ich bin schließlich für ihr Wohlergehen verantwortlich. Ich kenne Sie gut genug, Fräulein, um nicht an ihren guten Absichten zu zweifeln, aber ich halte es für 'n Ding der Unmöglichkeit, daß ein junges Mädchen es schafft, drei Kinder mit Schneiderarbeiten zu ernähren. Wenn Sie ja Hilfe hätten, dann wäre ich …"

„Ich werde ihr helfen", erbot sich eine vertraute Stimme aus den hinteren Reihen der Amtsstube. „Sie hat doch recht. Die Kinder dürfen nicht getrennt werden. Ich helfe ihr."

Damaris wäre am liebsten auf Gil zugelaufen, um ihm zu danken, doch die Menschenmenge hinderte sie daran. Sie konnte nicht einmal sein Gesicht sehen.

„Und wie?" wollte der Sheriff wissen.

„Ich sorge dafür, daß das Haus repariert wird, beschaffe ihr einen Vorrat an Brennholz und bringe ihr regelmäßig Lebensmittel", versprach Gil.

Damaris wußte, daß dieses Versprechen weder leichtfertig dahingesagt noch leicht auszuführen war.

Ein allgemeines Gemurmel erhob sich. Alle redeten auf einmal los. Der Sheriff hob die Hand, um Ruhe zu gebieten, und es wurde wieder still in der Amtsstube.

„Ist jemand hier, der mit der Absicht gekommen ist, sich um eines der Kinder zu bewerben?" fragte der Sheriff mit einer Stimme, die in die gedrängt volle Stube hinein dröhnte.

Niemand meldete sich.

Der Sheriff wartete einen Moment ab und ließ seinen Blick durch die Reihen gehen.

„Ist jemand hier, der Einwände dagegen hat, daß Fräulein Damaris Withers alle drei Kinder zugesprochen bekommt?" fragte er dann.

Wieder meldete sich niemand.

„Dann habe ich noch ein paar Worte zu sagen", kündigte der Sheriff an. „Die ganze Tragödie geht uns alle was an. Wenn diese beiden jungen Leute bereit sind, die Verantwortung für die Kinder zu übernehmen, dann sollten wir uns alle fragen, wie wir ihnen dabei unter die Arme greifen können. Hier und da bei der Arbeit mit anpacken und hin und wieder ein voller Suppentopf, das wäre nicht zuviel verlangt."

Dann drehte der Sheriff sich zu Damaris um.

„Die drei gehören Ihnen, Fräulein Withers. Gott befohlen!"

Damaris wartete keine Sekunde länger. Sie sprang auf und schloß alle drei Kinder in ihre Arme. Dann vergrub sie den Kopf in dem kleinen Menschenknäuel, bis sich ihre Tränen mit denen der Kinder vermischten. Das ungeheure Ausmaß ihrer Verantwortung war ihr bewußt, und sie befürchtete, ihr niemals gerecht werden zu können. Doch plötzlich wurde sie von einem inneren Frieden erfüllt. Sie war ja gar nicht allein. Sie war ganz sicher, daß es Gott gewesen war, der sie dazu bewegt hatte, sich um alle drei Kinder zu bewerben. Sie hatte keine Argumente gehabt, um auch nur auf ein einziges der Kinder Anspruch zu erheben. Nun hatte sie alle drei, und ein Haus obendrein.

Bei dem Gedanken an das Haus sank ihr der Mut. Es gab unendlich viel zu tun, um es noch vor dem Winter bewohnbar zu machen.

„Kommt", sagte sie, „gehen wir nach Hause."

Sie stand auf, als der letzte Zuschauer gerade die Stube verließ, und da war plötzlich Gil und sah sie und ihre Kinder an, eine Mischung aus Freude und Besorgnis im Blick.

„Wir haben's geschafft!" sagte sie, ohne ihre eigenen Worte recht zu begreifen. „Wir haben sie bekommen!"

Er lächelte und nickte; dann wurde sein Gesicht ernster.

„Und was nun?" fragte er.

Damaris zuckte die Achseln.

„Ich bringe sie halt nach Hause", sagte sie.

„Und du?"

„Ich ... ich werde wohl mitgehen."

„Und Frau Stacy?"

„Ach, du liebe Zeit!" sagte Damaris. „Frau Stacy habe ich restlos vergessen. Da werde ich ihr wohl sagen müssen, daß ich jetzt nicht mehr bei ihr arbeiten kann, und ... und dann räume ich mein Zimmer."

„Ich hol' die Kutsche", sagte Gil.

*

Der Auszug bei Frau Stacy war kein leichtes Unterfangen. Die Wirtin hatte sich viel zu sehr an Damaris gewöhnt. Es gab Arbeiten im Haushalt, die sie schon seit Jahren nicht mehr eigenhändig verrichtet hatte.

„Was tue ich denn jetzt nur?" stöhnte sie ein ums andere Mal. „Was in aller Welt tue ich jetzt? Ich habe schließlich Pensionsgäste, weißt du. Das macht Berge von Arbeit."

Damaris nickte.

„Und es tut mir ja auch sehr leid", sagte sie. „Ich hätte ihnen bestimmt früher gekündigt, aber ich ... ich habe ja selbst nicht geahnt, daß man mir alle drei Kinder zusprechen würde."

„Kannst du nicht wenigstens stundenweise kommen und aushelfen?" bat die Frau.

Damaris überlegte.

„Vielleicht kann ich noch zwei Wochen arbeiten", sagte sie, „wenn Sie den Kindern und mir dafür Unterkunft und Kost geben."

Noch während sie es sagte, hatte Damaris Zweifel daran, ob dies überhaupt möglich war. Andererseits hatten sie auf diese Weise etwas mehr Zeit, um das verfallene Haus zu reparieren.

Frau Stacy schaute sie zwar recht skeptisch an, doch schließlich gab sie ihre Einwilligung. Sie war sich nicht sicher, wie die Arbeit mit drei kleinen Kindern im Haus vonstatten gehen sollte.

*

Die Regelung erwies sich als erfolgreicher, als Damaris zu hoffen gewagt hatte. Abbie paßte auf ihre beiden Geschwister auf, während Damaris arbeitete. Die Kinder aßen in der Küche und durften sich in der warmen Stube aufhalten, während Damaris kochte oder Geschirr spülte. In ihrer Freizeit ging sie zu dem kleinen Haus, um dort zu putzen und aufzuräumen.

Frau Stacy war so beeindruckt, daß sie vorschlug: „Bleibt doch einfach alle hier. Bis jetzt hat doch alles glänzend funktioniert. Ich sehe keinen Grund, weshalb ihr in der gräßlichen kleinen Hütte wohnen müßtet.“

Doch die „gräßliche kleine Hütte“ wurde von Tag zu Tag wohnlicher. Gil war damit beschäftigt, das Dach zu flicken, neues Fensterglas einzusetzen und die Instandsetzungsarbeiten zu beaufsichtigen. Außer dem Sheriff halfen ihm auch ein paar andere Dixener, an deren Pflichtgefühl dieser appelliert hatte. Bettzeug, Kleidung und Lebensmittel waren ebenfalls gespendet worden. Einerseits fiel es Damaris schwer, diese Spenden anzunehmen, doch andererseits hatte sie sich fest vorgenommen, dem Wohlergehen der Kinder nicht mit ihrem Stolz im Weg zu stehen.

Als Damaris ihre zwei Wochen Arbeit bei Frau Stacy abgeleistet hatte, war das kleine Haus einzugsbereit, und vor der Tür lag aufgeschichtet ein Stapel Brennholz.

Damaris packte ihre Habseligkeiten, verabschiedete sich von den Pensionsgästen und Frau Stacy und zog die Kinder so warm wie möglich an, um sie vor dem eisigen Winterwind zu schützen.

„Kommt“, sagte sie zu ihnen, „jetzt gehen wir nach Hause.“

Ein neues Zuhause

Damaris war nicht auf die Gefühle gefaßt, die sie überkamen, als sie mit den drei Kindern das kleine Haus am Stadtrand betrat. Die ganze Verantwortung für das Wohlergehen und das Glück der Kinder lastete jetzt allein auf ihren Schultern.

Sie blieb stehen und sah sich um. Die Männer hatten gute Arbeit geleistet, und einige Frauen hatten Damaris dabei geholfen, im Haus zu scheuern und zu putzen, bis alles blitzsauber und sogar ein wenig gemütlich war. Die drei Kinder sahen sich mit großen Augen in der Stube um.

„Hier sieht's aber schön aus", meinte Abbie überrascht. William blieb stumm und klammerte sich an Abbies Rock fest.

Endlich löste sich auch die kleine Tuttel aus der Erstarrung. Ihr Gesicht erhellte sich, und sie stürzte auf das Schlafzimmer zu. Damaris folgte ihr gespannt; sicherlich wollte die Kleine ihre veränderte Umgebung auskundschaften, dachte sie. Als Tuttel aber das Zimmer erreicht hatte, blieb sie plötzlich stehen. Das vertraute Bett fehlte. Statt dessen standen dort eine Liege für Damaris und kleinere Bettstellen für die Kinder.

Tuttel sah sich mit weit aufgerissenen Augen um.

„Mama?" fragte sie leise und brach dann in Tränen aus.

Damaris nahm sie in die Arme und wiegte sie sanft, während sich ihre Tränen mit denen des kleinen Mädchens vermischten.

„Ach, du armes Kleines!" schluchzte sie. „Daran habe ich überhaupt nicht gedacht. Du hast bestimmt damit gerechnet, sie hier wiederzufinden, was? Du armes Kind! Wann ... wann wirst du endlich alles vergessen können?"

Damaris wußte nicht, wie sie die Trauer der Kinder nur ertragen sollte.

„Vielleicht war das Ganze am Ende doch ein Fehler", sagte sie zu Gil, während dieser die Kutsche auslud. „Hier begegnet ihnen ja auf Schritt und Tritt ihre Vergangenheit."

„Hab nur Geduld", antwortete Gil. „Sie werden ihren Kummer hier ebensogut wie anderswo überwinden können."

Damaris räumte die Sachen, die Gil aus der Kutsche holte, an Ort und Stelle. Als sie danach in die Küche ging, um das Abendessen vorzubereiten, brannte schon ein Feuer im Herd, und die Brennholzkiste war frisch aufgefüllt.

„Ist jemand hier, der Hunger hat?" rief Damaris.

„Ja, ich!" antwortete Abbie.

„Was wollen wir denn essen?" fuhr Damaris fort.

„Pfannkuchen", schlug Abbie vor.

„Magst du denn gern Pfannkuchen?"

„Hm. Und Willi und Tuttel auch."

Damaris machte Pfannkuchen, und den vertilgten Mengen nach zu urteilen, hatte Abbie durchaus recht gehabt: Auch William und Tuttel schienen die Pfannkuchen zu schmecken.

Doch Pfannkuchen sollten von jetzt an nur ganz besonderen Gelegenheiten vorbehalten bleiben, nahm sich Damaris vor. Die Kinder brauchten nahrhaftere Mahlzeiten wie Eintopf, Suppen und Eierpudding. Beim Anblick der ausgezehrten kleinen Körper nahm Damaris sich vor, sie bis zum Frühling rotwangig und pausbäckig zu füttern.

Nachdem die Kinder für die Nacht zu Bett gebracht worden waren, machte sie sich in der Wohnküche zu schaffen, um für etwas mehr Gemütlichkeit zu sorgen.

„Viel an Wandschmuck haben wir nun nicht gerade", murmelte sie. Das Haus wirkte irgendwie bedrückend leer.

Als erstes hängte sie einen Werbekalender aus dem Laden auf. Das lächelnde Kindergesicht und das Hündchen auf dem Bild verliehen der Wand eine Note von Heiterkeit.

„Das wird ihnen bestimmt gefallen“, bemerkte sie, als sie ein paar Schritte zurücktrat und ihr Werk kritisch betrachtete.

„Wenn ich nur ...“, begann sie, doch dann kam ihr ein Einfall: „Ich hab's! Ich besorge den Kindern ein paar Malstifte und Papier, und dann können sie uns selbst etwas Hübsches malen, das wir an die Wände hängen können.“

Nun war Damaris schon zuversichtlicher zumute. Ein richtiges Zuhause würde hier entstehen. Die Hauptsache waren schließlich die Bewohner und deren Liebe zueinander. Einen Moment lang dachte Damaris an ihr Elternhaus, und ein schwerer Kummer legte sich auf ihr Herz.

„Mama fehlt mir so sehr!“ flüsterte sie. „Ich hoffe ... und ich bete, daß es ihr gut geht.“

Sie besann sich auf die Abschiedsgaben ihrer Mutter und wischte sich eine Träne aus dem Auge, um die kleine Reisetasche hervorzuholen, in der sie die beiden kostbaren Schätze aufbewahrte.

Mama hat damals gesagt, daß die Uhr am hübschesten unter einer kleinen Glaskuppel aussehen würde. So eine Kuppel habe ich immer noch nicht – und den blauen Samt auch nicht, aber es wäre ihr bestimmt recht, wenn ich die Uhr einfach an der Wand aufhänge. Und die Brosche könnte ich an ein hübsches Stück Stoff aus Fräulein Dovers Restekiste stecken und das dann neben die Uhr hängen. Das wäre ein ganz besonderer Wandschmuck für die Wand dort drüben, und außerdem ist es eine Erinnerung an Mama. Ich ... ich werde den Kindern von ihr erzählen ... und von den Erbstücken, die sie mir mit auf den Weg gegeben hat ... gleich morgen erzähle ich's ihnen. Sie ist ja jetzt sozusagen ihre Großmutter, auch wenn sie sich gegenseitig noch nie gesehen haben. Ich glaube, das wird den Kindern gefallen, eine Großmutter zu haben!

Damaris hob die Taschenuhr und die Brosche aus der Tasche, um ihr Vorhaben in die Tat umzusetzen. Als sie dann mit den Fingern sachte über ihre Schätze strich, kamen ihr die Tränen. Sie hielt sich die beiden Stücke einen Moment lang an ihr Gesicht, und dann stand sie hastig auf, um sie an der Wand anzubringen.

*

Trotz aller Hilfe, die sie von anderen erhielt, war es ein harter Winter für Damaris. Die Kinder waren wegen ihres schlechten Allgemeinzustandes häufig krank. Besonders um William machte sich Damaris Sorgen. Er schien ständig erkältet zu sein. Damaris versuchte, ihn mit kleinen Lekkerbissen zum Essen zu bringen. Trotz aller Mühe nahm er kaum an Gewicht zu.

Tuttel dagegen blühte förmlich auf. Sie schien ihre Mutter im Laufe der Zeit zu vergessen; sie lachte viel und war stets zu Streichen aufgelegt. Damaris schloß sie immer mehr ins Herz, wenn die Kleine sie auch ständig in Trab hielt.

An Abbie hing Damaris noch immer ganz besonders. Damaris konnte sich kaum sattsehen an den großen blaugrünen Augen des Mädchens, und sie bürstete ihr die seidigen Haare, bis sie nur so glänzten. Sie erlaubte dem Kind, neben ihr zu sitzen und sich mit kleineren Näharbeiten zu beschäftigen, während sie die Kleidungsstücke änderte, die die Kinder von einigen Familien aus Dixen geschenkt bekommen hatten. Bis zum Einbruch des strengen Winterwetters hatte sie eine passable Garderobe für die Kinder beisammen, doch ihr schmales Warenguthaben bei Herrn MacKenzie war nun leider aufgebraucht. Es war höchste Zeit, daß sie sich bemühte, Geld zu verdienen.

Sie nahm Flick- und Nähaufträge an, doch ohne Fräulein Dovers Nähmaschine ging die Arbeit nur langsam voran, und der Verdienst war sehr gering.

„Ich muß mir etwas anderes einfallen lassen“, murmelte sie eines Abends, als sie mit ihrem Nähzeug am Tisch saß. Die Kinder hatte sie schon zu Bett gebracht. „Vielleicht könnte Gil …“ Nein, sie durfte Gils Gefälligkeit nicht weiter in Anspruch nehmen. Er hatte ohnehin schon einen Teil seiner Ersparnisse, die er für eine Erweiterung seines Viehbestands vorgesehen hatte, für Damaris und die Kinder geopfert.

„Ich weiß wirklich nicht, wie ich ohne die Hilfe von meinen Freunden zurechtkäme“, gestand sie sich ein.

Fräulein Dover schickte den Kindern oft Leckerbissen in Form von Plätzchen oder Pudding. Wenn Damaris im Laden einkaufte, steckte Herr MacKenzie ihr regelmäßig ein paar Lebensmittel umsonst in den Karton. Und Sheriff Gordon gab ihr hin und wieder kleinere Geldbeträge, die, wie er sagte, von jemandem stammten, der ihr etwas Gutes tun wollte. Damaris und die Kinder brauchten nicht zu hungern. Gott sorgte treu für sie.

*

„Weißt du, du fehlst mir sehr“, sagte Fräulein Dover zu Damaris, als die beiden eines Nachmittags am Küchentisch saßen und Tee aus den besten Tassen tranken, die Damaris nur zutage fördern konnte.

„Sie fehlen mir auch“, gestand Damaris, doch ein Blick durch die Stube bestätigte ihr, was sie längst wußte: Niemals würde sie ihre Entscheidung rückgängig machen.

„Geht es William schon besser?“

„Er hustet nicht mehr so arg, aber wegen seiner ständigen Erkältung mache ich mir immer noch Sorgen“, gab Damaris Auskunft.

„So ein Pech, daß du keinen Lebertran auftreiben kannst. Lebertran soll ja sehr gesund sein und die Abwehrkräfte stärken.“

Damaris nickte. Soweit sie wußte, gab es weit und breit keinen Lebertran zu kaufen.

„Ich möchte euch gern zu Weihnachten einladen“, fuhr Fräulein Dover fort. „Das würde ihm doch nicht schaden, oder?“

„Nein, bestimmt nicht“, sagte Damaris, „wenn wir ihn

nur warm genug anziehen. Ich weiß nur nicht, ob ich ihn und Tuttel gleichzeitig tragen kann."

„Gil wird euch mit der Kutsche abholen."

Damaris nickte. Seitdem sie mit den Kindern hier wohnte, war Gil ein häufiger, gerngesehener Gast.

„Darf ich etwas Eßbares beisteuern?" erbot sich Damaris. „Schließlich laden Sie sich da eine ganze Horde hungriger Münder ein."

„Ehrlich gesagt", schmunzelte Fräulein Dover, „kann ich's kaum erwarten. Ich habe noch nie Weihnachten mit Kindern gefeiert."

„Und vielleicht werden Sie's danach auch nie wieder tun", sagte Damaris verschmitzt. „Die können nämlich ab und zu ziemlich lebhaft werden. Besonders Tuttel."

„Tuttel!" lachte Fräulein Dover. „Was für ein lustiger Name! Wie heißt sie eigentlich in Wirklichkeit?"

„Florence", antwortete Damaris.

„Florence. Das paßt gut zu ihr, meinst du nicht auch? Sie ist ja so ein zierliches kleines Ding!"

„Ich hatte gedacht, daß wir sie vorerst noch Tuttel nennen, bis sich die Kinder etwas besser in die neuen Umstände hineingefunden haben", erklärte Damaris.

Fräulein Dover nickte.

„Sie haben schon viel Schweres in ihrem jungen Leben hinter sich, nicht wahr?" sagte sie. „Aber trotz allem scheinen sie aufzublühen und zu gedeihen. Du bist ihnen eine gute Mama, Damaris."

Keine der beiden Frauen sah, wie sich ein kleiner Kinderkopf hob und die Stirn nachdenklich kraus zog, doch nachdem Fräulein Dover nach Hause gegangen war und Damaris ihr Nähzeug wieder hervorgeholt hatte, spürte sie, wie sich ein kleiner Körper an sie drängte. Es war Abbie.

„Bist du wirklich unsere Mama?" wollte sie wissen. Auf eine solche Frage war Damaris nicht gefaßt.

„Na ja, ich … ich versorge euch jetzt", stotterte sie.

„Aber bist du unsere Mama?" beharrte das kleine Mädchen.

Damaris wußte nicht, was sie antworten sollte. Sie legte das Kleidungsstück, an dem sie gerade nähte, beiseite und zog das Mädchen an sich.

„Was meinst du denn? Möchtest du gern, daß ich deine Mama bin? Oder wäre es dir lieber, wenn ich ... wenn ich einfach nur Damaris bleibe?" fragte sie.

„Meine Mama", sagte das Kind, ohne zu zögern.

„Dann ... dann stellen wir uns einfach vor, ich wäre deine Mama", sagte Damaris.

„Darf ich dich Mama nennen?" fragte Abbie.

Die Bitte des Kindes rührte Damaris das Herz, doch sie wußte nicht, wie die Leute wohl darüber denken würden.

Nach einer Weile sagte sie: „Mir soll es recht sein; ich finde es sogar sehr schön", und schob die Bedenken der Stadtbewohner beiseite. Die Bedürfnisse des Kindes hatten Vorrang.

„Ich auch", sagte Abbie strahlend.

Es dauerte nicht lange, bis William und Tuttel dem Beispiel ihrer Schwester folgten und Damaris ebenfalls mit „Mama" anredeten. Als Gil die kleine Familie zu der Weihnachtsfeier bei Fräulein Dover abholte, nannten alle drei Kinder sie längst „Mama", als sei dies das Natürlichste der Welt. Damaris selbst hatte sich noch nicht völlig daran gewöhnt, doch sie mußte zugeben, daß die Anrede allen das Gefühl gab, daß sie wie eine Familie zusammengehörten.

*

Weihnachten war schön. Wie Fräulein Dover hatte auch Damaris noch nie ein Weihnachten mit Kindern erlebt. Sie hätte nicht für möglich gehalten, wieviel Spaß das Fest mit den drei Kleinen machte.

Abbie machte der Gastgeberin allerhand Komplimente, wenn diese auch nicht immer sehr galant ausfielen.

„Das Zeug da ist gar nicht so schlecht", sagte sie und zeigte auf das Rübenpüree. „Es ist direkt eßbar."

Ihre Meinung über die Schokoladencremetorte: „Die

sieht ja aus wie Schlamm, aber schmecken tut sie viel besser, stimmt's, Willi?“

Tuttel stieß ihr Glas nur ein einziges Mal um, und William gelang es, den größten Teil des Essens auf dem Weg in seinen Mund auf dem Löffel zu behalten. Alles in allem war Damaris recht stolz auf ihre kleinen Schützlinge.

Nach dem Essen fand die Bescherung statt. Damaris hatte manche späte Abendstunde damit verbracht, Stoffpuppen für Abbie und Tuttel und einen Stoffball für William zu nähen. Alle drei jubelten vor Begeisterung. Die Mühe hatte sich durchaus gelohnt, fand Damaris.

Auch Gil verteilte Geschenke: eine kleine Tasse und Untertasse für Abbie, einen Kreisel für William und einen Plüschhund namens Wuff für Tuttel.

Danach holte Fräulein Dover ihre Geschenke für die Kinder hervor. Abbie bekam eine Schiefertafel, weil sie ja, wie Fräulein Dover sagte, bald das Abc lernen mußte; William bekam Bauklötze und Tuttel ein Stoffbuch mit handgestickten Bildern.

„Liebe Güte“, lachte Damaris, „da werden die drei aber fürs erste vollauf beschäftigt sein.“

Außer dem Spielzeug schenkte Fräulein Dover jedem Kind noch ein Kleidungsstück, das sie aus Stoffresten genäht hatte. Damaris' Freude war so groß wie die der Kinder.

Dann überreichten sich die Erwachsenen gegenseitig schlichte Geschenke, und Damaris ließ die Kinder unter Fräulein Dovers Aufsicht spielen, während sie mit Gil in die Küche ging, um das Geschirr zu spülen.

„Wie kommst du denn eigentlich zurecht?“ fragte er sie, als die beiden allein waren.

„Ganz gut“, antwortete sie offen. „Zugegeben, ab und zu haben wir einen schlechten Tag – oder eine schlechte Nacht. Besonders wegen William. Aber alles in allem geht es uns gut.“

„Er hustet ja immer noch“, stellte Gil fest.

„Ich warte auf den Frühling“, sagte Damaris. „Von dem

warmen Wetter und der Sonne verspreche ich mir eine Besserung."

„Wacht er nachts immer noch auf und ruft nach seiner Mutter?"

„In letzter Zeit eigentlich nicht mehr so häufig. Er scheint sich allmählich umzustellen."

„Du hast es nicht leicht, Damaris, nicht wahr?" fragte Gil geradeheraus.

Damaris nickte. Sie konnte es nicht leugnen. Doch mit der Zeit würde es für alle besser werden.

*

Mit dem ersten warmen Sonnenschein des Frühlings verbrachten Damaris und die Kinder täglich viel Zeit an der frischen Luft. Sie legten sich einen Gemüsegarten an. Frau Boyle schenkte ihnen eine Henne mit neun Küken, für die sie ein Gehege bauten. Voller Freude sahen sie zu, wie die Küken heranwuchsen. Mit vereinten Kräften räumten sie den Unrat vom Grundstück, stutzten die Büsche neben der Tür zurecht, harkten den Pfad und sammelten Zweige aus dem Dickicht hinter dem Haus, um sie als Brennholz zu verwenden.

Gern hätte Damaris das Haus neu angestrichen, doch sie gab sich keinen Illusionen hin: Ein Anstrich war einfach unerschwinglich. Sie begnügte sich damit, die Fenster regelmäßig zu putzen und die Vorhänge frisch und sauber zu halten.

Wie Damaris gehofft hatte, verbesserte sich Williams Gesundheitszustand im Frühling. Sein trockener Husten legte sich, und seine Nase lief nicht mehr ständig. Er nahm sogar etwas an Gewicht zu. Damaris freute sich darüber, wie sich seine hohlen Wangen füllten und seine mageren Arme und Beine rundlicher wurden.

Die kleine Tuttel machte Fortschritte mit dem Sprechen. Täglich lernte sie neue Wörter dazu und brachte ihre älteren

Geschwister mit ihren Nachahmungsversuchen nicht selten zum Lachen.

„Furchtbar lustig ist es mit ihr, nicht?“ kicherte Abbie einmal. „Anstatt ‚trinken‘ sagt sie ‚tinken‘, und anstatt ‚Grütze‘ sagt sie ‚gü-gü‘!“

Auch William lachte über seine kleine Schwester, doch Tuttel saß einfach nur grinsend da und sonnte sich in der allgemeinen Aufmerksamkeit.

*

„Was hältst du davon, mit den Kindern einen Ausflug zur Ranch zu machen?“ fragte Gil eines Tages, als er zu Besuch kam, um bei Damaris nach dem Rechten zu sehen.

Damaris’ Antwort ging in dem Indianertanz unter, den Abbie und William aufführten. Sogar Tuttel beteiligte sich an dem Jubelgeschrei ihrer Geschwister, mehr ahnend als wissend, daß etwas besonders Aufregendes in der Luft liegen mußte, denn sonst würden die beiden „Großen“ ja nicht so hüpfen und lachen.

„Na bestens“, schmunzelte Gil. „Damit wäre ja alles geregelt.“

Damaris nickte. Sie war noch nie auf Gils Ranch gewesen. Eigentlich hatte sie gar nicht mit einem solchen Ausflug gerechnet, doch er würde den Kindern guttun. Beim näheren Nachdenken mußte sie sich sogar eingestehen, daß auch sie sich auf die Fahrt in die Berge freute.

„Wann möchtest du denn kommen?“ fragte Gil.

„Ach, ich weiß nicht ... Irgendwann einmal, wenn das Wetter schön ist“, antwortete Damaris.

„Gleich heute! Kommt, wir fahren gleich heute!“ verlangte Abbie. William folgte ihrem Beispiel und rief: „Heute. Heute!“ Dann stimmte auch Tuttel in den Sprechchor ein: „Heu! Heu!“, rief sie aus Leibeskräften, und ihre Augen leuchteten vor Begeisterung.

„Sch! Seid doch mal leise!“ mahnte Damaris. Vor lauter Lärm konnte sie weder überlegen noch reden. Als es ruhiger geworden war, versuchte Damaris eine Antwort auf Gils Frage: „Vielleicht sollten wir nicht allzulange warten“, meinte sie, „sonst habe ich nämlich hier keine einzige ruhige Minute mehr.“

Gil schmunzelte.

„Ich richte es so ein, daß ich am Sonntag hier in Dixen übernachte, und am Montag fahren wir dann in aller Frühe los“, versprach er.

Damaris nickte, und Abbie konnte sich einen letzten Jubelschrei nicht verkneifen.

Eine richtige Familie

Zu fünft saßen sie auf dem Kutschersitz. Damaris hielt Tuttel auf dem Schoß; in ihrer Armbeuge saß die Kleine sicher und beschützt. Gil hatte William auf dem Schoß und ließ ihn das Ende der Zügel festhalten, so daß der Junge sich regelrecht als Kutscher fühlte. Abbie saß zwischen ihnen auf dem Brett, je eine Hand auf den Beinen der beiden Erwachsenen, die sie einrahmten.

Es war ein klarer, sonniger Morgen, und über allem lag eine Festtagsstimmung.

„Ich hab' noch nie einen Ausflug gemacht", sagte Abbie, die vor Freude geradezu barst.

Damaris sah sie an und lächelte. Es würde den Kindern guttun, einmal von daheim fortzukommen. Auch ihr selbst würde es guttun. Sie hatte die Stadt noch kein einziges Mal verlassen, seitdem sie mit dem Wagentreck aus dem Osten dort angekommen war.

Der Gedanke brachte Erinnerungen an ihr Elternhaus mit sich, doch diese Erinnerungen waren nun nicht mehr schmerzlich für Damaris. Sie konnte an ihre Mama denken, ohne mit entsetzlichen Schuldgefühlen kämpfen zu müssen, und an ihren Vater, ohne daß ihr Verbitterung den Mund vergällte.

„Habe ich dir erzählt, daß meine Mama mir geschrieben hat?" fragte sie Gil.

Seine Augen richteten sich auf ihr Gesicht.

„Es geht ihnen gut", antwortete Damaris schnell auf das Interesse und die Besorgnis in seinen tiefblauen Augen. „Ich ... ich habe ihnen einen Brief geschickt, nachdem ich endlich mit meiner Vergangenheit ins reine gekommen war."

Damaris schwieg einen Moment lang, bevor sie fortfuhr: „Zuerst wußte ich nicht, was ich schreiben sollte. Ich konnte schließlich nicht schreiben, daß es mir leid täte, von daheim fortgelaufen zu sein. Ich konnte auch nicht schreiben: ‚Ich verzeihe euch', weil ... nun, damit hätte ich ihr ja den Vorwurf gemacht, falsch gehandelt zu haben. So blieb mir nur übrig, ihr davon zu erzählen, wie ich ... wie ich die Bibel gelesen habe und wie mir dadurch klargeworden ist, daß ich Vergebung und Heilung für meine Vergangenheit erhalten kann ... für alles. Und von dem Frieden, den ich seitdem spüre. Dann habe ich auch noch geschrieben, daß ich sie lieb habe und daß ich hoffe, es gehe ihnen gut."

Gil nickte.

„Danach war mir viel wohler zumute", fuhr Damaris fort. Sie war selbst darüber erstaunt, wieviel Persönliches sie dem Mann neben ihr von sich erzählte. Es tat gut, sich einmal aussprechen zu können.

„Und jetzt hat sie dir auf deinen Brief geantwortet", sagte Gil.

Damaris wußte, daß sie Gil nicht zu erklären brauchte, wieviel ihr dieser Brief bedeutete.

„Ich werde ihnen demnächst wieder schreiben", sagte sie, „und ihnen von den Kindern erzählen."

Ihr Blick fiel auf drei Kinder, die sie begleiteten, und ein liebevoller Ausdruck lag darin.

Gil war es nicht entgangen.

„Guckt mal!" unterbrach Abbie die Unterhaltung der Erwachsenen. „Ein Adler!"

Damaris und Gil mußten lachen.

„Das ist kein Adler, Liebling. Das ist nur eine Krähe", sagte Damaris. „Vielleicht entdecken wir aber noch einen richtigen Adler, bevor wir die Ranch erreichen."

Abbies wache Kinderaugen beobachteten alles, was es unterwegs zu sehen gab, während William vollauf mit den Pferden beschäftigt war, denen er von seinem hohen Sitz aus Marschbefehle zurief. Sie waren noch nicht weit gekommen, als Tuttel einschlief.

„Damit hatte ich schon gerechnet", sagte Gil. „Deshalb habe ich ein paar Decken mitgebracht. Am besten legst du sie hier vor unseren Füßen auf den Boden."

Gil hielt das Gespann an, damit Damaris dem Kind ein Lager machen konnte. Schon jetzt taten ihr die Arme und der Rücken von dem Gewicht der Kleinen weh. Sie reckte und streckte sich ein wenig, und dann ging die Fahrt weiter, während Damaris und Abbie „Ich seh' etwas, was du nicht siehst" spielten.

Die Sonne stieg höher am Himmel. Williams Augenlider wurden immer schwerer, doch er weigerte sich energisch, die Zügel loszulassen und sich zu Tuttel auf den Boden zu legen.

„Bis zur Ranch isses aber weit", bemerkte Abbie seufzend.

Gil schmunzelte.

„Bald sind wir da", erklärte er ihr. „Gleich hinter dem nächsten Hügel liegt sie."

Selbst Damaris war froh, das zu hören.

Als sie die letzte Anhöhe erreicht hatten, sah Damaris ein sauber eingezäuntes Grundstück mit einer Scheune und Koppeln auf der linken Seite und einem kleinen Haus aus ungestrichenem Holz, das sich im Windschatten einer Baumgruppe duckte.

„Ach, Gil!" entfuhr es ihr. „Das ist einfach traumhaft schön!"

Gils Freude über das Kompliment war unverhohlen.

„Gefällt es dir? Für einen Junggesellen läßt's sich ganz gut hier leben, aber einer Frau wäre es bestimmt zu spartanisch, genau wie Mutter immer sagt."

Damaris ließ ihren Blick von der Wasserpumpe über den kleinen Gemüsegarten zu der Hängematte wandern, die zwischen zwei Bäumen zum Ausruhen einlud. Ein Lächeln stahl sich in ihre Augen. Der Platz dort zwischen der Scheune und dem Garten war wie geschaffen für ein Hühnergehege, dachte sie. Dann errötete sie bei dem Gedanken.

„Was sind denn das für Dinger hinter dem Gatter da?" wollte William wissen.

„Sag, hast du denn noch nie Kühe gesehen?" fragte Gil.

William schüttelte den Kopf.

„Hat er wohl!" meldete Abbie sich zu Wort und nickte so heftig mit dem Kopf, daß ihre Zöpfe hin- und herwippten. „Er hat's bloß schon vergeßt!"

„Diese hier habe ich vor kurzem erst gekauft", erklärte Gil. „Ich halte sie ein paar Tage lang auf der Weide, bevor ich sie aufs Freiland lasse."

„Sie sehen aber prächtig aus", meinte Damaris.

Gils Augen leuchteten.

„Es sind reinrassige Zuchttiere", sagte er nicht ohne Stolz. „Durch sie dürfte sich die Qualität meiner Herde wesentlich verbessern."

Die Pferde wollten geradewegs am Haus vorbei zur Scheune laufen, doch Gil zügelte sie.

„Zuerst helfe ich dir, die Kinder ins Haus zu bringen", sagte er, „und dann gibt es etwas zu essen."

„Au, fein!" freute sich Abbie und klatschte in die Hände. „Ich hab' nämlich furchtbar Hunger!"

Damaris und Gil lachten. Gil half Damaris und Abbie beim Aussteigen und reichte Damaris dann die schlafende Tuttel.

„Leg sie auf mein Bett", wies er sie flüsternd an.

Abbie lief auf dem Hof umher, um alles auszukundschaften. William hielt noch immer die Zügel in den Händen; er war fest entschlossen, sie nicht loszulassen, bis die Pferde abgespannt wurden.

„Diesen hier nehme ich mit", sagte Gil und schwang sich wieder auf den Kutschersitz.

Damaris war überrascht, als sie das Haus betrat. Von innen wirkte es viel größer als von außen. Es hatte nicht weniger als vier Zimmer, von denen eins als Abstellkammer diente.

Die Küche war zwar geräumig, doch nicht weitläufig. An der einen Wand stand ein Regal und an der anderen ein großer Herd. Ein Holztisch glänzte in der Sonne, deren Strahlen durch das Fenster hereinfielen. Es gab weder Vorhänge noch sonstigen Raumschmuck. Die Einrichtung war schlicht, aber blitzsauber.

Damaris sah sich aufmerksam um und ging dann durch das nächste Zimmer, das Wohnzimmer. Ein gemauerter Kamin nahm fast eine Wand für sich ein. Zwei Stühle standen davor, und dazwischen stand ein Tisch, auf dem Gils Bibel lag. Einen Teppich gab es nicht, und der Wandschmuck bestand aus einem Kalender. Das Wohnzimmer wirkte einfach und leer, doch durchaus nicht ungemütlich.

Damaris ging zu dem Schlafzimmer im hinteren Teil des Hauses. Auch dieser Raum war nur mit dem Nötigsten ausgestattet. Das Bett mit der buntgewebten Navajodecke darauf war ordentlich gemacht. An der Wand hing Gils Kleidung. Jeder Gegenstand war an seinem Platz.

Ich glaube, jetzt weiß ich, was Fräulein Dover gemeint hat, dachte Damaris schmunzelnd. *Die Einrichtung ist tatsächlich nicht üppig.*

Doch was sie sah, gefiel ihr.

Sie legte Tuttel auf das Bett und deckte sie mit einem Ende der Decke zu. Dann ging sie in die Küche zurück. Sie wußte nicht, ob sie auf Gil warten oder schon ohne ihn mit den Essensvorbereitungen beginnen sollte. Unschlüssig strich sie mit der Hand über das polierte Holz des Tisches. Dann ging sie ans Fenster und sah in den Hof hinaus.

Gil war schon mit William auf den Schultern zum Haus unterwegs. Der kleine Junge hatte die Hände tief in Gils braungelocktem Schopf vergraben, und Gils Cowboyhut war ihm bis über die Augen gerutscht. Selbst auf die Entfernung konnte Damaris den vergnügten Ausdruck im Gesicht des kleinen Jungen sehen. Abbie hüpfte ein Stück voraus. Sie redete unentwegt und winkte den Kühen auf der Weide.

Ohne jede Warnung kam die Erkenntnis. Erschrocken hob Damaris eine Hand zur Brust, und der Atem wollte ihr stocken. Mit krasser Deutlichkeit wurde ihr klar, daß sie

Gil Lewis liebte. Sie schloß die Augen fest und hielt sich am Fensterbrett fest.

Sie liebte ihn! Aus ihrer Furcht war schon vor langer Zeit Akzeptanz geworden, dann Respekt, dann Vertrauen, dann ein gewisses Maß an Abhängigkeit. Doch wann hatten sich ihre Gefühle in Liebe verwandelt? Sie hatte kein Recht, ihn zu lieben. Was sollte sie jetzt nur tun?

Ihr erster Gedanke war, einfach fortzulaufen. Doch das war unmöglich.

Er wird es merken, dachte sie im stillen. *Er wird es mir anmerken, und dann ist alles vorbei!*

Doch dann schalt sie sich selbst aus. „Nur ruhig!“ ermahnte sie sich laut und deutlich. „Du hast schließlich Übung darin, deine Gefühle vor anderen zu verstecken. Höchste Zeit, von dieser Kunst wieder einmal Gebrauch zu machen.“

So stählte Damaris sich und ging an den großen Herd zurück, doch der Tag hatte einen großen Teil seines Glanzes verloren. Sie betete, daß er möglichst schnell und ohne Zwischenfälle zu Ende gehen würde.

*

Es war ein langer, qualvoller Tag für Damaris. Zu ihrer Erleichterung lenkten die Kinder alle Aufmerksamkeit auf sich. Tuttel wachte in einer unleidlichen Stimmung auf. Auch nachdem Damaris ihr etwas zu essen gegeben hatte, weinte und quengelte sie. Gil versuchte sie aufzumuntern, doch sie klammerte sich nur um so fester an Damaris, die ihrerseits froh war, eine Aufgabe zu haben.

William dagegen hing wie eine Klette an Gil. *Er braucht einen Vater*, dachte Damaris, doch das machte ihre Qualen nur noch schwerer.

Abbie war überall zugleich und redete, lachte, kundschaftete und hüpfte. Ihre Energie schien keine Grenzen zu kennen.

„Wie heißt denn das Pferd da?"

„Wer gräbt die Beete um?"

„Schießt du mit dem Gewehr Tiere tot?"

„Warum wohnst du hier ganz allein? Wieso hast du denn keine Familie?"

Dann drehte sie sich zu Damaris um, zeigte auf die Hängematte und wollte wissen: „Wozu is' denn das Ding da, Mama?"

Gils schnelle Kopfbewegung verriet Damaris, daß er noch nie gehört hatte, wie Abbie sie Mama nannte.

Damaris kämpfte um eine möglichst ruhige Stimme.

„Das ist eine Hängematte", erklärte sie dem Kind. „Man legt sich hinein und ruht sich aus."

„Darf ich's mal probieren?"

Gil ging mit Abbie zu der Hängematte. Nach viel Gelächter und Gerangel schaffte er es schließlich, sie in die richtige Position zu bringen. Zufrieden lächelnd ließ sie sich von Gil hin- und herschaukeln. Als nächstes wollte William an die Reihe kommen, und während er noch schaukelte, lief Tuttel zu Gil und streckte ihre Ärmchen zu ihm hoch, um sich diesen Spaß ebenfalls nicht entgehen zu lassen.

Endlich war es an der Zeit für die Rückfahrt. Gil warf frisches Heu in den Kutschkasten und breitete die Decken darüber aus.

„Es sollte mich nämlich sehr wundern", erklärte er, „wenn wir nicht mit drei schlafenden Kindern in Dixen ankommen."

Damaris nickte.

„Vielleicht auch vier", antwortete sie schmunzelnd.

Gil hatte sich nicht getäuscht. Sie waren noch nicht weit gefahren, als alle drei Kinder auf dem Heubett vor Erschöpfung nach dem langen, erlebnisreichen Tag einschliefen.

Eine Zeitlang war alles still. Gil schien tief in Gedanken versunken zu sein, und Damaris wagte es nicht, etwas zu sagen, weil sie befürchtete, ihre Gefühle preiszugeben.

„Meinst du nicht, daß wir Tuttel bald bei ihrem richtigen

Namen nennen sollten?“ fragte Gil plötzlich in die Stille hinein.

Damaris lächelte.

„Ich habe schon überlegt, sie Florrie zu nennen“, gab sie zu.

„Florrie. Das gefällt mir. Es paßt zu ihr.“

Wieder entstand ein Schweigen. Trotz ihrer inneren Verstörtheit fühlte Damaris sich geborgen. Sie wünschte sich, daß diese Momente für immer dauern würden. Erst kurz vor der Stadt fing Gil wieder an zu sprechen. Es klang zögernd und entschlossen zugleich.

„Ich habe in letzter Zeit viel nachgedacht“, sagte er, „und auch viel gebetet.“ Er räusperte sich, bevor er fortfuhr. „Damaris, ich ... ich möchte dich gern heiraten und dich und die Kinder auf die Ranch holen. Du bist eine ... eine ausgezeichnete Mutter, aber ... sie brauchen auch einen Vater.“

Damaris stockte der Atem. Hatte sie sich gerade verhört? Hatte ihr sehnsüchtiges Herz ihr einen Streich gespielt?

„Ich ... ich kenne mich zwar nicht gut im Vatersein aus, aber das könnte ich sicherlich lernen. Heute hörte ich, wie Abbie dich Mama nannte. Es klang so natürlich, wie in einer richtigen Familie. Die Kleinen brauchen das.“

Plötzlich überkam sie ein Gefühl von Mißtrauen. In Gedanken ging sie seine Worte noch einmal durch. Wollte er sie einzig und allein wegen der Kinder heiraten? Er handelte wohl nur aus der Sorge um das Wohlergehen der Kinder heraus; mit den Regungen seines Herzens hatte dies nichts zu tun.

Damaris mußte zugeben, daß er recht hatte. Sie war tatsächlich auf Hilfe angewiesen. Die Kinder brauchten einen Vater. Aber konnte sie jemals in der Rolle einer liebenden, doch ungeliebten Frau glücklich sein? War eine Vernunftehe das Richtige für sie?

Ein Schluchzen schnürte ihr die Kehle zu, und sie schlug sich die Hände vors Gesicht. Gil sah sie an und streckte die Hand nach ihr aus.

„Habe ich dich denn so verletzt?“ fragte er mit brüchiger Stimme.

Damaris nickte, und die Tränen liefen ihr zwischen den Fingern hindurch.

„Entschuldige“, flüsterte er. „Ich dachte ... ich habe geglaubt, daß ... daß du so denkst wie ich.“

Damaris schluchzte erneut auf. Wenn er doch nur wirklich so dächte wie sie! Wenn er seine Frage doch nur aus echter Liebe gestellt hätte, und nicht, weil er sich verpflichtet fühlte, ihr mit den Kindern zu helfen!

*

Die nächsten Tage waren schwer für Damaris. Selbst den Kindern blieb nicht verborgen, wie abwesend, still und wehmütig sie wirkte.

„Mama, bist du traurig?“ fragte Abbie.

Damaris konnte nur nicken.

Abbie schlang ihre kleinen Arme um Damaris und flüsterte zärtlich: „Dann drück' ich dich mal ganz feste, ja?“, und Damaris mußte wieder weinen.

In der zweiten Woche hörte Damaris eines späten Abends ein Klopfen. Die Kinder waren schon im Bett, und Damaris hatte mit einem Kleidungsstück auf dem Schoß dagesessen. Anstatt die Nadel durch den Stoff zu führen, hatte sie einfach nur dagesessen und ins Nichts gestarrt. Als es anklopfte, stand sie hastig auf. Sie war es nicht gewöhnt, Besuch zu bekommen, besonders nicht zu so später Stunde.

Draußen dämmerte es schon, doch durch den Türspalt konnte Damaris genau erkennen, wer dort vor der Tür stand. Es war Gil, ein entschuldigendes Lächeln auf den Lippen und seinen abgewetzten Cowboyhut in der Hand.

Damaris öffnete die Tür schnell. Ihre Gedanken eilten zu Fräulein Dover.

„Es ist doch nichts Schlimmes geschehen, oder?“ fragte sie besorgt.

Ohne zu antworten, ging Gil an ihr vorbei ins Haus. Er warf seinen Hut auf einen Stuhl und drehte sich zu ihr um.

„Doch“, gestand er, den Kopf etwas schräg und den durchdringenden Blick direkt in ihre Augen gerichtet. „Etwas sehr Schlimmes sogar! Ich kann nicht essen. Ich kann nicht schlafen. Ich kann nicht einmal mehr arbeiten.“

Damaris war erleichtert. Fräulein Dover war nichts zugestoßen. Doch dann traf sie ein neuer Schmerz. Gil hatte ihre Antwort nicht angenommen. Doch er wußte ja noch immer nichts von ihren Gefühlen für ihn. Sie drehte sich zu ihm um und suchte nach Worten, um ihm alles zu erklären. Bevor sie jedoch beginnen konnte, legte er ihr auch schon seine Hände auf die Schultern.

„Bist du so sehr davon überzeugt, daß wir beide es nicht schaffen könnten?“ fragte er sie ernst.

Sie wollte den Kopf traurig schütteln, doch da sprach er schon weiter.

„Ich liebe dich, Damaris. Ich ... ich bitte dich jetzt noch einmal, meine Frau zu werden. Ich ... ich weiß, daß ich dir nicht viel bieten kann, aber ich verspreche dir, daß du das haben sollst, was ich dir bieten kann: meine Liebe. Meine ganze Zuneigung. Meinen Respekt. Ich ...“

Damaris löste sich aus dem Griff seiner Hände und warf sich in seine Arme. Mit ihren Armen umschlang sie seinen Hals; sie suchte Halt an seiner hochgewachsenen Gestalt und weinte an seiner Schulter. Sie hatte die Worte gehört, nach denen sie sich so sehr gesehnt hatte: Er liebte sie.

Er hielt sie umarmt, bis ihr Schluchzen nachließ; er liebkoste ihre Schulter, strich ihr ein paar lose Haarsträhnen aus dem Gesicht und berührte ihre Stirn sanft mit seinen Lippen.

Als ihre Tränen versiegt waren, nahm er sie wieder bei den Schultern und schob sie ein Stück zurück, um ihr ins Gesicht zu sehen.

„War das eben dein Jawort?“ fragte er mit der Spur eines Zwinkerns. Das Blau seiner Augen wirkte noch tiefer als sonst.

Damaris brachte ein brüchiges Lachen und ein Kopfnikken zustande.

„Ich dachte, du liebst mich gar nicht, sondern wolltest nur wegen der …" Doch sein Mund auf ihren Lippen gebot allen weiteren Worten Einhalt.

Er umarmte sie noch einmal, und Damaris hatte sich noch nie so geborgen gefühlt.

„Bald?" fragte er in ihre Haare hinein.

„Bald", antwortete Damaris. „Sobald wir alles regeln können."

Wieder küßte er sie.

„Dann will ich gleich mit den Vorbereitungen anfangen", sagte er. Mit einer Mischung aus überschwenglicher Freude und Ernst fügte er hinzu: „Ich glaube, Mutter wird sich freuen, bald Großmutter zu werden."

Der Gedanke daran, daß die drei Kinder nun bald eine richtige Familie bekommen sollten, machte Damaris unsäglich froh. Sie sah Gil aus leuchtenden Augen an und nickte.

„Sie wird ihre Sache großartig machen", sagte sie. „Und mir brennt's jetzt schon unter den Nägeln, meiner eigenen Mama … und meinem Papa von dir zu schreiben, von uns. Von *unserer* Familie. Sie wird … sie werden sich ja so sehr freuen, daß Gott es so gut gemeint hat mit uns!"

Sie lehnte sich wieder an seine Schulter. Sie fühlte sich beschützt, geliebt und restlos glücklich.